战疫情校长说

ZHAN YI QING XIAO ZHANG SHUO

主编 "学习强国"陕西学习平台
阳光报
西部网

中小学篇

西北大学出版社

图书在版编目（CIP）数据

战疫情 校长说. 中小学篇 /"学习强国"陕西学习平台，阳光报，西部网主编. —西安：西北大学出版社，2020.3
　　ISBN 978-7-5604-4510-6

Ⅰ.①战… Ⅱ.①学… ②阳… ③西… Ⅲ.①书信集—中国—当代 Ⅳ.① I267.5

中国版本图书馆CIP数据核字（2020）第044196号

战疫情 校长说

主　　编：	"学习强国"陕西学习平台
	阳光报
	西部网
出版发行：	西北大学出版社
地　　址：	西安市太白北路229号
邮　　编：	710069
电　　话：	029-88302590　029-88303593
经　　销：	全国新华书店
印　　装：	陕西隆昌印刷有限公司
开　　本：	787mm×1092mm　1/16
印　　张：	16.5
字　　数：	247千字
版　　次：	2020年3月第1版　2020年3月第1次印刷
书　　号：	ISBN 978-7-5604-4510-6
定　　价：	45.00元

本版图书如有印装质量问题，请拨打029-88302966予以调换。

前 言

庚子新春，新冠肺炎疫情突如其来，习近平总书记亲自部署，向全国发出了"生命重于泰山，疫情就是命令，防控就是责任"的号令，并要求各级党委和政府必须按照党中央决策，全面动员，全面部署，全面加强工作，坚决打赢疫情防控阻击战。陕西省委省政府深入学习贯彻习近平总书记重要讲话、重要指示精神，防输入防扩散，坚决切断疫情传播链，早发现早隔离，全力以赴救治感染者，坚持联防联控、群防群治，坚定必胜信心，凝聚打赢疫情防控阻击战的强大合力。

中共陕西省委宣传部积极响应党中央决策部署和省委省政府工作要求，"学习强国"陕西学习平台立即行动，联合阳光报、西部网，在全省迅速发起"战疫情，强信心，校长给学生的一封信"征集活动，邀请全省的大中小学校长给学生们写一封信，告诉学生们在疫情面前如何看待、如何面对、如何去做，强信心、暖人心、聚民心，传家国情怀于莘莘学子，扬民族精神于万千少年。

很快，一封封饱含关爱呵护的书信汇集平台，全省大中小学校长从疫情防控的自我保护与社会责任，居家生活的学业安排和为人处世，个人的道德修养和家国情怀等方面对学子们提出了殷切期望和切实指导。这些满怀关切、散发着浓浓校园气息的书信在学子中产生了强烈反响。现将校长们的书信结集出版，以飨读者。

目 录

面对疫情　依然做志存高远的附中人
　　西北工业大学附属中学校长　王永智 …………………………………………………… 1
向那些平凡、普通而又伟大的"中国风骨"致敬
　　西安高新国际学校名校"+"教育联合体校长　王志宏 ………………………………… 3
共克时艰　我们在一起
　　西安高新第一中学党总支书记、校长　王淑芳 ………………………………………… 5
在这个特殊的春节里　进行一场最深刻的修行
　　西安高新一中初中校区校长　王凤进 …………………………………………………… 9
希望萌发　春光在前
　　西安铁一中学校长　庆群 ………………………………………………………………… 12
春暖花开　我们再聚美丽校园
　　西安铁一中滨河学校校长　刘亚蓉 ……………………………………………………… 15
春天喊我们去奋斗
　　西安铁一中分校执行校长　徐学芳 ……………………………………………………… 18
等你回来　陪你长大
　　西安高级中学校长　辛军锋 ……………………………………………………………… 21
历史上那些遭遇疫情的伟人告诉了我们什么
　　西安交大彬州市阳光高级中学校长　王甲 ……………………………………………… 23
风华正茂少年郎　誓国热血正当时
　　西安交大韩城学校总校长　刘鹏 ………………………………………………………… 26
少年有志　则国家有望
　　陕西师范大学奥林匹克花园学校校长　李鸿 …………………………………………… 28
疫情后我们再相见　定将锦绣满园
　　陕西师范大学锦园学校党支部书记、校长　樊锁强 …………………………………… 30
勠力同心　众志成城　坚决打赢疫情防控阻击战
　　西北大学附属中学校长　杨晓云 ………………………………………………………… 34
上下同心抗疫情　主动学习强自我
　　西安建筑科技大学附属中学校长　程晓玲 ……………………………………………… 37
春天里　让我们与希望同行
　　西安外国语大学附属西安外国语学校校长　吕菲 ……………………………………… 39

你们是白鹿原上的精灵
　　西安市灞桥区白鹿原中心学校校长　刘　炜 ………… 42
努力学习　珍藏感恩
　　西安市东元路学校校长　张　莉 ………… 44
期望学生依然为中华之崛起而读书
　　西安第五十六中学校长　何志静 ………… 46
心怀使命　坚定理想
　　西安思源中学党总支书记、校长　彭　斌 ………… 48
关注疫情　心怀家国
　　西安市周至县哑柏初级中学校长　吴俊刚 ………… 50
愿你们走出"阴霾"　归来仍是老师心目中的少年
　　西咸新区沣西新城第二学校执行校长　权小红 ………… 54
让我们以青春的力量做一个"向上者"
　　西安市高新区鄠邑四中校长　吴　钊 ………… 56
我在春天等你们返校
　　西安旅游职业中等专业学校校长　冯相民 ………… 59
致全体学生的一封信
　　蓝田县城关中学校长　苏立宁 ………… 61
既然遇见　那就直面挑战
　　铜川市第一中学校长　孙晓平 ………… 64
携手抗疫情　齐心渡难关
　　铜川市特殊教育学校校长　张贵军 ………… 66
给学生们的一封信
　　铜川市王益区王家河中学校长　郝庆军 ………… 68
和衷共济　团结一心
　　铜川阳光中学校长　李保凌 ………… 70
抗疫攻坚人人有责　居家学习莫负春光
　　铜川市耀州中学校长　刘孝安 ………… 72
给孩子们的一封信
　　铜川市新区鱼池中小学校长　文　刚 ………… 74
胸怀报国志　齐心战疫情
　　宜君县高级中学支部书记、校长　杨伟峰 ………… 76
追梦不止步　奋斗正当时
　　宝鸡中学校长　刘长虎 ………… 78
振振君子　归哉归哉

宝鸡市烽火中学校长　奚树强 ··· 81

共克时艰　定将春暖花开
　　咸阳市实验中学校长　韩　望 ··· 84

写给全体同学的一封信
　　咸阳彩虹学校南校区校长　李小平 ······································· 87

同舟共济战疫情　线上学习长本领
　　咸阳市渭城区塔尔坡学校校长　张宽斌 ··································· 90

这个春天里的对话
　　咸阳市长武县中学校长　万季权 ··· 92

写给全体同学的一封信
　　咸阳市长武县相公镇中学校长　弥致福 ··································· 96

面对疫情　我们要躬行"四思"
　　咸阳市长武县冉店九年制学校校长　赵俊辉 ······························· 99

坚定奋斗信心　拥抱百花盛开
　　渭南高级中学校长　姜小卫 ·· 102

等这一切过去　世界将更美好
　　渭南市瑞泉中学常务副校长　杨　选 ···································· 105

好好读书　好好感悟　健康成长
　　韩城市职业中等专业学校校长　宋文奇 ·································· 109

坚定信心抗疫情　发奋努力提素养
　　延安市宝塔区第四中学校长　屈　强 ···································· 111

给全体学生的一封信
　　汉中市镇巴县盐场初级中学校长　王槐文 ································ 113

静待春暖"疫"散去
　　榆林实验中学校长　袁拥军 ·· 115

士不可以不弘毅　任重而道远
　　榆林市第三中学校长　吕跃峰 ·· 119

疫情肆虐相伴依然　师生同心共盼春来
　　安康中学副校长　沙　成 ·· 122

相信阳光终会到来　还有平安的你
　　安康高新中学党总支书记　李　康 ······································ 126

智慧与责任
　　安康市汉滨高中西校区副校长　鄢麒麟 ·································· 128

青春淬火　开启征程
　　安康市旬阳县甘溪初中校长　王　良 ···································· 131

致全体学生的一封信

　　安康市石泉中学党总支书记、校长　李超旗 ⋯⋯⋯⋯⋯⋯⋯⋯⋯⋯⋯⋯ 134

勠力同心　壮志抗疫

　　商洛市商南县高级职业中学校长　黄开忠 ⋯⋯⋯⋯⋯⋯⋯⋯⋯⋯⋯⋯ 137

不负韶华共克艰　砥砺前行笃致远

　　商洛市丹凤中学校长　陈　元 ⋯⋯⋯⋯⋯⋯⋯⋯⋯⋯⋯⋯⋯⋯⋯⋯⋯ 140

以崭新的姿态迎接朝气蓬勃的春天

　　西北工业大学附属小学校长　王彩凤 ⋯⋯⋯⋯⋯⋯⋯⋯⋯⋯⋯⋯⋯⋯ 143

乌云散去　必是云开月明

　　西安高新二小、七小校长　张惠兰 ⋯⋯⋯⋯⋯⋯⋯⋯⋯⋯⋯⋯⋯⋯⋯ 146

心手相连　同舟共济

　　西安市高新路小学校长　史　惠 ⋯⋯⋯⋯⋯⋯⋯⋯⋯⋯⋯⋯⋯⋯⋯⋯ 148

没有一个冬天不可逾越　没有一个春天不会来临

　　西安小学校长　吴积军 ⋯⋯⋯⋯⋯⋯⋯⋯⋯⋯⋯⋯⋯⋯⋯⋯⋯⋯⋯⋯ 151

坚定信心　共克时艰

　　西安交通大学附属小学校长　雷　玲 ⋯⋯⋯⋯⋯⋯⋯⋯⋯⋯⋯⋯⋯⋯ 154

成长是生命的课题

　　西北大学附属小学校长　纪　勇 ⋯⋯⋯⋯⋯⋯⋯⋯⋯⋯⋯⋯⋯⋯⋯⋯ 156

多读好书　乐观积极

　　西安市翠华路小学校长　杨俊锋 ⋯⋯⋯⋯⋯⋯⋯⋯⋯⋯⋯⋯⋯⋯⋯⋯ 158

宅家日子　莫忘朱光潜的"此身，此时和此地"

　　西安市未央区夏家堡小学校长　郭　娟 ⋯⋯⋯⋯⋯⋯⋯⋯⋯⋯⋯⋯⋯ 161

从小树立报国志　"童"心协力抗疫情

　　西安市未央区枣园小学校长　潘　涛 ⋯⋯⋯⋯⋯⋯⋯⋯⋯⋯⋯⋯⋯⋯ 163

求知　明德　笃行　让自觉成为一种习惯

　　西安市未央区东前进小学校长　刘继报 ⋯⋯⋯⋯⋯⋯⋯⋯⋯⋯⋯⋯⋯ 165

希望你们成为懂得感恩、有梦想的学子

　　西安市经开区南党小学党支部书记、校长　李卫民 ⋯⋯⋯⋯⋯⋯⋯⋯ 167

在生活中学会成长

　　西安市莲湖区远东一小、远东实验小学校长　马　玲 ⋯⋯⋯⋯⋯⋯⋯ 169

萤火少年　萤光集结

　　西安市灞桥区东城一小黄邓分校执行校长　张　杰 ⋯⋯⋯⋯⋯⋯⋯⋯ 171

与国同袍　与国同征

　　西安市灞桥区东城第二小学校长　窦增强 ⋯⋯⋯⋯⋯⋯⋯⋯⋯⋯⋯⋯ 173

雅少年　践雅行

西安市灞桥区东城第二小学红旗分校执行校长　陈满社 …………… 175
我以我心爱祖国　我以我行报祖国
　　西安市灞桥区官厅小学校长　田敏娜 ………………………… 176
懂得感恩　学会自我管理
　　西安市灞桥区宇航小学校长　王　强 ………………………… 178
疫情是生活的危机　也是我们立志报国的决心
　　西安市浐灞生态区灞桥实验小学校长　曹国清 ……………… 181
学校有点儿空　但我知道你在
　　西咸新区沣西一小、沣西三小校长　龚健辉 ………………… 183
与生命对话　在对生命的敬畏和尊重里温暖前行
　　西安航空基地第一小学副校长　孔秋菊 ……………………… 186
战疫情　强信心
　　铜川市金谟小学校长　张贵伟 ………………………………… 189
于困难中磨炼自己　看到希望
　　铜川市青年路小学校长　党斌宏 ……………………………… 191
携手抗疫　共克时艰
　　铜川市庙湾镇柳林小学校长　杜佩杰 ………………………… 193
全民战"疫"　红领巾的责任
　　铜川市新区裕丰园小学校长　付春平 ………………………… 195
榜样的力量
　　铜川市印台区方泉小学校长　肖军朝 ………………………… 197
凝心聚力　共筑生命防护墙
　　铜川市照金红军小学校长　陈　鹏 …………………………… 199
愿归来时你已成长
　　宝鸡市渭滨区金陵小学校长　白　浩 ………………………… 201
上好战"疫"课堂　书写尚美人生
　　宝鸡市渭滨区经二路小学校长　冯月林 ……………………… 204
写给全体同学的一封信
　　咸阳彩虹小学执行校长　常鸿鸣 ……………………………… 207
面对新冠肺炎疫情　你们怎么做
　　咸阳市长武县实验小学校长　代　岩 ………………………… 210
写给全体学生的一封信
　　兴平市秦岭小学校长　李春维 ………………………………… 213
写给孩子们的一封信
　　渭南市华州区城关小学校长　王　帆 ………………………… 216

微笑少年　微笑成长
　　渭南市临渭区渭南小学校长　郗　莉 …………………………………… 218
携爱战"疫"　做最美的我们
　　渭南市临渭区沋西小学校长　宁　艳 …………………………………… 221
尚英雄　强体魄　好读书
　　蒲城县连蒲小学校长　刘争东 ………………………………………… 225
至善方能至美
　　韩城市新城区第九小学校长　闫　洁 …………………………………… 228
愿你从小立志　心有家国情怀
　　延安实验小学校长　孙郡霞 …………………………………………… 231
致学生的一封信
　　汉中市汉台区三丰阁小学校长　徐　沉 ………………………………… 234
好久不见　青小见
　　汉中市洋县青年路小学校长　路秀兰 …………………………………… 236
一起期待春天的到来
　　汉中市洋县龙亭镇长溪中心小学校长　任俊峰 ………………………… 238
在最艰难的春天里成长
　　榆林市靖边县十五小学二校区校长　张　泽 …………………………… 240
做有志少年
　　安康市高新区第六小学校长　储　波 …………………………………… 243
愿所有的美好　都如期而至
　　安康市汉滨区果园小学校长　汪成建 …………………………………… 245
在灾难中更要胸怀家国
　　安康市汉滨区培新小学校长　陈大安 …………………………………… 248
守得云开见月明
　　商洛市洛南县古城镇中心小学校长　孙军鹏 …………………………… 251

有声书

面对疫情　依然做志存高远的附中人

各位同事、各位家长及亲爱的同学们：

　　我们都看到这个寒假非同以往、异乎寻常，一场新冠肺炎疫情凶猛袭来，打乱了所有人的工作和生活。因此，受到疫情的影响，我们刚刚度过了一个特殊的、难忘的春节。尽管如此，在这个非常时刻，我还是要代表附中向全校师生员工致以亲切的慰问！现在，全社会推迟开学、推迟复工，大家都在家里自我隔离，这是党和国家做出的重大决定，目的是阻断病毒的传播，保护人民群众的身体健康和生命安全，坚决打赢疫情防控攻坚战，尽快恢复正常的生产和生活秩序。对我们的老师和同学来说，当下最重要的事情就是保护好自己，为疫情平复贡献力量。因此，我希望大家无条件地严格执行上级的要求，千万不能有一丝一毫的侥幸心理。

　　新的学期就要到了，但学校却不能如期正常开学，怎么办？我们的原则是：开学可以推迟，教学不能停止。我们的办法是：用线上教学代替常规的学校教学，老师线上教学、线上辅导，同学上网听课，居家练习、居家自学。大家应该知道，在家隔离是为了保护自己，共同阻击疫情；线上教学是为了不耽误我们的主要任务，协助社会恢复运转。非常时期，这两件事都特别重要。关于线上教学，学校也精心做了如下安排：

　　一是全校执行基本统一的作息时间，各年级、各学科统一按课表上课。在2月10日之前，各个年级要把作息时间表和课表通知到所有师生。

　　二是全校各年级、各学科老师都要按课表安排，提前准备视频课程，按时发布。全校各备课组要统一设计课时作业，按时发布。全体老师都要通过网络完成作业检查和答疑辅导。

三是全校同学按作息时间表和课表安排按时上网听课，按时完成作业。遇到疑难问题，应该通过网络找老师解答。

除此之外，我热切希望各位家长全力配合班主任和任课老师的工作，对孩子耐心陪伴、真诚鼓励、严格要求，确保孩子保质保量完成在线学习任务。

各位同学们，疫情的肆虐让我们更具有团结凝聚力。大规模的线上教学是一个我们以前没有碰到过的新挑战，也是考验附中人的适应能力和团队学习能力的一个契机。志存高远，追求卓越，做卓有成效的奋斗者是附中人的光荣传统。因此，线上教学也是作为学生的你们在疫情面前毫不畏惧的战斗力。我相信，我们附中人有信心、有决心、有能力做好这项工作，做到防疫斗争和教学工作两不误，夺取学习成绩和学习能力的双丰收。让我们一起加油、努力吧！

西北工业大学附属中学校长　王永智
2020 年 2 月 9 日

向那些平凡、普通而又伟大的"中国风骨"致敬

亲爱的孩子：

展信佳。

你们还好吗？很遗憾，今年开学我们不能如期见面了，我和你们的老师都在惦记着你们。

低年级的孩子，如果你还不认识那么多字，就请爸爸妈妈把这封信读给你听。

2020年开春，一场新冠肺炎疫情席卷华夏大地。医务工作者奋战一线，无名英雄坚守岗位，普通的人们，也在家里隔离、默默等候。

让我们一起向那些平凡、普通而又伟大的"中国风骨"致敬。

他们，是把对一份职业的崇高使命置乎生死之上的医护人员；是无数奔赴防疫最前线的人民子弟兵；是昼夜施工在10天时间内建成崭新医院的一线工人；是骑行40公里电动三轮车给医疗队送菜的菜农秦师傅；是捐款9 000元被婉拒后大哭的拾荒老人徐美英；是自发捐赠22吨香蕉，通过摩托车运出后送往武汉的云南河口县93户村民；是冒险接送医生的司机以及为了防止疫情扩散，自觉在家隔离的每一位普通人……

他们就像点点星光，在疫情阴影下，照亮更多人的生活。他们代表着某一个行业中千千万万个小我，在平凡的人生答卷上书写了人生的意义，也描绘出我们这个时代前行的精神坐标。

孩子们，因为疫情的原因今年学校会延迟开学，这几天，你们的老师密切关注着你们每一个同学的身体状况，为延期开学做着一切准备工作。他们正在

用爱心和专业建设一个隔空不隔心的"魔法课堂"。官微也推送了西安高新国际学校名校"+"教育联合体给大家准备的系列教育活动清单。那么，你们有没有想过，我们到底为何而学？为谁而学？

在老师心中，你们从来不应是家国天下的旁观者，你们在阅读时认识的政治家周恩来是"为中华民族之崛起而读书"的革命先行者；你们语文书中熟悉的诗人杜甫，是"国破山河在，城春草木深"的爱国者；你们在历史书中已学到或即将学到的林则徐是"苟利国家生死以，岂因祸福避趋之"的先驱者……你们现在的情感、责任和道德正日趋成熟，这种成熟其实也是一个人家国情怀和社会担当的情感基础。希望你们时刻感受自己与国家、民族的关系，为社会、为国家、为人类发展而立志读书。因为我深知，你们虽然成长于这里，却是属于这个国家，属于这个世界，属于这个时代。

这两天，六年级的同学们笔写家国，心存大义，一封封少年信，镜鉴拳拳家国心。王李乐瑶同学在信中向医护人员致敬："你们写下令人动容的请战书，抱着一颗赤忱奉献的医者之心，扶危度厄，医者担当。谢谢您，让我们有了坚强的后盾，让2020年的开头因爱的汇聚而格外温暖而充满力量。"李卓航同学在给武汉市民的一封信里这样写道："我听说繁华的街道变得空荡。但漫长的冬天里，生命依然在蓬勃生长。"这句话，我很喜欢，也请你们一定相信，短暂的困难后，江河萌动，万物复绿，春花即将向阳而开，在一起，我们用情相惜，在一起，我们温暖相依。

最后，希望同学们在今后的生活中，用全新和更广阔的视角，用系统和更扎实的学习，认识我们所处的这个星球，思考我们人类的前途和命运，心怀敬畏，勇于探索，日新又新，只争朝夕。

我将与老师们一道，在校园里期待着庚子年的春天与你们幸福重逢。

亲爱的孩子们，我们开学见！

西安高新国际学校名校"+"教育联合体校长　王志宏
2020年2月6日

共克时艰　我们在一起

亲爱的老师们，同学们：

大家好！

2020年我们经历了一个不一样的新年，一个不一样的寒假。2月10日我们又迎来了不一样的开学第一天以及开学第一课，这些都源于新冠肺炎疫情。这疫情让我们无法正常生活、工作、学习，这疫情带给我们恐慌、焦虑、担忧，但这疫情还带给我们很多的感动：我们看到奋战在一线的"逆行者"的身影，我们感受到政府的果断有力，感受到人民的团结，感受到民族的坚强！

同时，这场"抗疫"阻击战带给我们太多的思考与感悟，关于生命、关于敬畏、关于担当、关于信仰……疫情让我们禁足，让我们能够拥有一方相对单纯的空间，静下心来审视周围的世界，澄滤自己的内心，厘清人生欲望，从这个意义上讲，这又何尝不是我们每个人的一堂人生大课呢？

这一课教会我们：什么样的生命更有意义。每天伴随着有关疫情各项数字更新的还有一段段可歌可泣的大爱故事。无论是84岁高龄仍奋战一线的钟南山院士，还是身患渐冻症却没有休息过一天的武汉金银潭医院院长张定宇；无论是脸庞留下深深勒痕的"最美医生"刘丽，还是"清洁了我们心灵"的普通环卫工人袁兆文；无论是因患病同事痛哭流涕，却又坚强诠释"英雄不被脆弱征服"的医生胡明，还是剪掉一头长发，用热血书写"90后这么快就长大了"的小护士肖思孟……

还有许许多多我们身边的最美"逆行者"——高一（7）班崔舒扬同学的父亲是我省某监狱的一名狱警，目前正在执勤。崔舒扬同学在致父亲的一封信中这样写道："还记得新年之际您接到'召回'电话后坚定地告诉我们您要回到工作岗位时，我不舍而固执地问您：'为什么必须要回去呢？不是延迟假期了吗？全体警察都要回去吗？'面对我皱着眉头、瞪大双眼的脸，您温和却坚毅地解释：'有召必回，是要求，更是义不容辞的责任。头顶国徽，就得对得起自己的职责。'"

正是这些不论名利、无惧生死、逆流而行的勇者，用他们的善良正直与勇敢为我们诠释着生命的意义。

这一课教会我们：什么是使命担当。在"白衣天使"和"人民卫士"抢救生命和护卫我们的安全时，作为教育工作者的我们，也在逆行中，更在奋战中，争分夺秒，寸阴必惜，与时间赛跑，给孩子助力，引导他们在征途中不迷失，面对变化时不惶恐，引领他们拥抱理想，奔向明天，拥有属于自己的星光大道！

这个寒假，物理组王宏伟老师整理出亲自录制的连续四年全国高考各地物理压轴题公益微课视频，通过自己个人的微信公众号"宏伟工作坊"发出来，"抗击疫情·停课不停学——挑战压轴题系列微课"播出当天就有900多人次的点击量。生物组邓凯老师在自己的微信公众号"大自然和平"上，公布高三一轮复习必修三板书供大家参考。

从1月28日大年初四开始，我校德育处、语文组组织了2020年特别德育主题活动"书信抗疫病，少年担大义"。截至2月9日的13天里，276篇饱含着深情和敬意的书信默默地飞进了"少年家国信"的邮箱。书信的内容，也从最初向"逆行者"的致敬，逐渐扩大为向无数在各种岗位上为防控疫情而奋战的人们的致敬。尽管同学们文笔尚显稚嫩，认识未必深刻，但真正体现出了他们引用鲁迅先生那句话的精义所在——能做事的做事，能发声的发声。有一分热，发一分光……孩子们所展示的不仅是一代陕西和中国少年的文字和才华，更是高新学子心系天下、关注苍生的胸襟和情怀、责任与担当。我校国际班李昊锦同学通过所学的人工智能知识，建立了关于预测次日全国确诊、疑似、重症、死亡、治愈人数的基础模型，提醒大家不要大意；国际班邱海天同学与高二的席兆辰、梁济舟同学携手做传染病防控调查，建议设"国家防疫日"，这些都体现了"高新侠"有心、有爱、有情、有魂、有家国情怀、有责任意识、有使命担当！

这一课还有许多的东西让我们思考学习。亲爱的老师们，2月10日已经正式开启的全新工作模式，希望大家把自己的作息时间安排得更加细致、更加高效、更加充实；备课、上课、答疑；批改作业、组编试题、锻炼身体。投入工作和关心家人两不相误，把工作和生活打理得有条不紊。同时激励学生培养坚忍不拔、刻苦学习、拼搏向上的精神，引导学生笃定梦想、做好本分、共克难关。灾难让民族成长，疫情让民心凝聚。我们更应该在学生的精神成长领域下功夫，引导他们审视灾难的原因与意义，弥补学生成长中灾难教育的薄弱和缺失。让学生在灾难认知、灾难反思中构建科学精神、人文精神，从而健康成长，有为担当。老师们，沧海横流方显英雄本色，时局之难才有师道大义。让我们共同努力，团结一致，为孩子们不一样的新学期保驾护航！

亲爱的同学们，在这个特殊的时期，我们以特殊的方式开学了。只争朝夕，不负韶华，抓紧时间学习科学、掌握规律、创新创造，争做国家栋梁和有用人才，这也是时代赋予我们的使命。在这里，我还有几句话要叮嘱：

一是惜光阴百日犹短，细安排一刻也长。在无人陪伴、无人监督的情况下在线学习，对同学们的自主管理、自我约束提出了更高的要求，希望同学们严格要求自己按照计划时间作息，避免晚上熬夜、早晨不起等不规律生活。

二是比起日常的课堂教学，在线学习的互动性和针对性要弱一些，同学们可以提前做好预习，了解直播课的内容，明确自己的困惑点，有针对性地学习，这样听课的效率更高，还可以利用微信、QQ等方式与老师沟通，请老师及时答疑解惑。在课后及时复习巩固，落实学习效果。

三是静下心来，阅读经典著作，广泛涉猎其他领域的知识，感悟中华文化的博大精深，陶冶个人情操的至大至纯。

四是在家中开展体育锻炼，自觉承担家务，增强独立生活和自主管理能力，孝敬父母。

五是正确认识这次重大公共卫生事件，充满信心、积极应对，在战"疫"

中感知国家的力量、人民的真情，涵养敢于面对、勇于担当的人生品格。

同学们，请你们记住："你所站立的地方，就是你的中国；你怎么样，中国便怎么样；你是什么，中国便是什么；你有光明，中国便不会黑暗。""你"是谁，就是我们每一个公民，就是我们彼此身边亲近的公民。有怎样的公民，就有怎样的中国。

一个有希望的民族不能没有英雄，一个有前途的国家不能没有先锋。中华民族总是历磨难而愈勇，遇百折而不弯；每至时艰，便是中华儿女举国同行、同舟共济的时刻。让我们每一个人都牢记自己的使命，肩负起自己的责任，共克时艰，共同迎接春暖花开。

西安高新第一中学党总支书记、校长　王淑芳

2020年2月10日

在这个特殊的春节里进行一场最深刻的修行

亲爱的孩子们：

见字如面！

以往这个时候我们都会如约集结在操场上，高新一中初中校区国旗下的讲话就是我们每学期的开学第一课，也是每位高新学子的必修课。我在每年短暂的假期里都会思考给亲爱的你们讲些什么。今年，突如其来的疫情将原本短暂的寒假拉长，我们只能采取这样的方式见面。但我还是要问候一声：同学们，你们还好吗？

时光倒流回17年前，携带病毒的果子狸被猎奇的食客端上餐桌，从而引发了一场恐怖的传染病。零五后的你们或许没有太多的体会，但如今噩梦重演，我们不得不痛定思痛——这件事为何发生？我们今后又该如何应对？相信生物老师一定给你们描绘过人类所居住的这个大自然。在这个平衡的生态圈中，每一种生命都遵循着自己的运行轨迹。人类是幸运的，经历漫长的进化学会了直立行走，学会了使用工具，甚至学会了发明创造。于是，人类站在食物链的最高层向着野生动物开了枪。殊不知，枪响之后，没有赢家。那些从野生动物身上抖落的病毒已经施展出它们的洪荒之力，裹挟着我们人类来到了一个新的历史纪元。此刻，它已不是医生才需面对的病例，而是我们每个人都要思考的问题。

说到底，人类的智慧是为了保护渺小的、有限的自我，科技越是发达，医学越是进步，就意味着我们面临的问题越是严峻，我们也越应当保持一颗敬畏之心。敬畏生命，爱一物之生，怜一物之死；敬畏秩序，尊重四季之成规，遵守万物之法则；敬畏自然，承认自己的渺小，承认万物平衡才是自然真理。古语云:"心存敬畏,行有所止。"当我们对人以外的生命巧取豪夺、"相煎何太急"的时候,人类自身也将走向深渊。心怀敬畏,这是我们对这个地球最大的善意,而这一切也终将回馈到我们自己身上。

当然,我们所谈论的敬畏之心并不仅仅存在于外界这一维度上。当病毒扩散,那些由疫情带来的恐惧和损伤同时也在逼迫着个体进行深切的自我审视——在这场"孤独之旅"中,我们该如何与自己相处?有人看剧、打游戏,有人频繁地刷着朋友圈,有人将一颗草莓上的籽数了一遍又一遍……然而,还有一些人做出了完全不同的选择:他们读书、练字、健身……我们不论孰是孰非,但两种选择的结果显而易见。

我曾经听到过这样一个故事:1665年至1666年,一场可怕的鼠疫席卷了英国。在那场瘟疫中,八万人丧命,足足占了伦敦人口的五分之一。应该说,那时的疫情比现在严重得多。22岁的牛顿和你们一样也不得不从剑桥大学离开,回到自己的家乡林肯郡去躲避瘟疫。疫情持续了18个月,在前6个月里,牛顿发挥自己的数学天赋进行紧张的学术思考和研究,先后发现了二项式定理、微积分和无限概念,而后12个月里,他又转而沉醉于天文观测和实验,同样成果丰硕。1665年7月到1666年年底的这场大瘟疫,有人沉浸在恐慌中无法自拔,有人抱着不知能活到哪天的想法终日荒废,而这18个月却构成了牛顿一生的高光时刻,也书写了科学史上的一个伟大传奇。

同样的一段时光,我不知道足不出户的你们,是否有计划地安排了自己的居家生活?是否列出了自己要读的书单?是否计划去完成几幅书法习作、几首小诗创作、一个剧本编排、一次实验设计,或者明白了读书的意义,在浩瀚的书海里畅游一番……当你怀抱希望,主动等待,那么所有的煎熬和折磨都会变成一场最深刻的修行。

"悟道方知天命,修行务取真经"。何为"真经"?我想,"高新侠"这一身份便是最好的诠释——侠之大者,为国为民!一百多年前,有个少年说要"为中华之崛起而读书";一百多年后,我想告诉你们,要为民族之振兴而读书。我们的国家经历了太多的苦难,但每次苦难来临都会涌现出无数的仁人志士,挽狂澜于既倒,扶大厦之将倾。成为这样的人,就是读书的终极目的。在抗击疫情的日子里,你们认识了毕业于北京医学院、曾在英国进修的院士钟南山，认识了从赤脚医生一路苦读成为传染病专家的李兰娟，还认识了那些冲在一线的医护人员、深入疫区报道实情的专业记者、昼夜不停建设医院的工程师……这些人用他们的学问和素养为我们构筑起了抵抗病魔的最坚固防线。亲爱的同学们，居家隔离的生活，或许让你明白了实现国家的兴旺发达，教育是基石，科技是动力，更需要千千万万医者、军人、教育家、科学家的倾心付出、荣辱与共。如果说这场战"疫"留给我们什么，我想这份向阳而生的信念就是最好的馈赠。希望少年的你们能拥有这份信念，并创造一个更好的中国。

在抗击新冠肺炎这场战役中，我们向每一位可歌可赞的人致敬，也向心有大爱的自己致敬！我看到：我校公益组织的孩子积极筹措资金4万多元捐献疫区；我校双胞胎小姐妹给奔赴武汉的军医妈妈写的信——《我最知道摘下口罩的你有多美》；我们的老师尽管放假不在校，但他们一直在岗、一直在线，有的一手抱着尚在哺乳期的幼儿，一手持机为你们答疑；班主任每天早上6点多开始，统计本班学生的身体状况、活动轨迹，直到联系上最后一个同学报了平安，才能安心放下手机。为了最大限度减少疫情对教育教学工作的影响，他们群策群力、更改行程、购置设备，创造各种条件为无法确定的开学做准备而毫无怨言。老师们通过网上授课、在线答疑、视频家访、讲述疫情防护知识、开展心理健康辅导等，与同学们共同度过这段特殊的时光。希望同学们能以更加专注的态度、更加主动的精神、更加严格的自律，用心预习、认真听讲、及时巩固、有效吸收，不辜负那些不顾自我安危、奋战在"抗疫"一线守护我们平安的"战士"。

亲爱的同学们，2020年的开头着实过得不容易，但请相信，每一个春天都会如期而至。守得云开见日出，待到春暖花开时，我在美丽的校园等你们平安归来！

西安高新一中初中校区校长　王凤进

2020年2月10日

希望萌发 春光在前

亲爱的老师们、同学们：

大家好！

庚子之初，一场突如其来的灾难扰乱了所有人的节奏，一场前所未有的艰险立在每个人面前。我们体会了这个城市从未有过的安静，也感受着一份从未有过的凶险。我们从未如此深刻地认识到即使是一颗微粒也足以改变世界，我们从未如此真切地理解"苟利国家生死以，岂因祸福避趋之"的大爱情怀。这一场疫情带给我们的是刻骨铭心的记忆、是战胜困难的勇力、更是大义面前的责任与担当！首先把最崇高的敬意献给为抗击疫情战斗在第一线的"逆行者"！"若有战，召必回，战必胜"是对"大爱"最深刻的诠释，"党员就是责任！"请战书上鲜红的指印是对"初心"最炽烈的表达，建筑工地上夜以继日的身影是对"责任"最恒久的刻画！更多的是平凡的人在平凡的岗位上做着不平凡的事情！

因为这场疫情，2020年春季学期延迟开学，但是"停课不停学""停课不停教"，我们将通过线上视频的形式开始我们的新学期。面对不一样的新学期开学，我们需要：

一要坚定一个信念，共渡一个难关。 疫情就是命令，防控就是责任。举国上下团结一心、群防群控、科学应对，在抗击新冠肺炎疫情过程中，不管是奋战在一线的医务人员，还是严格执行防控措施的各行各业人员，全国人民众志成城，凝聚起强大的中华力量。疫情发生以来，习近平总书记多次召开会议、听取汇报、做出重要指示，强调把人民群众生命安全和身体健康放在第一位，把疫情防控工作作为当前最重要的工作来抓。正是基于这份责任担当，铁一中把每一位师生的健康与平安当作最深的牵挂，学校每天定时收集大家的健康信息并及时跟进，按照要求严格落实防控措施不松懈，每天进行消杀灭菌，以确保春季开学校园的公共卫生安全。在这里，我也代表学校向支持配合学校工作的老师们、同学们以及默默支持我们工作的家长朋友们致以诚挚的感谢！疫情警报尚未解除，防控形势依然严峻，希望老师们、同学们继续严格执行防控措施，定时上报健康信息，把好防控关，少出门、勤洗手、多锻炼，万众一心，科学防疫，共克时艰。

二要变换一个课堂，收获一份成长。 2月10日开始，学校各年级启动"停课不停学"的线上学习。为确保线上学习的顺利开展，近期学校提前组织教师完成线上培训，帮助老师顺利完成微课录制、线上授课的各种准备，老师们已在假期里提前备课，并对寒假作业进行在线答疑和指导。学校将根据教学实际和要求，以年级为单位统一进度、统一课时，有序有效地推进线上的教与学，希望老师们高度重视，做好网络教研，确保每天课时到位、人员到位，及时跟进学生的线上学习情况和学习效果，合理布置作业，做好线上答疑和作业辅导、批改。同时，为了使同学们在家里也能感受到在校生活的节奏，能张弛有度地安排好自己的学习与生活，学校准备了眼保健操、室内健身操的音视频，每天按时播放，希望同学们在家坚持完成。课堂变化了，但是越是在这种特殊的环境下，越能考验每一位铁一师生的高标准、高素质、高要求，越是能让铁一学子牢记责任，勤奋读书，作为一名学生，在此时此刻守住初心、积极进取、自主自律就是在这场"战役"中最大的作为，也是对抗击疫情最大的支持。我相信等到疫情结束，重回平安、重启正常的节奏时，我们的同学一定会收获别样的经历、别样的成长。

三要牢记一份责任，懂得一种大爱。 一场疫情考验的是责任与担当。当得知奋战在疫情一线的医务人员牵挂家中子女时，学校发起倡议，号召党员教师充分发挥先锋模范作用，义务为医务人员子女提供帮助。老师们踊跃报名，志愿线上辅导。抗击疫情传递的是温情与大爱。春节本该陪伴在家人身边的医务人员在疫情突发的紧急关头，义无反顾地选择奔赴一线；与抗击疫情相关行业的工作人员放弃休假、坚守岗位，为防控疫情尽心尽力。战胜疫情需要知识更新和科研力量。时代在发展，科技在进步，我们应对疫情的能力在提高。但是，面对病毒的变异和侵扰，我们仍有许多需要探知的科学领域。同学们，你们是祖国的明天、是民族的未来，希望这场疫情能让你们认识到知识的重要，珍惜岁月静好时的学习时光；无论何时何地都要心存感恩，以善良与包容面对人生，做一个心怀大爱、不忘使命、勇担责任的中国人。

　　春生已始，万物复苏；春光在前，希望萌发。疫情总会过去，让我们相聚在春暖花开、繁花与共的校园！

西安铁一中学校长　庆　群

2020 年 2 月 15 日

春暖花开 我们再聚美丽校园

亲爱的同学们：

还记得 2019 年的最后一天，学校岁末狂欢活动上，你们放飞梦想青春狂欢的场景吗？在那一天，我祝福大家在 2020 年阳光自信、实现梦想，新的学期一起见心见行，共育共赢。但没想到意外总是比我们想象的来得快，突如其来的疫情让原本红红火火的春节变得安静却不平静，疫情波及全国打乱了我们的计划、影响了正常开学，更牵动着每一个人的心。

每天能够收到你们上报的平安健康的信息，是学校和所有老师最欣慰的事。此时此刻，也许你正通过各类信息了解疫情防控情况，也许还是像在学校一样规律生活、完成好每天学习任务，抑或陪伴父母为他们做一顿可口的饭菜……总之，老师们知道，你们一定会在这个关键时期履行好自己的义务，乖乖在家不出门，用另一种特殊的方式与抗战一线的英雄们携手共进，共渡难关！

守护健康，尽应尽之责。这个难熬的冬季，每天发生着暖心的故事。84 岁的钟南山院士劝大家别出门，可他却像一位英勇战士冲锋在生死最前线；武汉金银潭医院院长张定宇身患渐冻症却一直坚守岗位，与病毒赛跑、与死神竞速；河南一位一线护士与多日未见的女儿隔空拥抱，"乖，妈妈是共产党员，战胜病毒就能回去了"；90 岁的老奶奶不顾自己安危，写信鼓励确诊的 64 岁儿子：要挺住，要坚强，战胜病魔，配合治疗，呼吸器不舒服要忍一忍；武汉菜农秦师傅骑 40 公里的电动三轮车为医疗队人员送来 24 箱新鲜蔬菜……一次次勇敢的逆行、一个个暖心的善举都绽放着人性中最闪亮的光。

在我们的周围，也有闪闪发光的个体和每一个为了这场战役倾尽全力的普通人：冲锋在前的医护人员、奋战在各个岗位的公务人员，还有我们铁一中滨

河的老师们。在这里我想骄傲地告诉大家：咱们学校高中组张红桢、贾文英、来航卫、杨鹏飞、张萍、苏立祥、张颖等老师，初中组张改红、肖瑶、喻静、聂天佑等老师以及小学部赵小增、初蕾老师，还有咱们2019年毕业考入中国民航大学的张思真学姐，他们在这个假期都没有休息，义务为抗击在前线的医护人员子女辅导作业，用自己的行动书写责任和担当；体育组的靳晓汝老师也主动报名请缨，成了他们社区的一名志愿者，为周边人民的安康生活做出了自己的贡献。他们也都只是普通的劳动者，但他们都选择了"逆行"，选择做一个有温度、有情怀、有担当的人。

当前，疫情仍在蔓延，防控处于关键期，我们每个人应肩负起时代赋予的使命与责任，与祖国同命运，与人民共患难。也许我们无法奋战在一线，但我们可以做英雄身后最坚实的后盾。当他们在前线奋战抗"疫"时，我们能够保护好自己，不让关爱我们的人揪心，就是对他人生命安全的负责，就是对国家做贡献。作为青年，我们应该自觉做科学的传播者、谣言的粉碎者、健康的守护者、家庭的关爱者，每一位同学的平安、每一个家庭的健康就是平安华夏、健康中国的坚固基石。

按往年的时间，也许此时已经开学了。可这场始料未及的疫情改变了当前的学习方式，在疫情结束前可能都会进行线上教学。目前学校老师们都在积极准备，精心准备课程计划和内容，积极学习线上教学软件，力求达到最佳教学效果。这对大家来说都是一种新尝试，我们都需要有一个适应的过程。同学们虽然不能像以前那样和老师、同学面对面地讨论交流，但我相信，这种隔着屏幕的学习方式不会阻挡我们追求真理和成功的信心，更不能阻断我们共同的梦想。

在这个特殊的时期，学习场地换成了家里，少了老师和同学们的共同参与，知识积累和能力提升更多地依靠主观意志。尤其是对初三、高三年级的同学来说，这一阶段也许是一个提升的关键时期，更是一个容易拉开差距的阶段，因此这对同学们提出了更高的要求：在知识学习和能力提升中，准确对自己定位，调整好心态；合理规划时间，稳扎稳打提升能力；规律作息时间，拒

绝诱惑；有针对性地安排复习，有疑问及时线上切磋解答。

亲爱的同学们，蔓延的疫情可能让我们会感到焦急、不安，但请记住，我们有伟大的祖国，我们有伟大的人民，上下一心、一体联动、联防联控，14亿中国人民团结一致的决心和行动一定会在抗击疫情的斗争中取得胜利。在疫情面前，为了同学们的健康平安，我们应该发扬铁一中精神，践行责任与担当，履行我们的职责和义务：一定记得尽量不出门，如果非要出门戴好口罩，勤洗手；监督身边的不文明行为，传播新冠肺炎的相关知识，做一个对社会有用的人。

乌云遮不住升起的太阳，疫情挡不住春天的来临。坚定信心，众志成城，共渡难关，待春暖花开时，让我们一起再聚美丽的校园，书写美好的青春未来，请一定一定记住我们的约定！

西安铁一中滨河学校校长　刘亚蓉
2020年2月9日

春天喊我们去奋斗

亲爱的同学们：

依照惯例过完"花市灯如昼"的元宵节后，我们应该是整理书包准备开学了，但是新冠肺炎疫情的肆虐却阻挡了我们重返校园的脚步。隔离在家的我们体会着这个城市从未有过的安静，也深切地感受到了抗"疫"战线上那些澎湃的力量与暖流。

有一档非常知名的知识类跨年节目叫作"时间的朋友"，其中演讲人提到了"我辈中人"的责任与担当，我想用在当下的情景中是再恰当不过的。我们每个人都是亲历者，也都在积极践行着自己的责任与担当。千城寂静，万户闭关，这个春节少了一份相聚的热闹，却让我们在抗击疫情的过程中有了许多的体验与思考，特别是有了太多的感动与感谢，收获了担当的资历和成长的力量。

首先将感动与感谢送给你们中间为抗击疫情战斗在一线的家长朋友们和你们的老师！我听说同学们中间有不少家长朋友作为医务工作者在疫情开始的时候就奔赴一线，请允许我代表学校送上深深的感谢，学校为你们骄傲！这里还要感谢，我们的一些家长朋友急学校之急，向学校捐赠消毒用品，用行动演绎家校连心同是铁一中人的美谈！感动和感谢还要送给你们的老师，疫情开始，老师们就积极报名为一线医护人员的子女线上辅导，疫情肆虐之时，老师们则是抱着"停课不停教"的宗旨，积极教研、科学备课，开启智慧，让即将到来的线上教育教学有新意、受欢迎、有实效，谢谢所有铁一中老师！

其次将正向思维与正能量送给全体同学！疫情当下，我们会有不安、恐惧、无助，可能随着时间的推移，焦虑、憋闷、压抑会袭扰着你，同学们，但

凡危难也是考验，历经挑战便会更好成长，最好的心理安抚就是正向思维与正能量的传递。让我带着大家开启这样的认知：

了解新冠肺炎的发病机制与传播途径，做好自护，这是必学的健康课。

从抗击非典、汶川地震到防控新冠肺炎，中国人从未退缩过，这是生动的历史课。

全国各界爱心汇聚，抗疫前线医疗资源不断充实，这是感人的公益课。

近万名医护人员奔赴抗疫一线，通宵达旦与病毒抗争；数千名建设者克服重重困难，以惊人的中国速度建设火神山医院、雷神山医院，这是中国特色的政治课。

阅读有关抗击疫情的文章、作品，写下自己所感所获，这是语文课。

在疫情肆虐的时候，很多很多如我们一样的平凡人依然坚守工作岗位，只为保障我们的生活平安有序，这其中或许就有你们的爸爸妈妈、叔叔阿姨、哥哥姐姐，这是坚守本心的素养课……

这千千万万人汇聚的中国力量让我们感到无比踏实，危难面前，我们从不是一群人、一座城在战斗，我们的背后是中国！

最后把叮嘱和要求送给同学们！从严格意义上讲，我们已经开学了。学校已经制定了具体的"停课不停学"的方案措施，线上课程资源全面开放，老师们也已经在线工作，请同学们及时关注班级群里的通知与安排，按时参与学校在线学习课程。我们的学习内容将按照课程内容有序推进，作业和练习也将通过网络的方式进行检测和反馈。

所以，亲爱的同学们，请你及时调整自己的心态和作息规律，保持积极乐观的心态，让自己的学习生活规律起来，以我辈精神躬身入局，完成青春的修炼，积蓄未来担当的力量！

　　春风杨柳万千条，六亿神州尽舜尧。
　　红雨随心翻作浪，青山着意化为桥。
　　天连五岭银锄落，地动三河铁臂摇。
　　借问瘟君欲何往，纸船明烛照天烧。

  这是1958年毛主席为人们战胜血吸虫病创作的一首七律。历史总有惊人之处，如今我们万众一心，也定能赢得这场战"疫"的胜利。春天已在路上，我们期待再聚铁一中话成长！

西安铁一中分校执行校长　徐学芳
2020年2月15日

等你回来　陪你长大

亲爱的同学们：

2020年伊始，一场没有硝烟的战争轰然打响。在新型冠状病毒的无情肆虐下，全国上下仿佛进入了冬眠，不断增长的确诊病例数震痛着每一个中国人的心。习近平总书记指出，这是一场疫情防控的人民战争。在这场攻坚战、阻击战、总体战中，数十万"白衣战士"挺身而出，昼夜奋战，所有中华儿女勠力同心、共克时艰。

生命重于泰山。疫情就是命令，防控就是责任。这场没有硝烟的战争让我们拥有了一个超长寒假，在漫长的等待中，西高全体师生都能听从国家安排，严阵以待。虽然我们不能像"白衣天使"和众多"逆行者"一样奔赴一线，但我深深感受到了全体西高人强烈的责任心和使命感。无论是学校"停课不停学"的统筹，还是老师们网络上课的积极准备，全体教师没有推诿、没有敷衍，积极做好准备，坚持教学"一线阵地"，相信同学们在这样一个特殊的学习阶段，也一样会坚持学习，坚守自己的学习阵地。

同学们，我们正在与病魔进行艰苦卓绝的抗争，我们每一个人的命运正紧紧联系在一起。从疫情开始的那一天起，你们的社会课堂就已经开课了。

我希望你们不仅要学习知识和本领，也需要关注疫情、关注社会、关注人性。那一个个增长的确诊数字并非与我们无关，那是一个个与死神抗争的同胞，那是一个个鲜活的生命。中国近现代著名教育家蒋梦麟说："强国之道，不在强兵，而在强民。强民之道，惟在养成健全之个人，创造进化的社会。"如何能在下一个意外来临的时候，多一些准备，少一些措手不及，多一些担当，少一些推诿，多一些思考，少一些人云亦云？这些是我们要深刻思考的。

预知不了未来，但我们却能做好自己。

我希望你们不仅要强身健体，也要学会忍耐、自律、理解、勇敢和乐观。这是一场不幸，每个人深陷其中也身在其中。那些数字、人物、精神、教训、反思，不能只出现在多年以后的资料记录里，也应该留在我们的血脉里。你们应该知道：与国家同呼吸，与同胞共命运，就是家国情怀；敬畏自然，约束自己，就是保护地球；勇敢、坚强、乐观、善良，就是一次最好的个人素质课。

"风声雨声读书声声声入耳，家事国事天下事事事关心。"作为西高人，不仅应该读好书、多读书，还应该关心国家，关心政治，关心天下事，关爱天下人，求学是起点而不是终点，知识和本领是力量，良知和人格是方向。

今天，原本是开学的日子，但因为疫情，我们不能相聚校园，百年的坚守化成此刻的期盼：不急，不慌，不怕，等你回来，陪你长大！让我们永远铭记校训：明体可强身心，达用以报家国！让我们众志成城，守"土"有责，战"疫"必胜！愿在春暖花开时，山河无恙、人间皆安！

西安高级中学校长　辛军锋

2020 年 2 月 10 日

历史上那些遭遇疫情的伟人告诉了我们什么

亲爱的同学们：

新年好！

一场突如其来的疫情打破了春节祥和的气氛，也打乱了我们的生活节奏。当前，正处于疫情防控的关键时期，我相信你们一定能响应国家号召，按照社区、村镇和学校要求，服从家长的管护，严格落实自我防护，不让关爱我们的人揪心。做到这些，既是对自己生命安全的负责，也是对他人生命安全的负责，更是对一线医务人员的宽慰，就是在为这场战"疫"做贡献。

面对疫情，也许你还不能完全理解这一切意味着什么，正如我也无从感受正处于疫情中心的人们在经历着什么。但我们可以通过关注去感悟，通过思考去澄清，通过行动去化解。疫情是一面镜子，它不仅照出了人性的丑与恶，也分清了生活的真与假，看到了人们的积极与消极，这关键取决于我们每一个人的思考与行动。我们已经从党和国家的号召力和执行力中感受到了中国速度和中国力量，我们在社会全员参与的积极行动中感受到了国人万众一心、共克时艰的民族精神，我们从抗"疫"一线的"逆行者"夜以继日的忙碌身影中感受到了他们勇敢、无畏、大爱的美德。

我想作为一个中学生，我们正好可以借机静下心来思考，思考自己，思考生命，思考自己的人生规划。我们可以拿起手中的笔去声援抗"疫"一线的医务人员和工作人员，讴歌中国人民"一方有难、八方支援"、团结一心、众志成城的坚强与伟大。我们理性反思疫情发生的根源，体会环境保护的重要性，理解人与自然和谐相处的道理，体悟人与自然、人与人之间的和谐之美；

结合当前倡导的劳动教育，利用超长假期居家的机会，主动帮助家庭做力所能及的劳动，提高自己生活自理能力，感悟劳动之美；针对当前疫情要求和推迟开学现状，我们严格自律，自觉服从家长管理，自觉遵守社会公德，认真落实学校要求，做到防疫学习两不误，体现阳光学子的自律之美。我们可以通过阅读、思考和实践加强自我修炼，不断增强自己的爱国之情、成才之志、责任之心、和谐之美、自控之力，提高自己的人生境界和核心素养。

同学们，疫情也许给你们生活带来了诸多不便，使我们陷入了"逆境"，但古今中外，许多对社会有卓越贡献的人，都能在逆境中顽强拼搏，克难奋进，创造出人生奇迹。英国著名的物理学家牛顿22岁在剑桥大学三一学院学习期间，因英国伦敦流行鼠疫，不得不返回家乡，继续做他的研究。而这段时间恰好给牛顿的科学研究创造了一个极好的机会，他的三大成就：微积分、万有引力、光学分析的思想就是在这个时期孕育成形的，可以说此时的牛顿已经开始着手描绘他未来人生科学创造的宏伟蓝图。"俄罗斯小说之父"普希金也曾因流行霍乱在父亲的领地波尔金诺村羁留三个月，在这期间，他创作出了大量杰出的作品，文学史上称为"波尔金诺"之秋。

同学们，从牛顿、普希金的故事中，我们感悟到了什么？苦难和挫折也是人生的宝贵财富。当前面对疫情防控的严峻考验，你们唯有在家里不出门，静下心来好好读书、好好学习，才是爱国爱校爱自己的表现。你们要静心思考，按照学校的建议，合理安排时间，科学制定学习计划；你们要认真总结反思，落实查漏补缺，要重视加强自己的"瘸腿科目"，要补齐自己的知识漏洞，做到弱科强化，均衡发展；你们要按照学校"停课不停学"的安排和要求，按照老师推送的学案和微课准时完成学习任务，认真做好学习笔记，独立完成作业，主动接受家长和老师的检查，积极参加与同学和老师的互动交流。同时也希望你们在学习之余，按照学校安排自觉在家认真完成每周一节的微班会学习，坚持每日两次居家体操，收看新闻联播，完成好学校和老师安排的其他德育实践活动任务，这些对于你们的成长也很关键。同学们，这是对你们自学能力的锻炼，也是对你们自律意识和吃苦精神的检阅，更是对你们人格人品的考

验。天道酬勤,请同学们记住,你的努力从不会被辜负!

"飘风不终朝,骤雨不终日。"用这句话来形容这次新冠肺炎疫情很贴切。今日刚好立春,我们期待疾疫将随着和煦的春风很快飘去,也期待着你们在这次独特的人生际遇里收获满满,更期待很快看到你们青春的身姿和自信的笑颜荡漾在美丽的阳光校园。

再次祝大家新春愉快、一切安康!期待假期后的相见。

西安交大彬州市阳光高级中学校长　王　甲

2020年2月4日

风华正茂少年郎　誓国热血正当时

亲爱的同学们：

你们好！

在放寒假前，原本以为一个短暂的、无拘无束的寒假过后，我们会很快再见面。殊不知，新冠肺炎疫情突如其来，神州大地一片沉寂，这位不速之客在荆楚之地猖狂肆虐。全国各地的医护人员以身赴险、众志成城、千里驰援、共抗疫情，奋战在疫情一线，只为托起生命的明天。疾风知劲草，大浪现英雄，在这场与病毒的战"疫"中，没有任何一个旁观者。一方有难、八方支援，面对疫情最美"逆行者"用"舍身"的精神谱写着一曲勇气的赞歌。我在这场看不见硝烟的战争中见识到了华夏不屈的脊梁。我坚信，多难兴邦，乌云之后必见暖阳！

亲爱的孩子们，立春已过，阳生病消；百草回芽，否极泰来。没有一个冬天不可逾越，没有一个春天不会来临。此刻我们要感谢现代通讯的发达，让我们虽远隔千里，但可以了解武汉发生的种种，可以让我在这里和我最亲爱的孩子们说说话。"天下兴亡，匹夫有责"，最美"逆行者"用高度的责任感践行自己的使命与担当。他们的事迹让我们坚信"负责任、有担当"这样正确的价值观依旧是国人传承追求的目标。危难前，正是因为最美"逆行者"长久保持着对事业、对社会、对国家的责任感，才会拥有超人的坚韧，才能在疫情面前英勇无畏、执着向前。

亲爱的孩子们！疫情无情，人间有爱，岁月静好是因为有人为我们负重前行，那些数字、那些故事、那些人物、那些精神、那些教训、那些反思，不能只出现在多年以后的历史课本里，我们应该明白，我们的国家正在艰难地抗争当中，我们与国家的命运正紧紧地联系在一起。一张安静的书桌来之不易，不能只安放没有思想的头颅。孩子们，你们不是局外人，现在不是，未来更不是。作为未来世界的建设者，相信2020年这场疫情会让你们刻骨铭心、终生难忘。

面对蔓延的疫情、非常时期的"停课不停学"，我不建议这个时候只让孩子安心读书，哪怕是初三年级即将中考的孩子。孩子们，你们需要和时代同频共振，求学是起点不是终点。真正属于你们的未来，需要的是你们建立在人格之上的本领。这个时代缺的不是完美的人，缺的是从自己心底里给出的真心、正义、无畏和同情。知识和本领是力量，良知和人格才是方向。

最后，希望同学们从今天开始，加强体能锻炼，合理规划每天的学习任务和作息时间，振奋精神，心情愉悦，目标坚定，高质量地过好每一天，为有一天实现自身价值努力充电！真正地体现我校学生"身体第一，品质第一，能力第一，分数第二"但"不唯分数，却赢在成绩"的教育理念。这样，我们就离见面更近了一点，离成功也更近了一步！片刻的蛰伏是为了长久的幸福！少年当"为中华之崛起而读书"！同学们，你们当勇敢地面对社会责任，为了实现中国梦而读书！青春需早为，岂能长少年，孩子们！加油！

西安交大韩城学校总校长　刘　鹏

2020 年 2 月 9 日

少年有志 则国家有望

亲爱的同学们：

大家好！

2020年的春节想必大家一定印象深刻，不能走亲访友，不能去游乐场，不能和同学们一起玩耍，甚至不能出门。往年的这个时候，大家已经做好了新学期的准备，坐在明亮的教室里捧着散发着油墨书香的新课本，满怀信心地开始了新的学期，然而今年这一切都因为新冠肺炎疫情而被打乱。这场疫情牵动着亿万人民的心，这是一场没有硝烟的战争，灼灼烈火，充满挑战！

亲爱的同学们，关于这场疫情的暴发，我不知道你们有没有认真思考过背后的原因？尽管目前没有足够确切的证据证明新型冠状病毒就是来源于某一种野生动物，但是这背后和野生动物是分不开的。学过生物课的同学们应当知道食物链是一个完整的闭环，是大自然几千万年来演化出来的平衡状态，一旦这个平衡被打破，将会引发大规模生物生存危机，由于人类也是食物链的一环，因此人类也不能幸免。

我们应当敬畏地球上的一切生命，不仅仅是因为人类有怜悯之心，更因为它们的命运就是人类的命运：当它们被杀害殆尽时，人类就像最后的一块多米诺骨牌，接着倒下的也便是自己了。我们只有拥有对于生命的敬畏之心时，世界才会在我们面前呈现出它的无限生机，我们才会时时处处感受到生命的高贵与美丽。

亲爱的同学们，疫情发生以来，每天看到通报确诊的人数起伏变化时，你们的心情是怎样的？每天看到那么多坚持在抗击疫情一线的医护工作人员忘我工作时，你们的心情是怎样的？或许这个时候大家才能真真切切地感受到生命的意义吧？我想，学校平时开展的各种各样的生命教育都不及此次疫情带给大家的触动深刻！我希望同学们以这次疫情为主题，认真、深刻地思考生命的意义！

当然，疫情当前，我更希望同学们把热爱生命的想法转化为行动，积极履行一个公民的义务，积极响应国家的号召，不出门、勤洗手、戴口罩。如果从外地回家，自觉遵守相关要求，主动居家隔离，及时上报自己的身体状况。近日，我也看到了有的同学为了减少传染，为小区的电梯里面贴上了自己手绘的温馨提示，并为电梯"安装"了一包抽纸；也有同学为小区抗战在一线的工作人员送上了暖心的口罩和生活用品，我为你们的行为点赞！

亲爱的同学们，因为这场疫情，我们不能如期开学，学校制定了"停课不停学"的实施方案，指导大家在家里线上学习。本学期面临各种考试和升学，学习时间紧、任务重。在家里学习不同于在学校，学习环境的改变、学习方式的变化都需要大家一一适应，同学们应该和往常一样，跟着老师的步伐，制订自己的学习计划和作息时间，排除一切干扰，努力学习，只争朝夕，不负韶华！此次病毒被称为"新型冠状病毒"，这是一个未知的病毒，应对这场突如其来的疫情，需要我们万众一心，需要我们勇于奉献，更需要我们有强大的知识体系。此时此刻，大家更要明白自己身上所肩负的使命和责任。

不同的时代造就不同个性的青年群体，但永远不变的是青年一代的责任和担当。习近平总书记曾说过："一个国家的进步，刻印着青年的足迹；一个民族的未来，寄望于青春的力量。"少年有志，则国家有望。我希望同学们把个人的奋斗志向和国家的前途命运紧紧联系在一起，为民族争光，为祖国争光。时刻准备着，为祖国的建设付诸行动！

期待与你们早日见面！

陕西师范大学奥林匹克花园学校校长　李　鸿
2020年2月10日

疫情后我们再相见 定将锦绣满园

我亲爱的孩子们：

今天是2020年农历庚子年正月十五，每一年的这一天我都一大早站在校门口迎接新学期里你们的到来。可是，今天却没有；每一年的这一天我们都会和家人一起煮汤圆、祈团圆。可是，今天却没有。疫情当前，我想用这种特殊的方式与你们共勉！

孩子们，面对疫情，请感恩生命！ 面对严峻的疫情蔓延形势，我们每天看到全国各地增长的确诊、疑似、死亡、治愈的数字变化，心情也跟着起起伏伏。孩子们，数字不能定义疫情，而它的背后诠释的是生命呀！敬畏这些数字，那背后是一个个家庭、一个个生命。我们很幸运地生活在这个时代，疫情当前，有84岁的钟南山爷爷老将挂帅，再次出征，他用泪水告诉我们：武汉是一座英雄的城市，人们之所以无条件信任钟院士，是因为他有对生命的敬畏；除夕之夜，空军军医大学143名医护人员从西安咸阳国际机场飞赴武汉，他们用逆行的背影告诉我们：疫情无情人有情，生命面前见本色；李学明爷爷将用破旧塑料袋装着的10 071元零钱放在政府大厅的桌子上时，他用微驼的身影、粗糙的双手告诉我们：大义之举起于平凡，善意之心铸就伟大。

孩子们，我并不仅仅是在给你们讲故事，我更想告诉大家，拥有健康生命的我们有多么幸福！延期开学的这段日子，不要整天睡到自然醒，还怨做好早饭的妈妈喋喋不休；不要捧着手机玩到自然睡，还怨在家待着好无聊；不要看到这一组组数字时无关痛痒，还要埋怨为什么出门戴口罩。

我亲爱的孩子们，请感恩父母给予我们生命，我们要珍爱它。赶紧动手认真做好假期作业，抑或是读读那些尘封的名著，再次看看书中的保尔是怎么凭借钢铁般的意志点亮生命，或是看看史铁生坐在轮椅上是凭借怎样的顽强毅力坚守生命，或是看看语文书上的邓稼先几十年如一日的研究是凭借多少次失败震撼生命。孩子们，我们不是医生、不是军人、不是科学家，不能马上前往疫区去冲锋陷阵。安心学习、用心读书也算为生命的传递尽力；请感恩危难面前有人为我们负重前行，让我们享受生命的岁月静好。曾经以为感动中国的人物总是离我们很远，可是这个春节的每天都上演着感动武汉、感动中国的故事。那些离开这个世界的人们中或许也有你们的同龄人，开学之日，他们再也不能坐在教室里读课文、背单词了，想着这些我们都心疼，是不是应该明白生命来之不易？我们应该珍惜当下：去帮妈妈洗洗碗、拖拖地，去和爸爸聊聊天、健健身，拿起电话问候远方的亲人、师友，告诉他们一切平安，握紧手中的笔用最朴实的话语为武汉的同龄人打打气、鼓鼓劲，待到春花烂漫，我们同他们一起读书习字，迎接每一次朝阳与晚霞，共赴生命之约！

孩子们，面对疫情，请铭记责任！ 顾炎武曾言："天下兴亡，匹夫有责。"不要有"天下事是大人的事，与我何干"的心态。拿起手机，除了玩游戏和刷抖音，你有没有看到武汉中学陈琪方同学的外公和妈妈都奔赴医院前线，16岁的她对需要帮助的人说："挺住！我的妈妈和外公借给你们，一定能赢！"这是一个小家托起更多小家的责任；你有没有看到除夕夜空军军医大学医生史庆辉接到驰援武汉的命令，刚刚出院的母亲对儿子说："面对疫情，挺身而出责无旁贷，妈妈支持你。"这是一位母亲支持更多家庭母亲的责任；你有没有看到郴州医院的徐自强医生到相隔不足10米的发热门诊看望值班的儿子在玻璃上写下的"秋笔，加油！"这是一位父亲和儿子撑起更多家庭希望的责任！

是的，疫情面前，我们会想起司马迁说："常思奋不顾身，而殉国家之急。"我们也会想起课本里的黄继光用鲜血堵住了敌人的枪口，这些被我们称之为"英雄"的人从不会从天而降，面对疫情，只有挺身而出的普通人，他们才是我们应该追的"星"：有不挣钱送爱心餐的90后邱贝文夫妇、有从汶川三江县用6辆卡车驾车36小时送去武汉100吨蔬菜的无名村民、有除夕夜奔赴武汉建设火神山医院的每一个工友……孩子们，不知为什么，说到这里，我总会热泪盈眶，也许是因为我们都明白，无数个"小家"在一起，才有我们的"国家"，只有我们每个人都尽自己的一份责任，我们的家就不会散，国家才会更强大！

孩子们，从这一刻起，做一个有责任心的人。我们实事求是，尊重科学，关注权威信息，传播正能量。敬畏自然、维护生态。从这一刻起，如果我是班干部，我要为同学热情服务，让我们的班级更团结；如果我是少先队员，我要做好每一件小事，用实际行动为红领巾添一抹红；如果我是共青团员，我要成为班级那个最认真、最踏实、最勤奋的人，用力所能及擦亮团徽；不管我是谁，我都要认真做事、踏实做人，用自己的全心全意为小家、为大家、为国家添光增彩！

孩子们，没有豪言壮语、没有铮铮誓言，居里夫人说："我们应该不虚度一生，应该能够说：'我已经做了我能做的事。'"是的，记住我们的校训，关键时刻做到我们的最好！

孩子们，面对疫情，请勿忘使命！易卜生说过："社会犹如一条船，每个人都要有掌舵的准备。"我们小学六年级、初三年级、高三年级的同学们，今年七月，将是你们学业中的重要转折点。任何一个阶段的起始和结束都是最为关键的时刻，我希望你们要明白自己肩上的使命。

面对延期开学，我们不要惊慌失措，要冷静思考、理性判断，我们当前最紧要的是做什么。想起2008年的汶川地震，那么多孩子无家可回、无学可上，他们就坐在那简易帐篷里，没有埋怨、没有眼泪，化悲痛为力量，埋头读书，迎接七月的洗礼。今天更多武汉的孩子和你们一样不仅要保护生命健康，还要明白返校的日子遥遥无期。所以，我的孩子们，请你们相信我们的现代科技、相信文明的发展、更要相信中国人众志成城、共渡难关的决心与毅力。你们的老师已经为你们备好了每一节复习课、你们的父母就坐在你身旁做后勤保障、你们的网络平台学习资源丰富，只要我们有恒心、有决心，定能在山花烂漫时，都在丛中笑。

你们的使命是关键时刻，不能让自己被懒惰、懈怠、胆怯战胜，而应该抬起头来，看看我们和武汉的同龄人心在一起，面对武汉方向，请你对遥远的学姐学弟说一声："我们一起加油，金秋九月，武汉大学见！"

你们的使命是未来时日，不能慌乱手脚、不能焦虑不安，而应该沉淀下来，静心思考，还有多少错题没有整理，还有多少单词没有记住，安静做好每件事，用心过好在家里的每一天。

你们的使命是开学之时，让老师看到你们经历了成长焦灼之后的蜕变，让同学看到你们与友、与国共患难之后内心的丰盈，让锦园看到你们充实复习之后不再迷茫困惑的自信满满。

我的孩子们，经历了这次疫情，我希望在我们每一次周一升旗仪式上，能让老师们听到你最大声唱出你的爱国之音；我希望在校园的角角落落看到你们互帮互助、有礼有节的温馨身影；我更希望你能把书本上学的、生活中看的、故事中听的都幻化成一股力量，为你未来的人生选择助一臂之力！

鲁迅先生说过："许多历史的教训，都是用极大的牺牲换来的。"疫情过后，我们不能忘记为了保一方平安失去宝贵生命的人、我们不能忘记那些将个人生死置之度外的平民英雄、我们更不能忘记自己的信仰与良知，用我们的温暖与善良认真做人，用我们的敬畏心、同情心、怜悯心、自尊心拥抱每一天的美好！

山川异域，风月同天，虽然今夜我们身不在武汉，但当我们抬头时，今夜看到的是同一轮明月。一切都会过去的，相信我们英雄的武汉、相信我们团结的祖国、更要相信我们强大的内心！

点亮一盏明灯，寄托我们对每一个逝去生命的牵念，唯愿春天已来，疫情遏止，山河无恙，万家团圆。期盼三月相见，我在学校门口迎接师大锦园每一位学子归来！

陕西师范大学锦园学校党支部书记、校长　樊锁强
2020 年 2 月 8 日

勠力同心 众志成城
坚决打赢疫情防控阻击战

亲爱的同学们：

大家好！

今年寒假，一场突如其来的新冠肺炎疫情席卷而来，其范围之大，后果之严重，出乎所有国人预料。习近平总书记指出，疫情就是命令，防控就是责任。在习近平总书记亲自指挥、亲自部署下，在党和政府的坚强领导下，全国上下齐心协力、众志成城、科学防治、精准施策，一场新冠肺炎疫情防控阻击战正在有序进行。

在疫情防控这场没有硝烟的战争中，广大医务工作者把人民身体健康和生命安全放在第一位，站在一线，冲锋在前，与时间赛跑，与死神抢人，表现出大无畏的英雄气概和崇高的爱国主义、人道主义精神。广大的人民解放军指战员、公安干警、疾控部门职工、社区干部、各行各业的干部群众，积极参与群防群控、群防群治，充分表达了全国人民勠力同心、战胜疫情的坚定决心，充分显示了社会主义国家可以集中力量办大事的制度优势。各级党组织和广大党员坚决贯彻落实习近平总书记重要指示精神，不忘初心、牢记使命、勇于担当，在关键时刻迎难而上、主动作为，在疫情防控中发挥先锋模范作用，受到广大人民群众的衷心爱戴。

在这场疫情防控阻击战中，我校师生和家长表现出良好的爱国主义、集体主义精神和综合素质。全体教职工把学生生命安全和身体健康放在第一位，把防控疫情作为当前最重要最紧迫的政治任务，坚决执行上级疫情防控机构和学校的安排，积极参与联防联控、群防群治，配合学校做好防控值班、门禁管理、师生排查、信息上报、校园消毒、学生停课不停学等各项工作。同学们和家长积极配合学校做好疫情防控和筛查检测，及时向学校报告个人身体状况，身体力行增强自我防护意识，做到无特殊情况不外出、不集会、不聚餐、勤洗手、规范佩戴口罩，养成良好的个人生活习惯和公共卫生习惯，积极做好安全防护措施，有效切断病毒传播途径，不信谣、不传谣、不懈怠、不恐慌，为夺取疫情防控阻击战最终胜利做出了重要贡献。

特别需要指出的是，我校有几十位家长，他们中有医生、护士、公安干警，他们冲在疫情防控的最前线，为抗击疫情做出了突出贡献，他们是我们学校的骄傲，我向他们致以崇高的敬意！

当前，新冠肺炎疫情防控处于关键时期。省教育厅发出通知，推迟全省中小学幼儿园2020年春季学期开学时间。学校已就推迟开学、停课不停教、停课不停学工作做出具体安排。

1. 制定详细教学计划。在特殊时期，学校教务处把"停课不停教""停课不停学"作为推迟开学工作的重要内容，根据实际情况合理安排教育教学计划，以教学周为单位，制定符合教育教学进度安排的统一课程表，更好地满足学生及家长的学习需求，特别是有针对性地指导初三、高三年级学生做好复习备考。

2. 以备课组为单位，制定具体教学措施，充分发挥备课组的作用，坚持"同步进度、同步课堂、同步教学、同步作业、同步答疑、同步反馈"的原则，资源共享。

3. 多渠道进行教学。建设网络课堂，开展网络教学，以在线答疑、微课等形式进行师生互动，切实做到关注每一位学生，指导学生在家学习。

4. 做好沟通工作，通过QQ群、微信群及手机短信等与学生和家长沟通，强调在家学习的注意事项、安全事宜，随时关注班级学生的学习、锻炼、休息情况，引导孩子们在家中合理作息、用心做事。

5. 学生要严格按照课表自觉学习，认真完成学科教师布置的书面作业，通过照片汇报，教师收到后指导、点评学生作业质量，在家长的帮助下，让学

生在家中也能严格要求自己。

亲爱的同学们,疫情得到全面控制之前大家要做到科学防疫,无特殊情况不外出、不集会、不聚餐、勤洗手、勤通风,规范佩戴口罩。要学会自我调节,以积极健康的心理状态应对疫情,在关注疫情防控信息的同时,通过读书、听音乐、唱歌、锻炼身体等形式分散注意力,把居家生活过得丰富多彩,与全国人民共克时艰。"宅"在家的日子里,应该给时光以生命,而不只给生命以时光。

老师线上辅导,学生认真学习,家长悉心护航。家校联合才能助力孩子走得更稳更远。虽然"宅"家,但各位家长仍然要引导孩子张弛有度、劳逸结合,万不可"放养"孩子,任孩子沉迷于网络或游戏不可自拔。将"书房变课堂""客厅变操场",我们才会感叹不负春光,不负韶华。

冬去春来,终会云开雨霁。这场疫情防控的人民战争,我们都不能置身事外,都要躬身入局。彼此道一声珍重,期待早日的重逢!

西北大学附属中学校长　杨晓云

2020 年 2 月 9 日

上下同心抗疫情　主动学习强自我

亲爱的同学们：

大家好！

2月9日是农历正月十六，是原定开学报到的日子。往年的这个时候，大家已经返回熟悉的校园，见到了久别的同学、老师，开启了新学期的学习旅程。但是今天，新冠肺炎疫情形势依然严峻，我们只能采取线上的方式见面。延迟开学，不等于延误学业；居家隔离，不等于无所事事。国家危难，我们应该上下同心、共克时艰。在这里，我想告诉同学们两个方面的内容：

一是关于疫情防控——防控无小事，生命大于天。一要科学防疫，合理作息。在海内外亿万中华儿女共同抗击疫情的艰难时期，每一个附中学子都不能置身事外，这是时代赋予我们的使命。我们要遵守公德，科学防疫；合理作息，加强锻炼；听从师长的教导，保护好自己，保护好家人；对自己负责，对他人负责。二要增强自信，砥砺前行。"忧劳可以兴国，逸豫可以亡身。"发展的道路上必然充满艰难险阻，而此次全民抗疫中爆发出的巨大力量让我们看到了中华民族复兴的希望。我们要坚信，没有过不去的坎，没有越不过的山。那么多坎坷艰辛我们都走过来了，这次疫情阻击战我们也一定能取得最终的胜利。毕业年级的同学，因为面临升学，压力更大，大家一定要端正心态，戒骄戒躁，稳扎稳打。三要学习榜样，以学立身。本次疫情防控涌现出一大批英雄模范，医务工作者勇闯一线，社会各界积极行动，各行各业坚守岗位。附中也有三名同学家长、一名教职工家属至今还奋战在武汉核心疫区，他们都是最美的"逆行者"。我们要向榜样学习，用自己的实际行动回报社会，而我们当前所能做、所该做的就是学习。学生，以学为本，要不断地培养自己积极探索、

大胆创新的品质和意志。让我们在英雄们的感召下，发奋学习，让我们的国家更加强大，让我们的人民更加幸福安康。

二是关于线上学习——读书自家事，何须待人催？一要服从管理，自我考勤。2月10日，全市中小学将正式开启学生线上学习，学校、各年级以及各位任课教师都已经制定了周密的教学计划，请同学们按照课程学习安排，坚持完成每天的学习任务。线上学习不同于课堂学习，需要同学们加强自主管理，配合班主任和任课老师完善自我考勤。二要主动学习，增强互动。线上学习不是走过场，不能流于形式，其关键在于同学们，你们才是学习的主体。你们要充分发挥主观能动性，不钻空子，不得过且过。认真听课学习，积极互动反馈。学习的形式不重要，学习的地点也不重要，重要的是内容、是方法、是效果。不在于你在教室学还是在网上学，而在于你是否听懂了、学会了、记住了、做对了。所以大家一定要熟练掌握线上学习的基本方法，主动求教，加强师生互动。时不我待，只争朝夕。三要制定目标，落实任务。本学期，不同的年级面临着不同的学习任务。我相信，经过一个假期的休整、总结、反思，大家都给自己的新学期制定了目标任务。有了明确的目标，也就有了方向的指引。更重要的就是用行动去实现目标，用事实去证明自己。每一个大目标都是由一个个小目标累积而成的。这一次，就让我们从线上学习开始！

同学们，没有一个冬天不能逾越，没有一个春天不会来临。信心就是力量！让我们团结一心、众志成城，在烈火中锤炼品格，在风雨中砥砺意志，"行到水穷处，坐看云起时"，带着这一份豁达与无畏，我们终将重逢于建大附中美丽的校园，我们终将绽放出最美的笑容！

同学们，我在附中等着你们归来！

西安建筑科技大学附属中学校长　程晓玲

2020年2月9日

春天里 让我们与希望同行

亲爱的同学们：

冬去春来，万物复苏，春的脚步已悄悄来临。在这样美好的日子里本该与你们一起相聚校园，探索知识的海洋，但一场来势汹汹的疫情把我们留在家中。这次疫情没有地域，全国人民呼吸与共，是一场必须打赢的全民战役！此时此刻，大家的心情都是一样的吧！既是如此，那我就把想要说的话写给你们听，好不好？

在滚滚长江的两岸，有一座城市叫武汉，九省通衢，荆楚文化赋予了它放眼天下、励精图治的精神，它连南北、贯东西，是中部崛起的领头羊。而春节前夕一场突如其来的疫情让它始料未及，让它擗踊索涂，让它有些不知所措。习近平总书记说："武汉是英雄的城市，湖北人民、武汉人民是英雄的人民，历史上从来没有被艰难险阻压垮过。"武昌首义的第一声枪响在那里，武汉会战的艰辛在那里，1998年抗洪的精神在那里，2003年非典的斗争在那里……它不屈的脊梁扛起过一波又一波的挫折，那么这次的考验怎能难倒它？我英雄的武汉。

武汉是幸运的，我们亦是幸运的，因为我们的身后站着一个强大的祖国。党中央、国务院高度重视疫情防控工作，依法科学加强联防联控、群防群治，从中央到地方快速跟进，恢复生产，调集物资，驰援武汉。速度之快，态度之坚，措施之细，让世界为之惊叹。84岁的钟南山院士、73岁的李兰娟院士，数以万计的医务人员，我们的军队，我们的人民，他们用最美的逆行完美地诠释了一方有难、八方支援的人道主义精神。

艰难时刻，我们不是医生、我们不是专家，我们无法冲锋在抗疫的第一线。但是，你们是少先队员、是团员，我是一名党员，我们要明白，党旗所指，即是团旗与队旗的方向。青春对于你们来讲，不应仅仅是一段美好的时光，更应是一种对党和国家忠诚的信仰。此刻，你们不应只是百感交集，不应只是束手无策。你们应与祖国同频共振，你们要知道，你们今天的样子就是祖国未来的样子。所以，我想提几点希望与大家共勉：

希望大家能珍惜这段"特殊"时期的"特殊"时光。教育部门和学校为大家提供了丰富多彩的网络学习平台，请大家调整状态，积极面对，做到"停课不停学"，为将来实现自身价值加油充电！多年后，当你回忆起这段"特殊"的日子，你不会因为虚度时光而懊悔。

另外，你们有没有从小到大因为腾不出时间而未完成的计划？那现在这段居家时光不正是最好的时机吗？读一本书、写一幅习作、描一幅丹青，寄意于字里行间和山水之中；练一练钢琴、学一学吉他，让音乐的美妙升华灵魂的向往；还有你向往的八块腹肌，就让假期里多余的脂肪燃烧在这明媚的春光里，让这些非智力因素帮你打造一个有趣的灵魂，助你在成长的道路上展翅高飞。

同时，这段时间也是你们学会思考、感恩的最佳时刻。每当灾难来袭，永远都有人冲锋在前，替我们负重前行，是他们大无畏的奉献精神，成就了我们今天的岁月静好。当我们享受祖国强盛带给我们幸福生活的同时，我们不能忘记是无数中华儿女肩挑大义、报国为民的价值追求，才滋养了我们每一个人。那么，未来的你们是否能够成为"为天地立心，为生民立命"的国之栋梁，成为富有责任意识和担当精神的社会主义合格建设者和接班人，是每一个老师希望你们思考的事情。我希望你们可以立志成为这样的人，用你们的才智、用你们的能力、用你们的爱国情怀守护我们祖国的强大！

凡心所向，素履以往；

生如逆旅，一苇以航。

待鹦鹉洲芳草如茵，

待灞桥柳万条垂绦，

待山河无恙，

待人间安康,
我们可否约好?
重游长江水,
再食武昌鱼。

　　　　　　西安外国语大学附属西安外国语学校校长　吕　菲
　　　　　　　　　　　　　　　2020 年 2 月 11 日

你们是白鹿原上的精灵

亲爱的小朋友们：

今年我们共同经历了一个特别的寒假：时间特别长，居家特别久。因为，我们正在与人类共同的敌人——新冠肺炎疫情做斗争。

这场突如其来的大疫考验着每个人，煎熬着每个人。让我们备受鼓舞的是，国家已经以世界震惊的中国速度、中国智慧遏制疫情的肆虐；全国上下已经以举世瞩目的中国力量、中国精神迎难而上，砥砺前行。

无论是耄耋之年的院士，还是除夕驰援的医生；无论是重返战场的退役军人，还是始终坚守的基层干部；无论是"两山"医院的建设者，还是每个单位的疫情员……各界英雄挺身而出，冲锋在前，一个个熟悉的或陌生的身影活跃在抗击疫情的一线，呈现给我们的是一帧帧精彩感人的画面：对国家的忠诚，对社会的责任，对人民的守护。岁月静好是因为有人负重前行，繁荣昌盛是由于有人默默奉献！

疫情面前不同的人，发挥不同的作用。我们应该发挥的作用：一是做好个人防控。勤洗手，戴口罩，少外出。二是保持良好习惯。科学运动，健康作息，适量饮食。三是坚持监测工作。保持测温，及时报告，生病就医。四是认真开展学习。配合老师和家长开展好"停课不停学"工作，按时参加网络授课，及时完成作业，坚持开展锻炼，坚持"两操"，适时完成实践活动。五是努力支持防疫。不传谣；心所想，怀家国；尽己力，挺中国！我们共同的心愿是：众志成城，抗击病毒，从我做起，武汉加油！中国加油！

孩子们，你们每一位都是白鹿原上的精灵，是白鹿原的希望所在。在疫情面前，请让我们与全国人民一起携手并肩、共克时艰，就像陈忠实老先生在

《白鹿原》小说中写的白鹿精灵一样为大家带来万家乐康、太平盛世!

最后以除夕所作小诗,与大家共勉。

庚子除夕魔症瘟,

华夏儿女齐对阵。

九州合力助江城,

杏林仙手定回春。

我们坚信:春暖花开时,山河定无恙!

西安市灞桥区白鹿原中心学校校长　刘　炜

2020年2月8日

努力学习 珍藏感恩

亲爱的同学们：

大家新春好！

一首歌，抒发一段情；一首诗，表达一份爱！春节，本来是阖家团圆的日子，却被一场突如其来的疫情打乱了脚步。寒假，本是我们走亲访友、旅行观光的好时机，却被迫滞留在家中无法实现。当前，全国上下正万众一心、众志成城、团结奋战抗击新冠肺炎疫情，教育部下发通知要求2020年春季延期开学，阻断疫情向校园蔓延。对于我们的祖国、我们每个人是一场危机，所谓危机，既有危险也有机遇，你盯着什么就会看到什么。

亲爱的同学们，请细细回顾这段时间，你在家里都做了哪些事情？有了哪些成长？我们学习宣传防疫知识，我们响应号召积极践行：少出门、不串门、戴口罩、勤洗手、常通风……遵守要求是我们每一个人对这场疫情防控阻击战予以的最大支援；不添乱、不扯后腿是我们对这场战"疫"的最大贡献；保持自身健康就能为战斗在一线的医务工作者减轻一些工作负担。我们要自觉做到不信谣、不传谣、不造谣，自觉抵制反驳网络上的不科学、不文明言论，主动向家人、亲友传递正确、官方的疫情防控相关信息，勇于传播正能量、提振精气神。

这是一场需要全民上阵的战"疫"，没有人可以当逃兵，每个人都应有所作为。请同学们继续安心隔离在家学习、生活，你眼里那个待得无聊的家是多少战斗在一线的医护人员想回却回不去的地方！跟他们相比，在家自我隔离真的不难！疫情是魔鬼，只要我们不给魔鬼作恶的机会，再凶残的魔鬼都能被战胜。

时光不回,岁月催生。在我们继续隔离在家的日子里,很多同学除了帮助家人做一些力所能及的家务外,逐渐和日不离手的电脑游戏告别,和手机里过多的娱乐性节目告别;很多同学已经制定了切实可行的生活、学习计划,养成了阅读的好习惯。很多同学已经开始进行自主学习了,在老师们的引导下,进行网上复习和预习学科知识。

　　那么,今天,我想建议同学们在居家隔离的这段时期里,你们是否可以给自己充足的时间去探索关于成长和感恩的话题?你们可以问问自己想要成长为怎样的人,将来才能为社会做更多贡献?感恩,对于你来说意味着什么?在你成长的岁月里,需要感恩什么?如果同学们能够静下心来,细细数点、深入细致地体验和感受,我想一定会有不一样的收获。

　　同学们,行动起来吧!让我们珍惜时光,努力学习,只有自己强大了,我们的祖国才会更强大!让我们心存感恩吧,感恩社会,感恩他人为我们所做的一切,让我们感受温暖,传递真情!

　　只要我们同心携手、临难不怯、向危而行,就一定能牢牢筑起抗疫的钢铁长城,迎来最终的胜利。严冬就要过去,春天就在眼前!

　　祝愿同学们平安健康!进步成长!

西安市东元路学校校长　张　莉

2020 年 2 月 5 日

期望学生依然为中华之崛起而读书

亲爱的同学们：

你们好！

今年寒假里最热的词无外乎"口罩""洗手""隔离""延迟"……由于新型冠状病毒的侵袭，今年寒假我们过得不寻常。同学们，此时此刻，你们正在家中生活、学习，你们以实际行动为抗击疫情做出了自己的贡献。我想无数"小我"之力，终将汇成强大的中国力量。

党中央、国务院高度重视新冠肺炎疫情防控工作，疫情暴发后迅速召开会议，成立应对疫情工作领导小组，做出全面部署。各省市及时采取一系列严格有效的防控措施，医学专家、医务人员舍身奋战在一线。我们坚信，在党中央的坚强领导下，全国人民众志成城，一定能战胜疫情。正如习近平总书记所说："只要我们坚定信心、同舟共济、科学防治、精准施策，就一定能打赢这场疫情防控阻击战。"

感谢现代通讯的发达，让我们通过网络、透过屏幕能及时了解疫情的实时情况。铺天盖地的疫情新闻让我们为武汉、为湖北揪心的同时，也了解了一线的医护人员是怎么用专业知识和牺牲奉献精神将疫情拦截、将我们隔离在安全中；我们也明白了，是那些专家的解答让我们从恐慌变得淡定；是那些专业的建设人员昼夜加班才有了武汉新建的医院……

疫情下的感动瞬间让人泪目，更让我们感受到中华民族的团结、祖国的强大，而这让人侧目的成就背后离不开一个核心——知识。正因为有了诸如钟南山院士、李兰娟院士这样的国家脊梁，我们才能在第一时间对疫情做出科学判断；正因为有了领先的建筑体系，我们才能在10天之内完成火神山医院的建设；正因为有了发达的医疗技术，我们才能顺利采取措施、隔断疫情……

周总理说："为中华之崛起而读书。"作为新时代的学子，我们更应努力学习，掌握更多知识，因为我们要为中国的强大而奋斗！根据上级文件，今年寒假将延期开学，至于什么时候正式上学要等通知。但我们"停课不停学、停课不停教"。学校早已根据实际情况和教育部相关政策，对每位老师提出了具体要求，抗疫和学业两手都要抓，决不能因为疫情耽误大家的学业！

在此，我向大家提出几点希望：

一要心态平和，正确对待。现在，大家要做的事情是保持平和的心态、健康的心理。不自作悲情，更不被人煽动，时刻保持清醒的头脑与独立的判断，要认真分析信息的表象与实质，不信谣，不传谣，做生活的智者。

二要敬畏生命，安全防护。你们要学习疫情防控方面的知识，对于新型冠状病毒的预防需要依靠科学的防控方法，尽量少出门、多喝水、出门戴口罩、回家勤洗手、勤消毒，不聚会，不约访，不吃野味，保护野生动物，只有敬畏生命，科学防控，才能远离病毒，战胜疫情。

三要坚定信念，努力拼搏。希望你们能明白学习的苦、读书的苦是未来甜的累积。读书这条路为许多人打开了一扇机遇的大门，那些成长的磨砺、奋斗的汗水都将化作你的底气和格局，累积成你向上攀爬的阶梯，支撑着你看到更高处的风景，也会让你拥有更宽广的选择。

四要规律作息，自觉学习。按照教育部"停课不停学"的要求，省、市、区、学校都已经做好了安排，希望同学们按照老师公布的时间、方法和课表，按时进入平台上课，认真听讲，做好笔记，自觉约束自己，按时完成作业，保证学习效率。

疫情虽然来得猛烈，但只要我们增强防控意识，服从学校、家长的管理，注重个人健康，保护好自己，同时管理好手机的使用时间，保证充足的睡眠，早睡早起，坚决不能熬夜，科学饮食，定能战胜这一切。愿开学时，同学们都能平安回到校园！

同学们加油！

西安第五十六中学校长　何志静

2020年2月7日

心怀使命　坚定理想

亲爱的同学们：

见字如面！

当我们还沉浸在上学期收获的喜悦之中时，一场没有声响、没有硝烟的新冠肺炎疫情迅速蔓延，从武汉这座美丽的城市汹涌袭来，瞬间让本是热闹团聚的佳节回归于沉寂。大年初一，习近平总书记向全党全国人民发出了"只要坚定信心、同舟共济、科学防治、精准施策，我们就一定能打赢疫情防控阻击战"的行动号令，"疫情就是命令，防控就是责任"，多少医务工作者、军人、警察、建筑工人、志愿者等纷纷请缨奔赴"战场"，这一年，注定不同往年！

本是团圆时，却有不如意。同学们，这个寒假，我们有过惶恐、有过焦虑……看着每天不断增加的感染人数，每一条来自战"疫"前沿的消息，都时刻在抓揪着我们的心；但我们也有感动，也有震撼，那些英勇前行的"逆行者"，让我们再一次感受了平凡与伟大这一恒久主题。

中华民族历来具有在艰难困苦中不屈不挠、团结奋战的光荣传统。纵观古往今来，中华儿女在任何危难之时都将责任扛于肩头，义不容辞，披荆斩棘，古有"苟利国家生死以，岂因祸福避趋之"的大义之士，今有84岁高龄仍一路奔波、不知疲倦、满腔热血、为国为民的钟南山院士等各行各业勇于担当、乐于奉献的民族脊梁，他们昼夜不息，同生命赛跑、与病魔较量。伟大者，为我们解读了科学与真理的巨大能量；为我们展示了中国速度的强大魅力；为我们诠释了民族大义的真正内涵，他们驰骋一线，早已"无我"。平凡者，平凡中的伟大就在我们的身边，他们或是一线的医护人员，或者坚守基层的党员干部，或是志愿者司机师傅，或是火神山医院、雷神山医院的每一位普通建设者……每一个人都在以自己的方式"抗疫",他们用一副副平凡人的面孔为我们勾勒了抗击病毒"逆行者"的生动肖像。同学们,他们的责任担当和深入骨髓的精神品质值得我们用一生去铭记和学习!

同学们,疫情还在持续,岁月迫使我们沉静。蜷于家中,暂别喧嚣,静而思之,通过这场疫情,你是否心怀感恩、心怀敬畏?感恩你成长路上遇到的每一个人,敬畏生命、敬畏自然万物?通过这场疫情,你是否学会了思辨?思考那些用自己的生命、汗水和大爱为大家搭建起对抗病魔的"诺亚方舟"的"白衣天使",那些消除你恐慌的权威答疑,还有那句"医者仁心,言出有据"的分量?

同学们,少年强则中国强。希望你们身上的善良、正直、勇敢、钻研、热血能贯穿你们的一生;希望你们坚持阅读、扎实学习,不断丰盈自我,不断填充空白,树立正确的价值观;希望你们在成长的道路上时刻勤思好学、勿忘初心;希望你们心怀使命、坚定理想,如山坚定,似水曲达。

同学们,疫情期间,虽然不能与你们相处朝夕,但是我们的师生之爱却不能因此阻隔。我们依然会一如既往地关爱你们的学习、关爱你们的生活。"造物无言却有情,每于寒尽觉春生",奋斗的人生才是幸福的,让我们众志成城、奋力前行,越过疫情的季节后,让我们在思源的热土上绽放美丽的青春之花。我坚信,一路的学习和思考、坚韧和执着、自律和成长,定会助大家找到最闪耀的自己,我也坚信,未来的你们定能点亮中国更美好的明天。

凛冬散尽,星河长明。千言万语无尽,值此万物复苏的季节,再次问候大家。愿疫情早日退去,期待与你们早日在校园欢聚!

西安思源中学党总支书记、校长　彭　斌
2020 年 2 月 8 日

关注疫情 心怀家国

亲爱的孩子们：

你们好！见字如晤。

清早起来值班护校，站在校园里，四顾曾经满载着你们欢声笑语的校园，仿佛还能看到课间你们从我身边飞奔而过的身影，甚至能听到自习时你们笔尖和作业本发出的窃窃私语……突然想给你们写一封信。

一场突如其来的新冠肺炎疫情打破了我们迎接庚子年春节的喜悦。时至今日，这场疫情防控阻击战形势仍十分严峻。有人说，这场战"疫"让我们深切地体会到每个个体的小小愿景都与宏大的时代语境息息相关。的确，这场疫情打乱了我们的生活节奏，但也给了我们一个重新审视未来的机会。

亲爱的孩子们，愿你们都能从这场疫情中收获自我的成长。在这里，我想特别提醒你们：

一是面对疫情要有自己的独立思考。要知道，一个人的成长不仅仅局限于书本和课堂，个人生命的宽度和广度少不了重大事件的构筑。这个非比寻常的假期终将化为你们的人生阅历，刻度一生。

面对每天滔滔而至的各种疫情信息，你有什么感受？你或许高兴，因为假期变长了，"幸福来得太突然"；你或许担忧，不知什么时候能再见到想念的同学、老师，回到熟悉的校园；你或许害怕，害怕咳嗽、发烧、打喷嚏……会不会自己和亲人已经染上病毒；你或许烦闷，成天待在家中，枯燥乏味，各种不爽；你或许会平静，依然大大咧咧，生活学习照旧。

孩子，不管你有什么样的感受，不知所措、紧张、暴躁、孤独、厌恶……你都可以尝试把你的感受说与你的父母亲友、老师同学听听。当然，如果你愿意，你也可以选择用文字、画笔把它们忠实地记录下来。不管你有哪一种感受，都是真实正常的，但这都需要你细细觉察。然后，作为你们的校长，我特别想知道：在这种感受之下，你做了什么样的决定？你是如何解决这些问题的呢？你的行动是什么？

你是不是拿起笔画出了你所了解的病毒，研究过它的传播途径；或者你决定无论如何都保证"宅"在家里，避免传染，保护自己也保护家人；也可能你正在制作一张属于自己的生活、学习作息时间表，每天坚定不移地执行……我相信你们都有自己的办法，你可以把你的这些方法分享给家人和更多的朋友。这样，你的"宅家生活"也会变得海阔天空、绚烂多姿。

你也可以问问自己：我的行动是不是解决了我的问题？我分享给他人的方法对他们有帮助吗？当我看见我的方法对他人有帮助时，我心里又是怎样的感受呢？我的情绪和感受是不是变得好起来了？经历疫情，你们虽小，却也不是旁观者。记下你们的所见、所思、所为，对自己的疏导鼓励，对别人的帮助支持，写下生命的意义，体会人生的晴朗。

二是莫负读书好时光。孩子们，放假前学校特别安排了"好书伴我过春节""年文化"实践探究、"一天一点家务，一点一滴关爱"三项假期实践活动。在这个"加长版"的寒假里，让我们一起趁着"宅"时光，再品品书香。阅读书籍、与家人围炉共话，感受亲情；了解年俗产生的年代、程序、主要特征及产生的原因；高质量完成学校布置的几项寒假实践活动，和家人一起动手制作一幅有意义的年画、创意福字、手工贺卡、剪纸、窗花、自制中国结、自制台历、自制灯笼或者利用树叶、花瓣（植物）、五谷杂粮、蛋壳等材料完成一幅反映春节或是元宵节习俗文化的创意画，进行一次有意义的"新年习俗大旅行"……何乐而不为？虽然，疫情让我们足不得出户，但我们依然可在书卷中拥抱岁月山川、驰骋星辰大海！

孩子们，因为疫情的原因，今年学校会延迟开学。近日，我们学校已开通"网上课堂"，所有的任课老师每天会通过"爱学"教育平台推送学习资源，实时在线为同学们答疑解惑；学校团委专门开通了"哑中青草地"，为师生假期学习成果展示提供平台；马彩霞等老师也在喜马拉雅听书建立了写作专题指导课程；教科局还通过教育电视台开启了视频课堂，分享各类名师课程资源……这些平台为大家的假期学习提供了很好的资源。俗话说，"凡事预则立，

不预则废"。我希望同学们能严格自律，制订切实、可行、高效的学习计划和每日学习生活作息时间表。针对自己的弱势学科查漏补缺，重积累，强整合。把对语言类学科，如语文、英语的复习纳入每天的计划中，利用好碎片时间，加强背诵与阅读训练，每天限时做一两篇阅读，结合假期见闻注意积累作文素材。对于政史、生物、地理学科也坚持每天复习一点，注重累积，逐步将知识点强化、细化、条理化，全面提升综合实力、整体水平。对于数学、理化学科，做到夯实基础，加强练习，学会举一反三，触类旁通。学会用科学的方法认真梳理和整合每个学科的知识内容，从整体上把握知识主线，加强知识间的纵横联系，画出比较系统的知识框架结构，尝试整理复习提纲。针对易错题目，建立纠错本。在保证学习时间的同时，注意劳逸结合，在精神状态最好的时段学习自己的弱势学科。不同科目交替复习，往往能取得更好的效果。对于不懂的问题，可以采用线上提问的方式联系老师。充分利用网络教学资源，主动学习、积极探索、踊跃分享。延长的假期，对于擅长自主学习的同学来说，是如鱼得水、如虎添翼。

只有通过不断学习，你们才能够做一个像钟南山院士那样有知识的人，妙手回春，救民于水火；悬壶济世，护国于危难。用自己的知识去战胜危险，用自己的勇敢和担当去化解灾难，成为国家和人民的中流砥柱！

三是要有家国天下的情怀、舍我其谁的担当。这次战"疫"中，千千万万的"逆行者"为我们生动地诠释了什么叫作"家国情怀"。孩子们！对于成长于祖国飞速发展的黄金时代的你们来说，理解这个词可能还需要时间！此刻的你，或许正为疫情牵肠挂肚感到揪心难安；或许正焦急难耐地等待着开学的讯息；或许你的父母亲友正如那千千万万撑起国家脊梁的"逆行者"一样，正战斗在抗击疫情的一线！抑或者你还在埋怨憋在家里"吃吃睡睡"的无聊；还在抱怨作业、网上学习任务叨扰了你假期的舒适和自由。但是，你可知，此刻援助武汉的叔叔、阿姨已踏上征程，毅然前往风暴中心？你可知，84岁高龄的钟南山院士仍不顾个人安危身先士卒，守护着大家祈盼的国泰民安？你可知，还有多少前线的勇士"舍小家为大家"，正在与病魔艰苦鏖战？

一位国外网友在看了亿万网友"云监工"的火神山医院建造视频后评价："上帝花了7天时间造了天地万物，我觉得上帝应该是中国人。"其实，就像

《国际歌》里唱的，哪有什么上帝和救世主？中国速度、中国质量背后是一群群中国劳动者在默默支撑。纵观火神山医院的整个建造过程，从设计师到一线建筑者，从建筑材料运输人员到后勤保障人员，他们无不是在和时间赛跑，在所有人的祝福、祈盼中默默负重前行。正如唐莎护士长所说，"哪有什么白衣天使，不过是一群孩子换了一身衣服，学着前辈的样子，救治病人、和死神抢人罢了……""国有难，召必至，战必胜！"有解放军战士在除夕之夜的万家灯火中对着战友、家人如是说……林则徐曾说，"苟利国家生死以，岂因祸福避趋之"。这次战"疫"中，医务工作者、公安干警、医院建设团队、社区工作者，包括我们学校坚守在抗疫前线、网络教学一线的老师们……许许多多的人，平凡如你我；面对凶险疫情，却坚毅如钢铁！学会对无尽的远方、陌生的人们倾尽善良，是这场灾难中众多"逆行者"给予我们的无声教益。

孩子们！在这个特殊时期，我们做不了这样的"英雄"，但我们可以立足当前，做更好的自己：作为中国公民，及时关注疫情动态、心怀家国，立志成才；作为儿女，懂得生活的艰辛、体谅父母的辛劳，在家主动帮父母做一点力所能及的家务；作为中学生，自觉安排好假期生活，按时完成假期作业，多读几本好书、多学一门技能……

"冀以尘雾之微补益山海，荧烛末光增辉日月"。

同学们！校园里的玉兰已枝丫渐青，芽苞苏醒。请你们相信：没有一个冬天不可逾越，没有一个春天不会来临。立春已过，愿春风过处，消散百毒！祝福你们在这崭新的春天里，舒展新枝，摇曳新梦，努力成为更好的自己！也愿我们的国家，春暖花开，山河无恙！

西安市周至县哑柏初级中学校长　吴俊刚
2020年2月6日

愿你们走出"阴霾"
归来仍是老师心目中的少年

亲爱的同学们:

大家好!

2020年春节,非同寻常;2020年寒假,更是刻骨铭心。一种新型冠状病毒正以武汉为中心向全国蔓延,我们的武汉生病了,我们的国人生病了……

这场突如其来的疫情让每个人都措手不及,它打乱了我们传统节日应该有的喜庆、热闹、欢乐的节奏,取而代之的则是冷清、惶恐甚至茫然,但是,在这夜深人静、万籁俱寂的此刻,老师却希望通过这封信让你们能够铭记这次疫情,学会敬畏,理解担当,懂得感恩!

一直以来,都是人类把动物关进笼子里,今年春节,动物却成功地把十几亿人关进了"笼子"。中国传统文化中有一条源远奔腾的文化精神长河,即认同人类要赞天地之化育,辅天地之自然,坚决反对违逆自然、践踏动物生命价值、暴殄天物的恶劣行为。愿尊天道、崇天理、敬畏自然、友善动物的意识与行为重新回归心灵,愿我们生活的世界更加美好安宁。

亲爱的孩子们,当前,我们正经历着一场没有硝烟的战争,这是一场全民都必须参与的疫情防控阻击战,没有局外人。

病毒无情,"战疫"残酷,但人间有爱。每天只睡三个小时的70多岁的李兰娟院士,义无反顾再次投入抗疫战场的84岁的钟南山院士,还有那一个个坚守岗位的"白衣天使",一队队临危受命的最美"逆行者",他们用大爱仁心为这个非凡的春节撑起了一片晴空,也一次又一次地感动着我们。

我们学校是西咸新区沣西新城管委会携手百年名校陕西师范大学附属中学

联合举办的九年一贯制公办学校。平日上学时，老师能够欣喜地看到你们在用自己的实际行动践行着"崇德、尚礼、清音、笃行"的校训，践行着"爱国、明智、进取、创新"的校风，践行着"诚信、乐学、善思、求真"的学风。

在这种特殊时期，老师同样也惊喜地发现了你们的担当和责任。

在班主任老师每天发送统计信息后，你们总是和家长们一起配合学校做好筛查工作，如实准确上报信息，为社会减轻负担。你们是一群求真的孩子，你们懂得担当与责任。

为了使逆行的英雄们不感到孤单，你们亲手绘制了手抄报，录制了加油视频，书写了祝福文章。你们是一群心存感恩的孩子，你们懂得担当与责任。

你们每日打卡学习，在接到"停课不停学"的通知后，你们又尽快调整作息时间，第一时间做好了线上直播学习的准备。你们是一群乐学的孩子，你们懂得担当与责任。

"哪里有什么岁月静好，不过是有人替你负重前行"。亲爱的孩子们，我们不是医生，我们无法冲锋陷阵；我们不是警察，我们也无法站在防疫的前沿；我们更不是科研工作者，我们无法做很多事情……但是我们可以立足当下，做好自己，做我们力所能及的事情。疫情当前，我们一定要听从政府的安排，听从老师的建议，做到自觉隔离，不造谣，不传谣，在生命面前，应该知道敬畏生命，行有所止！

没有一个冬天不被逾越，没有一个春天不会到来！亲爱的孩子们，让我们师生同心，携手战"疫"，坚信阴霾终会散去，暖春必将到来，

届时，老师会一如既往地守候在"二校"门口，等你们归来！

西咸新区沣西新城第二学校执行校长　权小红
2020 年 2 月 8 日

让我们以青春的力量做一个"向上者"

同学们、老师们:

大家好!

相信大家这个春节一定过得揪心、郁闷,估计连平时最喜欢"放假"的同学都有点待不住了。本来一年中最隆重热闹的春节,却被一场突如其来的疫情破坏,我们的假期没有了应有的年味,只能"宅"在家中,以闭门不出的方式为抗击疫情出一份力。

在抗击疫情的特殊日子,我们以网络直播的特殊方式开启了新学期特殊的第一课,开始了我们新的征程。在这里,我想和所有老师、同学说一声"谢谢",谢谢你们保护好了自己。作为校长,看到学校每天的疫情报告显示正常,我倍感欣慰。因为每天更新的疫情报告体现变化的不只是数据,而是鄠邑四中每一位师生和家庭的生命安全和身体健康。

在这样一个特殊的日子,我想对你们说:

一是多难兴邦,玉汝于成。"路漫漫其修远兮,吾将上下而求索。"突如其来的新冠病毒肆虐了我们整个国家,给我们生活、学习、工作带来了前所未有的诸多不便甚或是困难,让我们一时不知所措。曾记否,我们战洪水、防非典、抗地震,一关关闯过来,我们的国家是从苦难中成就起来的,看今朝,我们同样相信,一个拥有五千多年文明、十四亿人民的富强中国定会战胜这场疫情,一切艰苦磨砺只会让我们变得更强。

孩子们,十七八岁的你们正在经历一场前所未有的疫情,经历着从未遇到过的特殊局面。如何在特殊的环境锚定方向不慌乱、主动学习不放弃,是对每个人的考验,应对疫情带来的诸多困难,是每个人的必修课,往往最困难的时候才能区分人、辨别人，往往最困难的地方越能锻炼人、提高人，危难时方显英雄本色。我希望大家能正确面对目前学习、生活中遇到的困难，想尽办法跨越它、战胜它。"文王拘而演《周易》，仲尼厄而作《春秋》。"此刻，我们也要化"危"为"机"，保持学习定力、奋斗的激情。我相信经历了2020年春天这场风雨、风霜的砥砺，大家在未来人生征程中定会笑看风云，一往无前！

二是弯道超车，为国成才。"牢骚太盛防肠断，风物长宜放眼量。"我的孩子们，尽管我们不喜欢2020年的开始，很多人想按下重启键，但2020年3月2日前不能开学的事实已成定局。让我们收起心中的不快、满腹的牢骚，用青春之我开启新的学期，在这不寻常的岁月砥砺前行、突破自我，实现弯道超车。

目前高新一中"停课不停学"工作如火如荼，王淑芳校长多次深入指导我校此项工作。我们的老师利用钉钉、微信、QQ等网络教学手段积极探索新的教学模式，我相信，一个月时间，通过学校有效的管理、教师高效的教学、学生不懈的努力，必定能实现教师教学技能新提升、学生学习方式新实践、学校教育品质新发展。

我的孩子们，看看84岁的钟南山院士、73岁的李兰娟院士以及千千万万个奋战在抗击疫情防控一线的"白衣天使"和人民战士吧，他们此刻在为谁而不辞辛苦、为何而倾心付出？生活在这样一个伟大的新时代，有太多太多值得我们珍惜、感动的东西。此刻我们唯有惜时如金、刻苦努力、严于律己、奋力拼搏，以"未来中国更加美好、民族更加兴旺、人民更加幸福"为学习目标，努力把自己锻造成国之栋梁，让成功的笑容在六月绽放。

三是坚持自信，乐观进取。"长风破浪会有时，直挂云帆济沧海"。孩子们，距离咱们正式返校学习还有一段日子，如何在长时间无学校近距离督促下坚持独立学习的确是一件难事。未来一段时间，你或许不知所措、心情沮丧，甚或倍受煎熬。孩子们，在前行的路上，总有一个时刻会让你觉得无路可走，焦急，烦躁，希望同学们能加强自控自律能力，调整好学习生活状态，同时学校将为你们打造互动的线上课程与活动，让同学们在家里也能保持乐观进取、

积极向上的生活与学习状态，老师们会为你们在线答疑解惑、指点迷津、心理疏导，全程为你保驾护航，而你只需要做到"坚持与自信"，让我们携手行稳致远，收获未来。

老师们、同学们，2020年的春天注定是难忘的。疫情来临的时候，有人惊慌失措，有人无为而活，但总有人要逆流而上。让我们以青春的力量做一个"向上者"，以梦想、主动、乐观导航，在浓重的乌云里奋力抓住那金色的阳光，照亮我们光明的未来！

期待在三月的春风里，在四中校园遇到更加完美的你们！

西安市高新区鄠邑四中校长　吴　钊

2020年2月10日

我在春天等你们返校

亲爱的孩子们：

你们寒假好！

今年的春节是一个不平常的春节，也是一个不一般的春节，更是一个不平凡的春节。不平常，是武汉发生了新冠肺炎疫情，迅速扩散到了全国，举世皆惊；不一般，是往年春节的拜年走访、欢庆聚会等活动被迫取消，疫区封城、小区封闭、病患隔离；不平凡，是在这场防控疫情的阻击战中，不断涌现让人泪目、感人肺腑的动人故事和不屈精神，激励人心，激荡回响。

我知道你们此刻都在关注着防控疫情的进程，关心着被感染者的安危，尤其是牵挂那些还身处湖北武汉的同学朋友。此时此刻，我们比任何时候都关注网络媒体的资讯，比任何时候都希望得到可靠的信息，比任何时候都渴望疫情拐点的出现，比任何时候都企盼医护人员的平安……

孩子们，这个时候，是我们向社会学习的良好时机！疫情面前，媒介传播方式和路径向移动端和视频平台转移，信息传播更加多元化和快速化。在这样的传播环境下，每个人都是一个传播节点，每个人也都要学会明辨是非。我们应心存谨慎，要相信党和政府、相信主流媒体、相信学校安排，不应传播恐慌；我们要对信息敏感，要学会比较、学着分析、学习求证，不能未经思考就"随手转发"。面对纷繁复杂的信息世界，我们要积极运用各种科学知识，小心扬弃各种"常识"，努力形成自己的见识。

孩子们，这个时候，是我们学会正确面对社会的有利时机！在此次疫情中，无论是网络上"谈武汉人色变"的舆情，还是吸烟、喝酒可以杀死新型冠状病毒的谣言，抑或是一些毫无根据、违背常识的悲观论调，都是抓住了人

性在面对灾难、疾病时的恐惧和怯弱，再通过互联网迅速传播、不断放大，这需要我们每个人对疫情保持科学、理性的态度，对战胜困难和挑战保持必要的信心和耐心，彼此宽慰、互相支持。从不远千里驰援武汉的最美"逆行者"，到"武汉加油""今夜我们都是武汉人"的声声呐喊，再到来自各方的物资支援，团结一心、同舟共济才是战胜疫情的唯一出路。谣言的澄清你感慨过吗？舆情的反转你惊讶过吗？铭心的感动你被击中了吗？黑与白、善与恶、正与反、进与退、勇与怯、义与利，一个更好的国家、更好的社会需要你们好好认识，正确面对，一起期待。

孩子们，这个时候，是我们为社会尽责的大好时机！面对疫情，希望你们保护好自己，和家长一起做好疫情防护工作，尽量不去人员密集场所，在家做好房间通风，规律作息、安全饮食、勤加锻炼就是对防疫工作的最大贡献；希望你们排除外界干扰，静心"空中课堂"，科学合理规划，充分利用这段时间提升自己，为未来打下一份坚实的基础；希望你们在这样一个特殊的春天，感受到更多的勇气，践行担当。

有人感慨，鼠年春节恐怕是最冷清的一个春节。但恰恰因为我们都心系疫区、心系彼此、心系学习、心系成长，这又何尝不是一个最暖心、最热闹的春节。

孩子们，地域有界，心却无疆，齐心战"疫"，有春暖一定有花开。愿你们在这个共克时艰的寒假里，以梦为马，不负韶华，学习和思想皆有收获，身体和心理都得到成长！

春天，等你们回来！

西安旅游职业中等专业学校校长　冯相民
2020 年 2 月 7 日

致全体学生的一封信

亲爱的同学们：

大家好！

这周本来应该是新学期的第一周，城中的校园此刻宁静而美丽，温暖的阳光洒满了教学楼。我相信每一位同学都比任何时候更盼望开学、渴望岁月静好。今年的春节和寒假与以往有什么不同？你发现了什么？感受到了什么？领悟到了什么？此时此刻你是否在屏幕前？能否落实学校"停课不停学"的要求？什么时候我们能够走出户外、自由地呼吸、快乐地运动？目前我们还没有答案。疫情当前，纸短情长，今天，我想通过这封信和大家分享一些感悟，并提出几点希望：

一是心怀感恩，致敬勇士。 2020年庚子年是一个不寻常的年份，一场新冠肺炎疫情正在我国蔓延，影响着我们的学习和生活。大家可能每天都能看到湖北武汉乃至全国疫情的动态，无不感受到这场疫情的严峻。

亲爱的同学们，如果没有党中央的集中统一领导，没有各地政府"严防死守"的硬核政策，没有全国"白衣战士"的冲锋和担当，这场没有硝烟的战争不知将蔓延多少个家庭。这些天来，我们被"白衣勇士"感动到泪奔。钟南山、李兰娟以耄耋之年、古稀之躯老当益壮，如"定海神针"奔赴疫区，用赤胆忠心和使命责任科学指导，"白衣天使"冒着生命危险日夜奋战，从死神手中抢夺回一个个鲜活的生命，他们甚至不敢喝水、吃饭、上厕所，以免浪费有限的防护服；军人、警察、党员和干部们义无反顾，冲锋在前，到防控一线加班加点，守护大家的安全，甚至有人因为过度劳累而牺牲；还有无数善良的人：国内的、国外的、明星、普通人，甚至清洁工、小学生，他们心系灾区，捐款捐物，为武汉加油……这就是我们伟大的祖国凝聚的中国精神，这就是中国共产党铸造的中国力量！所以"宅"在家里的孩子们一定要心怀感恩，感恩我们伟大的祖国，向这些平凡而伟大的守护神致敬！我相信，你们长大后也会像他们一样，在祖国最需要的时候奉献自己的一切，这是一份善良、一种责任，也是每个公民应尽的义务！

二是敬畏生命，科学战"疫"。 一场来势汹汹的疫情改变了我们的生活，使我们举步维艰，让我们的国家损失严重……太多的失去，唤醒了我们太多的记忆：知敬畏、存戒惧、守底线。要记得敬畏自然，对自然的野蛮索取，要付出沉重的代价；要记得果子狸、蝙蝠、穿山甲等野生动物是不能当作食物的，因为野生动物携带的病毒足以报复人类的贪欲；要记得垃圾是要分类放置的，因为有害垃圾对人体健康、自然环境造成的危害不可预知；要记得排队是需要间隔一定距离的，因为人与人之间安全距离是一米；要记得规矩、规则是需要人人遵守的，因为所有的公共规则都是为了人类自己，只有心存敬畏，遵守规则，尊重规律，我们的国家、我们的世界、我们的地球才会更加的健康和谐。

同学们，在你们成长的过程中，也会承担越来越重要的责任，你们有一天也会加入建设我们这个社会的行列，在这个关键时期，你们要为这个社会奉献你们的一份力量，你们要做的是保护好自己，这是对自己负责，对家人负责，也是对社会负责。在病毒肆虐的当前，我们任何人都不是独立的个体，绝不可以掉以轻心。在此，我给你们提出几条要求，希望你们一定要做到：

1. 抗疫期间坚决不外出，做到严格的居家隔离，不主动接触他人，提醒你的家人不参加聚会和聚餐。

2. 严格遵守各级防疫指挥部门以及政府和社区的管理要求，因特殊情况必须外出，一定要戴好口罩，口罩使用后要妥善处理。

3. 保持良好的卫生习惯，勤洗手，讲卫生。养成打喷嚏或咳嗽时用纸巾遮住口鼻的习惯。

4. 按时作息，健康饮食，在家多和父母一起做运动。

5. 调整心情，乐观面对，不传谣，不信谣，不恐慌。

6. 注意家庭用电、消防、饮食等各方面安全。

三是珍惜时间，停课不停学。 同学们，新冠肺炎疫情延期了我们的开学，却延期不了我们的学习，也改变不了城中学子追求知识、渴望进步的脚步。从昨天开始，学校的网上课堂已经正式上线，由多位高级教师、骨干教师组成的在线教学团队，已经通过课堂直播平台进行线上授课以及答疑，采取直播、录播、网络资源推送等方式进行教学，为城中学子新学期的学习护航、领航。请同学们仔细阅读"操作说明"，并根据"网络课程安排"，认真听课。

同学们要自觉学习，严格按照课程安排和作息时间上下课，不迟到，不早退，认真听讲，主动和老师们交流，加强自律，保证学习时长和学习效率。同时要管好手机，近期需要利用手机交流、学习的机会很多，但手机的诱惑力、副作用也很大，可以让家长参与监督，不要让手机影响学习。

这里，需要特别强调的是，既要参加在线学习，也要加强自主学习。在线学习只是学生在家学习的方式之一，所以大家在线学习之外，还要增强自我管理，提高自学能力。同时同学们还要坚持阅读经典书籍，每天记好读书笔记，书写阅读心得。

同学们，居家学习赢的是自律，靠的是坚持，比的是意志。客厅就是操场，书房就是教室，厨房就是劳动实践基地，卧室就是自律生活的养成空间，阳台就是"瞭望台"。心有多大，舞台就有多大。环境从来不能打败一颗探索和坚持的心，希望你们严格要求自己，执着努力，不断进步，天天有收获。

春天已来，相聚不远，亲爱的孩子们，让我们在家里如约开学，自主学习，认真阅读，锻炼身体，培养兴趣，乐于劳动，身体力行，不随便出门，做最好的自己！让我们以实际行动为武汉加油、为祖国祈福！

蓝田县城关中学校长　苏立宁

2020 年 2 月 10 日

既然遇见 那就直面挑战

亲爱的同学们:

你们好!

2020年这个"加长版"的寒假定会给大家留下深刻的记忆,在这个寒假里,一场不期而遇的病毒侵袭了整个中国大地,给原本欢乐祥和的节日气氛笼罩了一层阴霾,也影响了大家本该在校园里学习的美好时光。但是,当困难和挑战来临时,我们不能退缩,必须拿出直面挑战的勇气和毅力。

当前,全国各地正在以习近平同志为核心的党中央坚强领导下,上下一心,九州同忾,齐心协力抗击疫情。这几天,大家通过媒体也看到了全国各条战线尤其是医务工作者在一线同疫情斗争的各种报道,一幅幅感人的画面、一个个生动的事例无不展现出中华民族伟大的斗争精神和可歌可泣的时代精神。我们中华民族是一个经受苦难、饱经风霜的民族,越是在艰难困苦的时候,越能激发出伟大的斗争精神。我坚信,只要我们万众一心、众志成城,这场没有硝烟的疫情阻击战一定能够取得全面胜利!

作为新时代的中学生,我们能在这场疫情阻击战中做点什么呢?

一要有理性的认识,要有必胜的信念。同学们要正确认识此次疫情,相信科学,多了解疫情防控的政策和知识,关注疫情进展,不信谣、不传谣、不造谣,积极配合辖区的管理,带头做好个人防护,保护好自己和家人,坚信在党中央的坚强领导和全国人民的共同努力下,必能战胜疫情。

二要抱定爱国之心,树立成才之志。在抗击疫情的伟大斗争中,一批批科学家、医务工作者、警察、建筑工人、基层工作人员披星戴月、枕戈待旦,冒着生命危险同时间赛跑、与病魔较量,展现出伟大的爱国热情和强大正能量。

我们同样也意识到，同疫情斗争的不仅仅是人力、物力和财力，更重要的是科学技术和文化知识。作为中国特色社会主义事业的建设者和接班人，我们一定要树立远大理想，努力学习科学文化知识，用知识建设伟大祖国，为实现中华民族伟大复兴的中国梦而发奋读书。

三要学会敬畏自然，养成健康生活方式。 根据专家推测，此次疫情很可能是由蝙蝠等野生动物引起的，不健康的饮食和生活方式已经威胁到我们的生命安全。因此，不要捕杀、购买、食用野生动物，要保护自然，爱护环境，尊重生命，合理饮食，加强锻炼，积极倡导绿色健康的生活方式。

四要适应新的学习方式，努力提高自学能力。 虽然疫情影响了我们的正常开学，但它不能阻止我们学习的步伐。此次开展的线上教学对老师和同学们都是一次新的挑战，大家要尽快适应这种新的学习方式。你们的老师已经精心准备好了每一节课，请大家按照学校的安排，积极配合老师认真完成学习任务。同时，也要劳逸结合，合理安排好作息时间。在没有老师的监督下，你们更要增强自制力，提高自学能力，努力做到在校在家一个样。

此时此刻，我依然操心的还是家庭困难以及目前还滞留在外地的同学们。虽然学校给你们提供了一定的帮助，但你们还得进一步克服困难，就近就地想办法解决在线上课问题，最大限度减少学习影响。身在外地的同学，你们在学习的同时更要做好防护，有困难、有问题请及时与学校老师联系，盼望你们早日平安归来。

同学们，疫情固然可怕，但我们的信心和勇气更可贵。寒冬已尽，万木向荣。让我们携手并肩，直面挑战，早日相聚在我们美丽的校园。

铜川市第一中学校长　孙晓平

2020 年 2 月 12 日

携手抗疫情 齐心渡难关

亲爱的老师、同学和家长们：

大家新年好！

2020年庚子年伊始，新冠肺炎疫情突如其来，这场没有硝烟的战争让假期延长，阻挡了我们如期相见。对我们来说，这是一个难忘的春节和寒假；对时代来说，这是一次深刻的体验；对国家来说，这是一场披荆斩棘的征程。谨以此信，向各位老师、同学、家长朋友们致以最诚挚的问候，希望在开学前这段艰难的日子里，我们一起团结一心、共战疫情！

同学们，现在还处在疫情的发展期，这段特殊时期让我们一起做好以下四件事：一是服从安排。做好防护措施，学会保护自己，出门记得戴口罩，平时要勤洗手，不去公共场所。二是加强联系。每天向老师报平安，如果有身体不适要及时告诉家人和老师，每天按计划学习、锻炼，在父母的指导下做一些力所能及的家务劳动。三是关注新闻。了解关于疫情的发展动态，学着关心他人、关心集体、关心国家。四是注意安全。避免人员聚集带来的传染风险，坚决遵守疫情防控的各项规定和要求。

教师们，在这个疫情蔓延扩散的关键时期，疫情防控形势依然严峻，战斗正在进行，疫情就是命令，防控就是责任，全体特教同仁一定要闻令而动、团结一心、沉着坚定，对打赢疫情防控阻击战充满信心，践行特殊教育教师的初心和使命。我倡议：一是争当学习防疫知识的排头兵。带头学习正确的防疫健康知识，保护大自然，爱护野生动物，出门戴口罩、勤洗手，保持良好的卫生习惯，保证营养膳食，规律作息时间，提高自身免疫力，最大限度降低自己、家人及身边人群受感染的可能。二是争当宣传防疫知识的广播员。疫情防控期间，广泛宣传如何切断疫情传播途径，倡导少出门、多通风、多饮水、勤洗手、少熬夜，如出现发热、乏力、干咳等症状，要及时到医院就诊检查，并将情况上报学校。三是争当线上教学的服务员。全体教师要坚决服从安排，积极投身于"停课不停学"的工作中去，利用微信群、QQ群等多种途径设计课、上好课，精心指导学生自理能力培养和康复训练，还要做好学生去向与异常登记上报工作，真正地做到让学生安心，使家长放心。

家长们，孩子的健康是您和学校最大的心愿，愿我们共同架起培育学生的桥梁和纽带，为孩子的生命安全、健康成长风雨同舟，并肩战斗。真切希望我们家校合力，携手同行，共同度过这个特殊时期。一是积极配合。配合学校和老师每天按时上报孩子的健康信息，严格落实学校和老师的要求，如学生出现发热或其他紧急情况，做到第一时间上报。二是勤于指导。指导孩子在家的学习、生活和康复锻炼，培养孩子的生活自理能力，提高适应社会能力，开展亲子阅读、亲子游戏，培养孩子的卫生习惯。三是善于引导。引导孩子认真完成学习任务，关注新闻，不信谣，不传谣，鼓励孩子消除恐惧心理，增强战胜疫情的信心和决心。

疫情无情，人间有爱；否极泰来，万物向阳。虽然我们不能如期开学，但是老师一直和你们在一起，让我们过一个有意义的寒假，共同抗疫情，齐心渡难关，等到春暖花开的时候，我们又可以在校园里学习、做游戏啦！

铜川市特殊教育学校校长　张贵军
2020年2月12日

给学生们的一封信

亲爱的孩子们：

你们好！

我是你们的大朋友郝庆军，首先给大家拜个晚年！祝大家鼠年安康、万事如意！

一场突如其来的疫情让我们这个假期显得那么特别，成为我们每个人心中难以忘却的记忆。当前，举国上下共同努力，抗击疫情。往日繁华的街道显得无比空旷，节日的喜庆被疫情冲击得无影无踪，没有了压岁钱，没有了亲戚朋友的聚会，没有了各种娱乐，每个人的计划都被打乱，国家号召我们"宅"在家里就是最好的自我保护和对社会的贡献。同时我们通过媒体也看到无数医务工作者奋战在抗击疫情第一线，无数警察叔叔、社区乡村工作人员、疾控工作人员坚守在哨卡岗位，无数机关干部和工作人员放弃休假提前进入工作状态。面对所有的一切，我们心中只有感动和敬意。开学在即，在教育主管部门的统筹安排下，我们的老师也提前进入工作状态，网上授课工作已经开始，真正实现了"停课不停学"。在目前这段特殊时期，我想和你们说几句知心话：

一是坚定信心。面对突如其来的疫情，在党中央、国务院、中央军委的统一调度和习近平总书记的指挥下，一场疫情阻击战正在紧张进行。作为一名学生，我们一定要坚定信心，相信党、相信国家一定能打赢这场战役。切不可无端忧虑、妄自揣测，无谓的增加心理负担。要对疫情有一个正确的认识，保持一个乐观的心态，坚定战胜疫情的信心和决心。

二是认真学习。你们可能对网上授课这种模式感到新奇，缺少了老师的当面监督，需要你们严格自律，提高学习的自觉性和主动性，按照老师的要求认真预习，专心听讲，按时完成课后作业，加强和老师、同学的沟通交流，确保学习取得实际效果。在课余时间要有计划地加强阅读，从书本中汲取知识，充实提高自己。切不可觉得缺少了约束和管理，放任自流。

三是热爱生命。来势汹汹的新冠肺炎疫情让许多人失去了生命，让人无比痛心。每个人的生命只有一次，失去了生命一切都无从谈起，所以我们要爱护自己的身体，思想上放松，学会减压，学会自我调节，才能保持良好的身体状态。我希望在新学期返校的时候让我看到身心健康的你们。

四是做好自己。越是在特殊时期，我们每个人越需要更多的担当和责任。作为学生，一定要服从家长的管理，规律作息时间，不去人员密集场所，外出佩戴口罩，定时测量体温，合理饮食，适度锻炼。手机和电脑是让你学习的，千万不要趁着这个机会去上网、打游戏。困难面前，要奉献爱心，关爱他人。咱们学校五年级一班李翼博同学和他的妈妈为值勤的社区叔叔、阿姨送去了热腾腾的醪糟和油饼，以实际行动给寒冬带来了丝丝暖意。我们要向他学习，在自己力所能及的前提下，用实实在在的行动奉献自己的爱心，为疫情防控阻击战贡献自己的绵薄之力。

孩子们，多难兴邦，我们伟大的祖国是疫情所击不垮的，我们勤劳善良的中国人民是灾难打不倒的。乌云过去将是晴空万里，春天即将到来，让我们携手共渡难关，去迎接那明媚的春天！我一定会在我们美丽的校园迎接你们的归来！

最后让我们一起为自己加油，为武汉加油，为我们中国加油！

铜川市王益区王家河中学校长　郝庆军
2020 年 2 月 10 日

和衷共济　团结一心

亲爱的同学们：

大家好！

新冠肺炎疫情突如其来，我们今年都度过了一个不平凡的春节，同样也度过了一个不一样的寒假。这是一场来势汹汹的战"疫"，这是一场突如其来的挑战，它改变了我们的正常生活，也改变了我们的认识。为了千家万户的安康，84岁的钟南山院士披挂上阵，冲到抗击疫情的第一线；许多"白衣战士"舍小家为大家，无畏出征，扶危度厄，与死神赛跑；无数党员干部冲锋在前，严防死守，生死不计；很多新闻工作者战斗一线，记录现场，记录瞬间，记录感动……面对疫情，这些新时代最可爱的人果敢逆行、无畏奔赴，他们有着钢铁般的信念和坚如磐石的初心。

让我们向奋战在一线的"白衣天使"致敬！让我们向保护我们平安奋战在抗疫前线的工作人员致敬！让我们向那些为武汉伸出援助之手的善良的人致敬！

"国家有难，匹夫有责。"作为新时代的青少年，我们首先要服从国家的安排，尽好自己的一份责任，让我们共同做到以下几点，坚决打赢这场没有硝烟的战争。

一是坚定信心，共克时艰。作为新时代的青少年，我们首先应该认识到战胜疫情的最佳武器是科学！希望大家能积极配合关于疫情防控的各项措施，坚定信心，面对各类疫情信息做到不信谣、不传谣、不造谣，自觉抵制网络不实言论，积极关注官方媒体防控动态。

二是主动学习，科学防护，加强锻炼，用心防疫。我们要认真学习防控新冠肺炎病毒有关知识，采取科学有效的防护措施，做到"常通风、戴口罩、勤洗手、拒野味、不串门、不聚会"。如发现发热、干咳、乏力等疑似症状，第一时间前往当地指定医院就诊并上报，做到"早发现、早报告、早治疗"。同时，提醒家人和朋友做好预防，防控宣传，人人有责。及时与老师沟通个人健康状况，积极配合学校健康状况统计及相关工作。

居家期间自觉规律作息，养成健康的生活习惯，增强自身免疫力。可以利用有限的器材进行适当的锻炼。

三是停课不停学，合理安排时间，确保学习不松懈。同学们，按照上级要求，学校制定了春季延期开学工作方案，组织老师们通过微信、QQ 群、网络课堂、微课等有效教学形式，为大家授课、答疑、进行作业布置及检查。目前，网上课程学习方法、课表、作息时间已由班主任发至班级群，希望大家按照操作步骤进行课程学习，并按老师要求的方式和时间认真完成并上传作业。针对听课和做作业过程中的问题，可在线向老师请教。老师会根据作业批改情况，酌情对全体或个别学生进行在线辅导。我们一定要克服特殊时期的特殊困难，发扬我校"励志勤勉，纳川超越"的校训精神，打赢这场防疫阻击战。

最后，希望同学们学会感恩，让我们感恩每一位默默付出的人！

让我们携起手来，共克时艰。等到疫情结束后，也是春暖花开时！加油武汉！加油中国！

铜川阳光中学校长　李保凌

2020 年 2 月 11 日

抗疫攻坚人人有责
居家学习莫负春光

亲爱的同学们：

大家好！

当前，正值防控新冠肺炎疫情的关键时刻，为了尽快打赢这场看不见硝烟的"战役"，需要汇聚全国人民的强大力量，做到人人有责、人人尽责，在此，身为校长的我想对同学们说：

加强自律，疫情防控从我做起。 同学们一定要尽量减少外出，远离聚集人群。非常时期，不要走亲访友，减少不必要的出行，特别是避免到封闭、空气不佳的公共场所和人流集中的地方。如果确实需要外出，要正确佩戴口罩并定期更换，外出回家后，及时洗手，做好防疫消毒工作；一定要积极配合排查，自觉及时报告。如果您或家人最近从湖北回来，或与确诊和疑似感染人员接触，请在第一时间主动报告学校和社区，并自觉在家隔离，这样既保护自己，又是对他人负责。如果有发热、呼吸道感染等症状，请务必做好个人防护，避免交叉感染，并及时到附近医疗机构发热门诊就诊。

合理安排作息时间，确保学习不松懈。 目前，铜川市各中小学、幼儿园2020年春季学期开学时间均已推迟。希望同学们安心在家，通过学校线上教学的安排，自觉参加各科学习并认真完成作业，同时要注意保护好视力，不长时间上网；要文明上网，有效利用网络资源与信息自我提升，不要在网上发布与疫情相关的未经核实的文字、图片；要根据学校的安排坚持室内体育锻炼，平衡饮食营养，按时作息，保证充足睡眠，保持早起早睡的好习惯；不要参加任何线下集中学习、培训补习和竞赛评比等聚集性活动。

理性认识疫情，坚定胜利的信心。希望同学们通过官方渠道了解信息，关注疫情进展，增强战胜疫情的信念，多学习疫情防控政策和专业知识，不信谣、不造谣、不传谣。在居家期间要劳逸结合，学会自我调节，始终保持乐观向上的积极心态。另外，要注意居室通风和垃圾分类，做文明市民。为了帮助同学们在疫情期间调适心态，缓解疫情带来的心理压力，大家可以搜索加入"铜川市耀州区教育系统疫情援助 QQ 群、微信群"进行相关咨询，也可向学校专职心理辅导老师咨询，他们会向同学们提供贴心的疫情相关心理支持服务。

同学们，严寒正在散去，春天已经来临，迎接我们的一定是绿草、鲜花还有明媚的阳光。让我们团结一心，共克时艰，坚决打赢这场防疫攻坚战！

最后，祝全体同学身心健康、学习进步！

铜川市耀州中学校长　刘孝安

2020 年 2 月 10 日

给孩子们的一封信

亲爱的孩子们：

这个寒假很漫长，一切都显得那么不一样，开学了，很想像往常一样早早站在校门口迎接你们返校，听听你们那一声声"校长好"，目送你们走进教室、走向课堂。可惜这个美好的愿望都因为"新冠肺炎病毒"这一不速之客而暂时无法实现了。但是请同学们记住校长现在很想念你们，我会隔着屏幕关心、关注你们，我亲爱的孩子们！

突如其来的新冠肺炎疫情让我们一起度过了一个不平凡的春节。这是一场没有硝烟的战争，考验着湖北武汉也考验着全国同胞战天斗地的勇气和魄力。我们的科研人员、"白衣天使"、警察叔叔、解放军战士，所有奋战在防疫一线的工作人员，因为责任和担当，面对疫情的肆虐，毅然"逆向而行"，用忠诚和担当、心血与汗水、自己的血肉之躯为我们筑起了一道"钢铁长城"，守护家园的安宁。这些逆袭的身影才是民族的脊梁，他们无疑是这个时代最可爱的人。这次疫情也是一种人生洗礼，钟南山、李兰娟这些名字应该深深刻入你们的内心深处，用他们时刻激励鞭策自己，珍惜时间，刻苦学习，立志做像他们那样的人。在这段特殊的日子里，我们居家隔离更不能无所事事、荒废学业。我们要自律、自觉遵照老师的教学安排，定时收看网络课程，认真完成学科作业，主动探究、温故知新。同时，要做到家事国事天下事事事关心，用眼去观察，用心去倾听，用笔去描绘身边的感动。另外要注意用眼健康和防疫卫生，积极参与家庭生活实践，做一个明事理、爱学习、永远向上向善的好孩子。

同学们，生活是最好的老师，它教会我们要热爱自然、敬畏生命，让我们

知道了保护自然、保护动物就是保护我们自己；生活是最好的老师，它为我们指明了努力的方向，让我们知道科学家、医生、军人、教师等一切奉献者支撑起了民族的脊梁；生活是最好的老师，它让我们深深感受到了祖国母亲的伟大，没有任何力量能阻挡中国人民和中华民族的前进步伐。

同学们，凭栏望去，春已在醉美的铿锵中向我们踏步而来。疾风知劲草、越是困难越向前，让我们众志成城、守望相助，齐心协力战胜疫霾，待到春暖花开，我们相逢美丽的校园，去拥抱春天放声歌唱我们伟大的祖国！

铜川市新区鱼池中小学校长　文　刚

2020 年 2 月 11 日

胸怀报国志　齐心战疫情

尊敬的家长、亲爱的同学们：

你们好！

相信此刻大家和我一样在盼望着、寻觅着春的足迹。我们本应该回到充满欢声笑语、琅琅书声的校园，可因为突如其来的新冠肺炎疫情，我们平静而快乐的正常生活被扰乱，不能如期开学。我本想新学期第一次在国旗下讲话时，和同学们倾心交流，无奈只好以这种特殊的方式与家长、同学们共勉。

这个寒假特别漫长，社会就像被按了暂停键一样，平时车水马龙的街道上没有了车辆，同时又像按了快进键一样，全民族都在进行着抗击疫情的伟大斗争，我们虽"宅"在家里，却每天都在关注着疫情防控的进展。同学们，作为一名高中生，在这个特殊的日子里，你想到了什么？

此刻我想到了"哪有什么岁月静好，只不过是有人在替你负重前行"，在党中央的坚强领导下，各级政府的工作人员放弃了节日的休假奋战在抗击疫情的一线；钟南山、李兰娟院士与许许多多的医务工作者奔波在武汉抗击疫情的最前线；除夕夜，陕西、广东、上海、重庆的多支医疗队迅速集结，驰援武汉，包括东齐鲁、西华西、北协和、南湘雅四大重点医学院的 10 000 多名医护工作者齐聚湖北，他们与时间赛跑、与瘟疫作战；火神山医院、雷神山医院，从设计、建设、设备安装到收治病人仅仅用了十个昼夜，彰显了中国速度。无论是道路保畅、物资供应、技术攻坚，还是医疗救护、摸底排查、心理疏导……各行各业的工作者面对困难，无所畏惧、迎难而上。他们都是新时代的英雄！

此刻我想到了同学们，再过几年，你们也将成为祖国的建设者，希望你们能像他们一样，为社会的繁荣稳定、人民的幸福安康做出自己的贡献。而我们只有从现在起，静下心来，勤学苦练，方能百炼成钢，展翅翱翔。

现在，学校已在积极为开学做准备，安排人员24小时值班，排查滞留外地的师生，订购消毒药品、防护用品，安排人员在开学前对校园进行全面的消毒杀菌，绝不让疫情蔓延到校园。我们会根据疫情的控制情况和上级统一安排确定开学时间。

同学们，请铭记我们的校训："明德启智，励志自强"。在疫情防控的关键时期，作为一名新时代的高中生，你们要坚强自信，不信谣，不传谣；自觉自律，积极做好防护；可以利用学校为大家搭建的网上学习平台，或借助社会为同学们提供的丰富线上学习资源，认真学习。但同学们，"夫学须静也，才须学也"，网上的资源纷繁多样，不一定都适合你，最重要的是找到适合自己学习的方法与资源并坚持下去。高中生应有强大的自学能力，制订好自己的学习计划，不受网络等学习条件的影响，潜心钻研，静心思考，精梳细理，日有所获，不虚度光阴。我们的老师全部在线辅导，时刻准备为大家提供帮助，同学们可以用多种方式和老师联系。

家长朋友们，此刻您也许正奔波在抗疫一线，也许在家里正和您的孩子共同学习，等待疫情的消退，但我希望您在和孩子关注疫情的同时了解背后那些动人的故事、可歌的人物、可赞的精神；让孩子明白："国家兴亡、匹夫有责"；知识和本领是力量，良知和人格是方向。

家长朋友们，百忙之余，请陪孩子一起看看视频课程，检查一下孩子的作业，和孩子一起成长。只有这样，您才能和孩子一起脉动，有共同的话题，走进孩子的内心。

家长们、同学们，没有一个冬天不可逾越，没有一个春天不会到来。让我们团结一心，共克时艰，打赢这场疫情防控攻坚战！

祝全体家长工作顺利、身心愉悦！全体同学学习进步、健康成长！

宜君县高级中学支部书记、校长　杨伟峰
2020年2月10日

追梦不止步　奋斗正当时

各位老师、同学们：

2020年将注定是不平凡的一年。跨入新年，一场罕见的凶猛疫情向我们扑来，打乱了我们正常的学习生活。办法总比困难多，经过多方努力，我校的空中课堂已经全面上线，和同学们见面了。借此机会，让我们用感恩的心向不顾个人安危、英勇奋战在疫情防控一线的工作者表示崇高的敬意！也向为保障大家"停课不停学"的各位老师的智慧付出表示崇高的敬意！

同学们，殷忧启圣，多难兴邦。中华民族是一个饱经灾难的民族，灾难使中华民族更加坚强、更加团结。疫情发生以来，党中央高度重视，始终把人民生命安全和健康放在第一位，习近平总书记亲自指挥，全国上下团结一致，众志成城，坚决打赢疫情防控阻击战。我们的同学要庆幸生活在这个伟大的国家、这个伟大的时代，庆幸中国特色社会主义制度的优越性。同学们要清晰地看到，全面建成小康社会、实现中华民族伟大复兴，绝不是敲锣打鼓就能实现的，艰难困苦随时考验着我们的定力。面对疫情考验，我们的科技水平、民众的科学素养都还有很大提升空间，科教兴国、人才强国始终是新时代赋予同学们的光荣使命，大家责无旁贷、义不容辞。

同学们，每临大事有静气，不信今时无古贤。居家隔离正好为同学们提供一次冷静思考人生的机会，静下心来思考，定会让大家变得更理性、更成熟。近期，大家安静的"宅"在家中，除了搞好文化课学习之外，每个人都可以仔仔细细地思考一下自己的人生目标，审视自己的生活方式，审视自己对万物生命的态度，这有助于大家在新的学年里，重整行囊再出发时，走得更加稳健、更加高远。作为你们的长辈和共同应对疫情的"战友"，我提醒同学们理性地审视自己的"三观",做一个善待自己、有利他人、贡献社会的时代有为青年。

作为宝中学生,同学们要学会懂得珍惜,树立正确的生命观。父母给予我们每个人的生命只有一次,明天和意外谁也不知道哪个会先来。在突发事件面前,生命短暂而又脆弱。同学们能做的就是以正确心态对待生老病故,珍惜现在,珍惜今天,努力把自己力所能及的事情做到最好。国家未竟的事业、父母期待的眼神、个人心中的梦想都是同学们生命的意义所在,希望同学们一定要珍重自己的健康,珍惜相对自由的时间,珍惜大好的春光,学会和时间赛跑,你只要努力付出,时间终究会给出你们想要的结果。

作为宝中学生,同学们要学会经受挫折,树立正确的人生观。残酷的病毒教会了我们如何防范,现实的生存和生活考验着我们的智慧。古今中外成功者的经验启迪着同学们,大事难事看担当,逆境顺境看胸襟,是喜是怒看涵养,有舍有得看智慧,是成是败看坚持。希望同学们经历本次防疫的磨砺,学会大其心,容天下之物;懂得虚其心,爱天下之善;保持平其心,论天下之事;持久潜其心,观天下之理;守恒定其心,应天下之变。在困难和挫折面前,不惧艰险,乐观应对,坦然处之,奋斗不止,我们必然收获精彩的人生。

作为宝中学生,同学们要立志贡献社会,树立正确的价值观。前两天,有一则刷屏的微信,标题是"你为什么要读书,武汉疫情告诉你的答案。"核心意思是当人们面对新型冠状病毒手足无措时,84岁的钟南山院士激流勇进,挺身而出,给出科学的防控建议,定纷止争,给国人吃了一颗"定心丸"。以钟南山院士为代表的一大批科研人员、三军战士肩负使命,为爱逆行,无愧为国之脊梁,无疑是亿万人民心中的英雄,更是大家学习的楷模和榜样。作为宝中学子,大家要铭记我们"培育走向世界的现代中国人"的育人目标,传承宝中精神,担当发展使命,追求卓越,止于至善,堂堂正正做人,踏踏实实做事,追逐梦想不止步,砥砺奋进不懈怠,为贡献社会、实现人生价值,练好内功、打牢基础。

老师们,2020年是学校确立的队伍提升年,目的就是充分尊重教师、大力发展教师、积极成就教师，希望大家坚守初心、担当使命，用足各类发展平台，切实提升素养，不断收获工作成就感、职业尊严感和生活幸福感。本次利用信息技术开展的在线教学、空中课堂是我们的应急之措。新的教学方式无疑给老师们带来一些不便，希望大家勇于克服困难，聚焦问题，聚焦学情，全力探索新技术、学习新方法，落实好教育教学和辅导任务，确保教学计划落到实处，真正解决好学生和家长的后顾之忧。

各位家长，疫情面前考验的是个体的免疫力，也考验着家庭的向心力。和谐宽松的家庭环境是孩子成长的沃土根基。希望家长朋友做孩子们学习和生活的榜样，帮助孩子解决生活心理困惑。特别是在当下，居家学习考验着学生的自我管理、自我学习能力，更考验着同学们的体力和精力，家长要服务好、督促好孩子生活，引导孩子调整好个人作息时间，尽量不刷手机、少熬夜，多喝水、规律饮食，确保以旺盛的精力投入到防疫和学习中来。同学们要每天坚持做眼保健操，适当地开展一些室内体育锻炼，听听音乐，调节久居家里的烦躁情绪，以饱满的精神克服当下的困难。

老师们、同学们：没有一个冬天不可逾越，没有一个春天不会来临。相信在师生家校和各方的齐心努力下，我们定会早日打赢这场防疫阻击战！待到春暖花开、大家重返校园时，我们必将开启一个全新的征程！

祝愿大家在新的一年里健康平安、快乐进步！

宝鸡中学校长　刘长虎
2020年2月11日

振振君子　归哉归哉

亲爱的同学们：

　　你们好！

　　按原计划我们本应在2月9日开学，返回校园。但一场突如其来的新冠肺炎疫情席卷全国，这场始料未及的疫情让我们都成了"宅男""宅女"，不能好友相会、亲朋相聚，不能走亲访友、出门旅行，甚至美丽的校园也不能按时返回……目前疫情依然严峻，我们还需要在家"闭关修炼"一阵子。

　　面对突如其来的疫情，以习近平同志为核心的党中央发出了"疫情就是命令，防控就是责任"的号召，全国上下迅速行动起来。从繁华的都市到偏远的乡村，都积极投入到了新冠肺炎的防控工作中，疫情得到了有效的控制。回顾过往，1998年抗洪、2003年非典、2008年冰雪灾害及汶川大地震，无一不是在中国共产党的坚强领导下，全国人民团结一心、迎难而上，发挥集中力量办大事的制度优势而取得最后的胜利。我们坚信：只有中国共产党才能领导中国应对任何灾难，也会让世界看到一个负责任的大国的能力与担当！中国一定行、一定赢！

　　同学们在家都还好吗？老师都很挂念你们。从每天的疫情报表里，从各班的微信、小视频中，老师们惊喜地发现：你们每个人都身心健康；你们学会了帮父母做家务，很多同学还学会了做菜并且厨艺高超；你们学会了科学规划，学习、锻炼、娱乐、家务安排得井井有条，尤其是高三年级、初三年级的同学都能在老师的带领下，通过"空中课堂"全身心地投入复习备考中。你们学会了关心国家、帮助别人，很多同学都通过微信，利用文章、绘画、音频、视频等形式支持武汉、支持抗击疫情，并且宣传防控知识、倡议养成良好卫生习惯，你们真的长大了！

　　中华民族历经数千年屹立于世界民族之林长盛不衰，是有其深刻历史原因的。余秋雨先生的观点,就是因为我们国家有着极其优秀的文化基因,也就是中国的"君子"文化。正是这种文化基因、文化认同,数千年来将中华民族紧紧地团结在一起。何为"君子",《诗经》上说是"洵直且侯"的人,也就是做一个有高尚道德情操、有安邦治国之才的人;孔子说是"仁义礼智信、温良恭俭让、忠孝勇恭廉"的人。在这次突如其来的疫情面前,中国人时时、处处体现着"君子"之风。

"仁义"是君子的首德,也就是一个人要有爱心、能帮助别人、危难之时有担当、能挺身而出。无所谓岁月静好,只是有人在替你负重前行。世上没有从天而降的英雄,只有挺身而出的人。这次危难关头,以你们的学姐、宝鸡人的骄傲——王丽娜博士(我校2000届毕业生)为代表的医务工作者不顾个人安危,抱着"土国城漕,我独南行"的勇气,哪里危险哪里疫情重就去哪里,"逆行"驰援武汉,用大爱续写了"白衣天使"救死扶伤的神圣诗篇;我们的党员干部、人民警察、环卫人员、安保人员、社区志愿者不顾个人被传染的危险,夜以继日坚守在卡点和防控一线……还有许许多多的人,在我们安居在家的时候,他们奔忙在城市的各个岗位,保障着我们的居家生活。他们是这次危难可敬的"逆行者",是新时期最可爱的人。同学们,你们长大后也要像他们一样成为中华民族的脊梁。

除了要热爱人民,我们还要热爱自然。自然是伟大的,生态是复杂的,生命是奇妙的,而我们对他们却知之甚少,"寄蜉蝣于天地,渺沧海之一粟",人类在大自然面前是渺小的。地球是一个复杂系统,物象万千,一草一木、一物一人、一家一族……乃至人类社会都是相互依存不断演进的。人类只是地球复杂生态系统的一个组成部分,当人类对大自然的掠夺过度时就会"收"到惩罚。今年新冠肺炎和2003年非典疫情的发生都与食用野生动物有关,我们一定要吸取这个教训,始终保持对大自然的敬畏之心,爱护环境,保护生态,保护野生动植物。

关中大儒张载说:"为天地立心,为生民立命,为往圣继绝学,为万世开太平。"同学们要记住这句话,抱着一颗爱心担负起振兴民族、保护地球的神圣使命,成为一个顶天立地的君子。

学习是人一辈子的事情,同学们现在的任务应该是努力学习。学习是学生的本职工作，现在努力主动地去学习就是为国家做贡献。学习贵在主动、自主，我曾在高三年级的一次班会课上说过"人一辈子自己说了算的事情并不多，学习成绩就是其中之一。"学习不能"等、靠、要"，现在就是提升同学们自主学习能力的最佳时期。利用这段时间，同学们可以借助学校安排的网络授课，科学安排学习计划。只要你主动出击、查漏补缺、努力钻研、独立思考、反复练习、持之以恒，就一定能迅速提升你的学习成绩。希望同学们能够抓住这次"闭门修炼"的机遇，使自己成为一个能学习、会学习、善于自主学习的有"智"君子。

《诗经》言"假乐君子，显显令德。"意思是说，心理积极、快乐健康是君子的美好品德。面对危难和挫折，同学们要调整自己的心态，尽量不要让外界的人、事、情境影响自己的情绪，正确对待不幸、挫折和失败，把这一切当作宝贵的人生体验回馈给我们的礼物；面对危难要有包容之心，不抱怨，不焦虑，泰然处之，内心就会获得一份平静和安宁。同学们在学习之余，可以发挥自己的特长，帮助父母做做家务，读几本自己喜欢的书籍，利用家里的现有条件积极锻炼身体。我坚信，通过这次危难你们会有前所未有的成长和收获，成为一个快乐健康的"嘉乐君子"。

没有一个严冬不可逾越，没有一个暖春不会到来，我将与你们一起等待春暖花开！让我们同舟共济、众志成城、共克危难，我们坚信：武汉必胜！中国必胜！我们坚信：等到开学时，一个个志存高远、责任担当、自立自强、会学善学、积极向上、快乐健康的"君子"会重返校园。老师在美丽的烽火校园等着你们。

振振君子，归哉归哉！

宝鸡市烽火中学校长　奚树强
2020年2月17日

共克时艰 定将春暖花开

尊敬的家长朋友们、全体老师、同学们：

大家好！

岁月不居，春秋代序。2020年新春伊始，一场罕见的、凶猛的疫情打乱了我们正常的学习和生活节奏，仿佛一切都被按下了暂停键。

大年初一，习近平总书记主持会议强调，生命重于泰山。疫情就是命令，防控就是责任！在党中央的领导下，从中央到地方、从领导到群众，全国上下团结一心、群防群控、共克时艰，众志成城凝聚起强大的中国力量。"白衣天使"演绎着"最美的逆行"；建筑工人用"中国速度"与疫情赛跑；医学泰斗"问诊把脉"，他们用实际行动阐述着"中国脊梁"；就连普通老百姓过年也不串门、自我隔离，上演着"中国效率"。所有人咬紧牙关，彰显着"疫情无情人有情，生命面前见本色"的中国魅力！

在这个全民战"疫"的艰难时期，我们全体实验中学人责无旁贷、共克时艰，相信也在身体力行着——只要思想不滑坡，办法总比困难多。在全校师生和家长的共同努力下，我校6 000多名师生员工感染病例为零；超前筹备、多方协调，我校的网上在线课堂也已按计划全面施行。在此，让我们用感恩的心向英勇奋战在疫情防控一线的工作者表示崇高的敬意！向辛勤付出的各位线上授课老师表示真诚的问候！向理解、支持、帮助学校工作的家长朋友们表示最衷心的感谢！

老师、同学们，因为疫情，2020年春季学期延迟开学，但"停课不停学""停课不停教"是我们面对的现状。防疫是今天的任务，教育是明天的事业。在目前形势下，防疫和教学两手抓，两手都要硬。为了全面落实各级政府关于

"停课不停学"的指示，经过多方努力，我校已全面开通网上在线课堂，近几天的开播，同学们也已亲身感受。在这个特殊的时期、特殊的环境，通过特殊的方式保证学生们的正常学习，所有师生都是第一次经历这种特殊的课堂。在此，我提出三点希望：

一是希望所有的教师经受住这次考验，成为一名与时俱进、善于学习、勤奋努力的教师。在这个非常的时期，希望老师们保持非常的定力，进行非常的思考，用非常的行动扛起非常的责任。为准备这次网上授课，学校出台了《线上教学管理基本要求》，明确了各个部门、各位老师的具体职责和要求，我希望大家严格执行这些要求、落实这些要求，与时俱进，不断学习，勤奋努力。我们期待着疫情拐点的出现，我们更期待很多同学出现自我发展的拐点，我也相信我们实验中学的每一位老师会用自己的努力和能力，真诚示范、感染、指导和鼓舞每一位同学。第一次"吃螃蟹"，困难肯定存在，办法一定会有。经受住考验，你的教学因此而提升，你的人生因此而精彩！

二是希望所有的同学经受住这次考验，成为一名善抓时机、善于自我管理的学生。同学们，你将终生铭记这一时期的上课经历，没有课间的喧闹，没有老师的监督，没有同学的互助，你将孤身而学。然而，我却认为这也是一次难得的时机，成为你人生的一个拐点，使你更有公民意识、更有家国情怀、更有担当精神、更有自律能力，学习更主动，思考更理性，行动更迅速。各年级召开的网络家长会，对网上学习提出了全面的要求，希望大家能严格执行这些要求，克服居家不利因素，保持规律作息，保证正常学习。因为都是第一次，虽然学校和老师都做了充分、精心的准备，但受限于多种因素，我们网课的缺陷可能在所难免。但越是这样，就越需要同学们用更专注的态度、更主动的精神、更用心的预习、更认真的听讲、更及时的巩固、更清晰的梳理、更严格的自律、更智慧的自我调节来弥补这种不足和缺陷。人生的成功重要的不是起点而是拐点，我期待着同学们抓住这次特殊的时机，迎来拐点，提升自己，奠基人生。

**三是希望所有的家长经受住这次考验，成为一名朝督暮责、坚韧不拔、持

之以恒的优秀家庭教育者。家长朋友们，疫情面前考验的是个体免疫力，更考验着家庭的向心力、家长的影响力。在这个特殊时期，有了更多与孩子相处的时间，也就有了更多履行教育责任的机会，做好防疫知识讲解，增进与孩子的感情，帮助孩子解决心理困惑，指导孩子在线学习，安排孩子一日作息，指导孩子自我管理，鼓励孩子参与劳动。不仅如此，我还希望家长朋友们做一位冷静而智慧的观察者、示范者和引领者，用自己的言行引导和影响孩子对自然、生命、价值、危机、社会责任、全球理念、善待自然等进行正确认知。这样，你不仅是一位合格的家长，更是一位优秀的家庭教育者，孩子会因你幸福、为你自豪！

　　老师们、同学们、家长朋友们，我们应该相信，没有一个冬天不可逾越，没有一个春天不会来临。我们更应该坚信，在党中央及各级政府的正确领导下，在全校师生、家长和社会各方的共同努力下，我们一定会众志成城，早日打赢这场防疫阻击战！我们一定会共克时艰，早日看到春暖花开！我们一定会学有所得，开启一个新的征程！

　　谢谢大家！

咸阳市实验中学校长　韩　望

2020 年 2 月 17 日

写给全体同学的一封信

亲爱的同学们：

大家好！

按照计划，我们此刻应该在彩虹南校区的校园里工作、学习。但是，突如其来的新型冠状病毒打乱了我们所有的计划，扰乱了我们平静的生活。此刻，疫情牵动着我们每一个人的心，一场抗击新冠肺炎疫情的人民战争正在全国各地展开，我们每一个人都是参战者！

经过全国上下的努力，特别是一批又一批医务工作者的英勇奉献，我们欣喜地看到疫情得到了初步的遏制。但是，我们对这种病毒的认识还不够深入，加之各行各业逐步恢复生产，人员流动逐渐频繁，防控形势依然复杂、严峻。因此，近期各位同学务必坚持做到以下几点：一要严格遵守所在地区政府和社区的相关防控规定，若非迫不得已不要出门，出门一定戴口罩，不去人员密集场所，不串门，做好自我防护。二要注意家庭消毒和卫生，勤洗手，勤开窗通风。三要注意饮食和休息，不熬夜，不暴饮暴食，适当进行室内运动。四要关注疫情，文明上网，不信谣，不传谣，主动做好家人情绪疏导工作，提振信心，听从安排，打赢疫情防控战！

同学们，沧海横流方显英雄本色！在这次抗击疫情的战役中，我们每天都被很多"逆行者"深深感动着。84岁的钟南山院士劝告全国人民不要去武汉，自己却坐上了去武汉的列车，奔赴疫情最前线；73岁的李兰娟院士奔赴武汉第一线，每天只睡三个小时，用最专业的医学知识为救援工作"问诊把脉"；身患渐冻症的武汉金银潭医院院长张定宇在这场与病毒赛跑、与死神竞速的战场上已经战斗了30多天，他不仅与新型冠状病毒斗争，还在同"渐冻症"进

行着顽强的斗争……疫情暴发后，一批又一批医务工作者主动请缨，他们在请战书中的这段话感动着我们每一个中国人："如有需要，我自愿报名，申请加入医院的各项治疗肺炎活动。不计报酬，无论生死！"

同学们，我们中华民族自古以来"就有埋头苦干的人，有拼命硬干的人，有为民请命的人……这就是中国的脊梁"。这群"逆行者"是最可爱的人，是中国的脊梁，是我们青年人应该学习的榜样，是我们应该追捧的"明星"！同学们，从今天起，让我们牢记这些人，向他们学习，以他们为榜样，始终把个人理想融入伟大的"中国梦"中去，为了国家、为了民族，勇往直前！

同时，在这次抗击疫情的动员和部署中，我们感受到了"中国速度"的高效、"中国力量"的强大，感受到了党中央的坚强领导，感受到了社会主义制度的优越性，更感受到了中华民族团结一心、众志成城的向心力和凝聚力。我们有理由相信，在党中央的坚强领导下，全国一盘棋，全面动员、全面防控，一定能在最短时间内打赢疫情歼灭战！

有人说，新型冠状病毒来源于野生动物，这再次警醒我们要敬畏自然，要与自然和谐相处。老师们、同学们，我们要切记：不要当生命受到威胁的时候才懂得珍爱，平时的每分每秒我们都要提高安全意识、健康意识，为自己的生命、为自己幸福的人生筑牢堤坝。

同学们，在当前形势下，在家安心学习，不给他人添乱，就是为抗击疫情做贡献。疫情发生后，学校积极响应教育部"停课不停教、停课不停学"的号召，制定并实施了《彩虹学校南校区疫情防控期间在线教育教学方案》，对同学们自主学习和线上交流、学习指导进行了科学规划，各年级组结合实际情况制定了详细的《线上教学与答疑解惑实施步骤》，学校多方协调为每位同学免费开通了"升学E网通"在线学习平台账号，各年级陆续通过QQ群直播、钉钉直播等线上直播渠道进行了云课堂直播，真正做到了"停课不停学"。在此，我希望同学们在家严格自律，按照学校的计划认真进行网上学习，完成作业，及时和任科老师交流，不荒废每一秒，不虚度每一天！

同学们，没有一个冬天不可逾越，没有一个春天不会来临！让我们团结一心、众志成城做好自己该做的事，为打赢疫情歼灭战做出自己的贡献，为实现中华民族伟大复兴的中国梦不懈奋斗！

咸阳彩虹学校南校区校长　李小平

2020 年 2 月 10 日

同舟共济战疫情 线上学习长本领

亲爱的同学们：

庚子年的春节与往年不同，没有了走亲访友的祝福，也没有了外出观光的怡情；没有了扎堆嬉戏的欢乐，也没有了上街观灯的喜悦，就连过年的新衣裳也没有机会在众人面前展示。原因就是农历腊月期间，一种新型冠状病毒在人们毫无防备的情况下突然袭击了湖北的重镇武汉，进而在全国蔓延，直接威胁到了全国人民的生命健康。

为了阻断病毒的传播，维护广大市民的生命健康，渭城区也启动了重大突发公共卫生事件Ⅰ级应急响应，采取了一系列的有效措施。我希望大家都要响应号召，积极行动起来，参与到这场疫情防控阻击战中。

做一名合格的"战士"，服从命令听从指挥。虽然我们不能像钟南山院士、李兰娟院士，以及无数的舍小家为大家的医护人员那样，冲锋在抗"疫"的最前线，也不能像社区的防疫人员那样，日夜坚守在防疫的第一线上，但我们也是一名防疫的战士，要服从命令，听从指挥。做好自我隔离，配合学校和社区做好排查工作。少出门不上街，勤通风勤洗手，确保自己不被病毒感染。这既是对自己生命的负责，也是对他人生命的负责，更是对这场阻击战一线战士的安慰。

做一名无畏的"勇士"，敢于直面疫情。中华民族是一个饱经磨难的民族，不管是外敌的入侵还是天灾人祸，自强不息、坚忍不拔的民族精神都会让中华民族空前的团结起来，心往一处想，劲往一处使，肩并肩手挽手，浴血奋战，创造"中国奇迹"。今天，有党中央的坚强领导，有现代科技的有力支撑，有全国上下一盘棋的联动，我们一定会战胜疫情，取得疫情防控阻击战的胜利。因此，面对疫情，我们一定要坚定信心，不要焦虑，也不要恐慌；不要愤怒，也不要烦躁，要适时调节好自己的情绪，放松减压，转移注意力，适当增加一些兴趣活动。同时也要养成良好的卫生习惯，合理饮食，规律生活，注意休息，增强自身的免疫力。

做一名未来的"志士"，心系国家苍生。一个国家、一个民族之所以能够屹立于世界民族之林，就在于这个国家与民族拥有一批敢于献身的志士，"扶社稷于将倾，拯生灵于涂炭"，他们的这种献身精神也感召着人们勇敢地承担起"为天地立心，为生民立命"的责任。2003年，钟南山院士就不顾生命危险，奔赴非典疫情的重灾区，并率先在全世界探索出了一套有效的防治经验，被世人誉为"抗击非典的英雄"。今天，当新型冠状病毒汹涌来袭时，84岁高龄的他依旧不顾自身的安危，穿上白色的战袍，带领着成千上万的"白衣勇士"冲锋在抗击疫情的火线上。作为塔校的学子，我们要从小树立远大的志向，以勇士为榜样，堂堂正正做人。虽说同学们不能到校来学习，但是网上的授课也是老师精心准备的，希望同学们要好好听讲，认真完成老师布置的作业，练好自己的基本功，将来也能为国出力，为民效命。

"沉舟侧畔千帆过，病树前头万木春。"乌云是遮不住太阳的，寒冬是拦不住春天的，只要全国人民齐心协力，我们一定能打赢这场疫情防控阻击战。

我期待着在校园里看到同学们欢快的身影，期待着在校园里听到同学们的读书声！

咸阳市渭城区塔尔坡学校校长　张宽斌

2020年2月10日

这个春天里的对话

尊敬的各位老师、亲爱的同学们、家长朋友们:

这个年过得真不容易,虽没有寒风凛冽,我们却感到刺骨寒意。突如其来的新冠肺炎疫情打乱了我们平静的生活,也阻止了我们新学期正常开学,但绝不会摧毁我们战胜疫情的决心,也绝不会阻挡每一个孩子成长的脚步。目前正值防控新冠肺炎疫情的关键时刻,为了尽快打赢这场看不见硝烟的战役,进一步做好我校"停课不停教,停课不停学"工作,全面做好疫情防控和开学工作,希望全体老师、同学、各位家长全力配合,齐心协力,共克时艰。

我们要坚定信念、齐心战"疫"。生命重于泰山。疫情就是命令,防控就是责任。疫情防控需要汇聚全国人民的强大力量,做到人人有责、人人尽责。为全面打赢这场疫情阻击战,党中央高度重视,习近平总书记亲自指挥部署,全国人民团结一心、同心战"疫"。

在这里,我要求长中全体师生一要加强自律,从我做起。非常时期,坚决做到少聚集,戴口罩,勤洗手,多通风。严格遵守"关于人员管控十个从严要求"。二要积极配合,自觉报告。如果您或家人最近从湖北返回或与确诊和疑似感染人员接触,请在第一时间主动报告学校和社区,并自觉在家隔离。在外地的师生返回长武后第一时间要向包抓人员或班主任及社区、村镇汇报,按照要求在家自觉隔离14天,如果有发热、咳嗽等症状,请务必做好个人防护,避免交叉感染,并及时报告,需要就医到附近医疗机构发热门诊就诊。三要理性认识,坚定信心。希望全体师生通过官方渠道了解信息、关注疫情进展,增强战胜疫情的信念,多学习疫情防控政策和专业知识,不信谣、不造谣、不传谣。要做好疫情防控的宣传员、示范者,教育和引导家庭成员正确防疫、科学防疫、消除恐慌心理，及时汇报情况，积极配合学校和社区做好疫情防控工作。为全面打赢这场疫情阻击战贡献自己的力量。四要适度锻炼，调适心理，必要时可向学校专职心理辅导老师咨询，他们会提供贴心的疫情相关心理支持服务。在居家期间要劳逸结合，学会自我调节，始终保持乐观向上的积极心态。

希望全体长中师生既要有家国情怀，更要有担当精神。"为天地立心，为生民立命，为往圣继绝学，为万世开太平。"这是宋代大儒张载著名的"横渠四句"。如果同学们感觉到理解起来有一点困难，那么不妨想一想现在仍奋战在抗击新冠肺炎一线的84岁院士钟南山，他的行为为"横渠四句"做了一个精准的注解。

不可否认，我们正在经历一场考验。病毒肆虐，有人饱受痛苦、倍受折磨；有人毅然逆行、以命相搏；有人将亲情暂且放下；有人眼看着亲人的生命正在凋落……所有人都暂时失去了一些自由。在这次人民战争中，有多少人舍小家顾大家，不计个人安危，逆行冲向战疫一线。党中央一声令下，全国人民众志成城，团结一心；一方有难、八方支援，万余名"白衣战士"从全国各地驰援武汉，救援物资从四面八方支援湖北。这些都体现了我们伟大祖国的国家力量和担当精神。

面对灾难，我们更应该明白生命意义和一个人的社会责任。这次疫情是一堂生命大课，社会是最好的课堂。通过这次战役，我们一定要明白：什么是以身许国，什么是生于忧患，什么是力挽狂澜，什么是废寝忘食，什么是逆向而行。要懂得诚实的意义何在，为什么要实事求是，坚持真理；担当的意义何在，为什么要挺身而出，临危不惧；团结的意义何在，为什么要同心同德，同舟共济。我们一定要把这些良知像基因一样镶嵌到自己的血脉里。

我们要学会尊重自然、敬畏自然，在人类和自然相处的过程中，我们要学会什么能做，什么不能做，什么绝不可以做，什么非做不可，必须成为一种共识，成为一种品格，成为一种绝不可遗忘的集体记忆。

在这场与疫情的战斗中，生命、生活和生态如此紧密地相互印证。我们要

深刻理解生命、生活、生态的内在联系。如何与自己相处、与社会相处、与世界相处、与自然相处，这是每一个人必须学习的重要课题。

作为长中学子，任何时候我们都要笃定目标，奋勇前行。"笃定目标不放松，愈是困难愈向前"，我深深知道每一位长中学子的艰辛和不易，特别是高三年级的同学，在高考备考的关键时刻，受疫情影响，大家的心情肯定非常着急，甚至焦虑，学习上遇到的许多问题无法得到老师面对面的指导。实际上学习就像举国行动、防控疫情一样，只要目标坚定，这些困难就只是我们要解决的问题。我想这是我们和全省乃至全国的兄弟学校共同面临的问题，只要我们一起并肩作战，共克时艰，或许，这个时候我们更顽强一点、更科学一点、更细致一点，在老师的带动下，在逆境之中坚定信心、学出士气、拼出豪气，这何尝不是我们冲锋在高考前的机会呢？

老师们，在这个非常的时期，我们一定要师者仁心，育人育德。希望大家保持非常的定力，进行非常的思考，用非常的行动扛起非常的责任。最近一段时间我校广大教职工一边从我做起，积极防疫，一边心系全校学子，牢记育人使命，坚持"停课不停教，停课不停学"，"宅"家不忘认真备课，"隔屏"依然细心授课、创新工作，克服线上教学的各种困难；标准不降，严格实施教育教学的各个环节；初心不改，延续和传承着"爱岗敬业，无私奉献"的长中精神。我期待着疫情拐点的出现，我也期待着在这个非常时期，很多同学在大家的帮助下赢得了自我发展的拐点：更有公民意识、更有家国情怀、更有担当精神，学习更主动、思考更理性、行动更迅速——而这个拐点的出现，是因为有了您的示范、感染、指导和鼓舞。困难一定有，办法一起想，学校感谢您！

家长朋友们，我们一定要在非常时期扛起家长责任，密切家校配合。最近一段时间，你们跟孩子有如此充足的相处时间，您可能很久没有经历过了。有了更多的时间也就有了更多履行责任的机会，孩子的健康、学习、作业、心理、习惯等，您要操心，也该操心。如果您可以做到，我还希望家长朋友们做一位冷静而智慧的观察者、示范者、教育者和引领者，和孩子就自然、生命、价值、危机、公民意识、社会责任、全球理念、未来素养等话题进行讨论，让孩子们看到一个不一样的您。家长朋友们，孩子在家就靠大家了。期待春暖花开之时，您把一个持续进步的孩子送回到美丽的长中校园，让我们透过孩子看到孩子背后不一样的家庭教育和不一样的您。

各位老师、同学、家长朋友们，四季轮回终不改，蓝天丽日定春风。让我们共同祈愿祖国安好、山河无恙！让我们共同期盼明天回归校园，再谱奋进乐章！

咸阳市长武县中学校长　万季权

2020 年 2 月 15 日

写给全体同学的一封信

亲爱的同学们:

大家好!

今年的寒假有点别样,一场突如其来的"战役"打破了常规,我们都履行着自己的义务,"居家不出门"就是在英勇战斗,就是在保护自己,就是守卫家园!

今天,本来是一年一度开学的第一天,我们本应兴致勃勃、意气风发地走进校园,继续开启我们新的成长之旅,但因疫情防控,责任重大,举国同心都在为这场没有硝烟的战争一起并肩作战,为了赢得最后的胜利,上级部门决定延期开学,虽然如此,老师并没有忘记你们,一直思考着如何使大家的学习不受影响、成长不受阻碍,抱着这种心态,今天我给同学们写这一封信,希望你们能立即收心、思考人生、定位自己、考验自己,这个时候正是考验你们在没有任何监督的情况下自主学习的能力,正是考验上学期我们提出的"老师在与不在学习一个样"的落实情况,正是考验我们在面对困难时的自我调节水平。我想,同学们肯定会用收假后的学习成果给老师一个最响亮的回答,相信你们一定能做到、一定能做好,因为你们在老师的眼里永远是最勇敢、最自律、最棒的,更重要的是你们永远不会欺骗自己。

同学们,虽然你们不能按期入学,但是这也给了你们更多的自我支配空间,尤其是初三年级学生能更好地均衡自己的学科短板,为开学后成绩的全面提高、自我发展提供很好的机会,因此,希望你们一定要坚持居家不外出,在刻苦学习的同时,紧密配合镇、村、社区及家长的管理,响应各级部门的号召,做好消毒、洗手、戴口罩等常规防控工作;一旦出现不适症状,请立即去指定医院就诊。同时配合学校、班主任和各科老师做好延期开学期间的复习、预习和自主学习任务，不要浪费时间，随时等待开学通知。在这里，我对同学们近期严格遵规守纪、全力配合国家战胜疫情所做的一切，深感欣慰！

同学们，你们也可以借此机会做一些深度的思考：人类虽然充满智慧，力量无穷，但在面对某些自然界重大灾害和突发事件的时候，就需要先进的科技和丰富的知识做支撑，所以我们就要从小立大志，做实事，刻苦学习，丰富自己，树立科学精神和敬畏自然的意识。人类只有自身足够强大，才能坦然面对一切，我们伟大的中华民族曾经多灾多难、满目疮痍，可是我们最终还是战胜了困难和灾难！事实证明，中华民族是一个勇敢的、伟大的民族！就凭这一点，我们亘古屹立于世界民族之林！几千年前，孟子就说过："生于忧患，死于安乐。"多难兴邦，逸欲亡志，我们要不断激励自己：苦学本领、自强自立才能战胜一切困厄。我们要相信我们的国家，相信奋战在一线的医生、公安、军人和我们的科技水平。这都是中国智慧、中国力量、中国脊梁！

同学们，疫情不可怕，可怕的是我们的盲目自信和无所谓，我们坚信：它的消失只是时间问题。因为我们有足够的自信和实力！这自信和实力源于我们用学习扭转现状、用知识改变人类命运、用智慧战胜灾难的行动。疫情严峻，却正是考量同学们实际行动的时刻。今天是开学日，虽然我们没有走进校园，但我们的心已经开学了，同时，一种新的学习形式已经摆在了我们面前——"居家学习"，你们准备好了吗？我想，你们可能早已做好了准备，同学们，出发吧，同学们，行动吧！

同学们，你们是中国的希望，你们是中国的明天。他日，你长大，愿你做钟南山爷爷那样的人，勇挑重担，专业一流，心系祖国，成为十几亿人的脊梁。他日，你长大，如果你愿意，请你做奋战在一线的勇者，用自己的身躯扛起万重大山。这一刻，我们明白了，什么是"白衣天使"。责任重于泰山，选择了这个职业，就要为其奉献一切，负重前行。他日，你长大，请你做一个正直、诚实、心有大爱的人！他日，无论你在哪里、在做什么，请你记住，一个人的信仰不能丢、一个人对祖国的爱不能丢！我们要做对社会有用的人，这样

的人生才有意义！

  同学们，你们是中国的明天！我相信，终有一天，我们会战胜困难，相信不久，春风会敲开我们紧闭的家门，我们将重新走进校园，继续开启我们的成长之旅，做新时代的追梦人！

咸阳市长武县相公镇中学校长 弥致福
2020年2月9日

面对疫情 我们要躬行"四思"

尊敬的家长们、亲爱的同学们、老师们:

大家好!

2020年注定根植于我们的记忆。疫情改变了我们的生活。这一年的春节,我们足不出户"宅"着过。也许你们从来没有经历过如此封闭的春节,而你们和家人的健康平安也时刻牵动着学校的心。

目前,疫情形势仍然严峻,防控工作进入了关键时期,我们要构建起更为紧密的"命运共同体",树立社会主人翁意识,众志成城、人人有责,共克时艰、从我做起。我希望同学们牢记三十二个字:拒吃野味、必戴口罩、勤快洗手、减少串门、见屏如面、拒绝谣言、配合查验、科学就医。

家长们、同学们!延迟开学是特殊环境下的特殊举措,承载着特殊而重要的教育使命。那么,这次疫情都让我们学到了什么?

一是关于人生的意义。 84岁的钟南山院士临危受命,他科学抗疫的铿锵话语是国人心中的"定海神针";受新型冠状病毒感染的医护工作者表示,"等我病好了,我会再上一线",他们的担当令人肃然起敬;一群群的"白衣天使"来不及与家人告别,便冲在了疫情防控的前线,他们是永不言败的钢铁战士;全国各地紧急动员,人民解放军、人民警察、环卫工人、基层公务员、超市售货员、小区保安尽职尽责,才使我们在疫情面前工作有序、生活如常、内心安定。

当然,还有我们敬爱的老师,一边从我做起、积极防疫,一边心系全校学子,牢记育人使命,坚持"停课不停教、停课不停学","宅家"不忘认真备课,"隔屏"依然细心授课,创新工作,克服线上教学的各种困难;标准不降,严格实施教育教学的各个环节;初心不改,延续和传承着"特别能吃苦、

特别能奉献、特别能出成绩"的冉九团队精神。这些不论名利、无惧生死、逆流而行的勇者，他们拥有一个共同的称谓，叫作"逆行者"。他们让我们明白：没有从天而降的英雄，只有挺身而出的勇士。这些人在平凡的岗位上努力工作，坚持善良、正直与勇敢，为社会、为人类做贡献，这也是我希望所有同学将来能够成为的样子，是我们共同的人生意义所在。

二是关于国家的命运。"为天地立心，为生民立命，为往圣继绝学，为万世开太平。"这是北宋大家张载的名言，被当代哲学家冯友兰称作"横渠四句"。由于其言简意宏，一直被人们传颂不衰。在这场疫情防控阻击战中，可谓大疫面前更显大爱！亲爱的同学们，无论将来你身处何处、身居何位，都应长存浩然之气，选择遵从内心，坚守理想。面对磨难，我们每个人都应该相互鼓励、共同应对。山海有涯，大爱无疆，中华民族总是历磨难而愈勇，遇百折而不弯；每至时艰，便是中华儿女举国同行、同舟共济的时刻。我们要看到，再大的困难，除以14亿就会变得微不足道；再小的爱心，乘以14亿也会成为爱的海洋。

三是关于生命的价值。这次新冠肺炎疫情给我们的最重要的启示之一就是要敬畏一切生命、敬畏自然。人与自然的关系不能失去平衡，失去平衡后都没有赢家！人要有敬畏之心，敬畏生命、敬畏自然、敬畏规则，这种敬畏就是给我们每个人的内心设立一道底线，让我们在任何时候、任何地方都不敢越雷池半步。

希望各位家长抓住这次疫情契机，让孩子们通过应时应景的生命教育，珍惜生命、学会生存、热爱生活、规划人生，这里有"生命与安全"，包括居家安全与社会安全等；有"生命与健康"，包括身体健康、心理健康等；有"生命与养成"，包括生活习惯、学习习惯、文明习惯等；有"生命与交往"，包括亲子沟通、同龄相伴、社交礼仪等；有"生命与价值"，包括学会负责、秉持正义、超越死亡等。这一门课首席教师就是父母，相信你一定会是一名好"校长"，为孩子创设一所安心舒适的特殊"家庭学校"，让书房成"课堂"，让客厅成"操场"，给孩子上好这门"生命教育课"。

四是关于学习的目的。打赢疫情防控阻击战，不仅要依靠信心和态度，更需要依靠科学和技术。人类从远古社会一路走来，每一项发展成就无不彰显了科技进步所带来的巨大力量。崇尚科学是一个强大国家、优秀民族的基本准则；而缺失了科学精神的民族也会是没有尊严的民族。崇尚科学必须从我做起，不仅要认真听讲、博览群书，也要注重思考提问、动手实践。只有从小树立热爱科学、实事求是、勇于实践的意识，才有可能用科学战胜愚昧。只争朝夕，不负韶华，抓紧时间学习科学知识，掌握规律，创新创造，争做国家栋梁和有用人才，这也是时代赋予你们的使命！

我认为，网络授课不是新授课，也不是复习课，而是学习习惯养成课、学习方法指导课、学科教学拓展课，希望同学们把网络授课中获得的习惯与方法运用到读书生活中去。一个人的阅读史就是他的精神发育史。趁着假期延长，让孩子们建立属于自己的书架，丰富属于自己的读库，拥有自己读一遍两遍三遍还放不下的"经典"，读出滋味，读出体会，读到"手不释卷"，为自己的精神发育负责，为自己的生命成长奠基。

家长们、同学们、老师们，2020年的春节少了轻松愉快，但履职尽责不少；少了迎来送往，但亲情温情不少；少了聚会团圆，但凝心聚力不少。2020年，许多人舍小家、为大家；更多人在小家、为大家，2020年，我们同在！

没有一个冬天不会过去，没有一个春天不会到来！我们坚信，在以习近平同志为核心的党中央坚强领导下，在抗疫一线的医护人员、科研人员共同努力下，我们一定能够取得最终胜利。那就让我们静待胜利曙光洒向中华大地的那一刻吧！那一刻，冰雪融化的神州大地必将春风杨柳；风雨洗礼的祖国河山定会气象更新！

最后，祝全体师生和你们的家人身体健康、幸福平安！向全国医疗战线上的"白衣天使"致敬！

谢谢大家！

咸阳市长武县冉店九年制学校校长　赵俊辉
2020年2月14日

坚定奋斗信心 拥抱百花盛开

尊敬的各位老师、亲爱的同学们：

大家好！

2月10日是我校原定开学的日子。由于新冠肺炎疫情，国家决定延期开学。学校决定在这一天举办一场特别的升旗仪式，鼓舞全校师生的抗疫斗志，大家一起祈愿山河无恙、家国平安，共同凝聚发奋苦读、卓越成长的意志和决心。

老师们，这次战役，我们在后方，但我们每日的通知及信息统计、汇总、上传都至关重要，每一个数据都好似捍卫健康新长城上的一块砖石，仔仔细细筑上去，踏踏实实得心安。面对疫情，学校和年级多次研究开学前和开学后的应对措施，想要制订一个万全之策。我们的老师已经在积极行动：接到延期开学的通知后，毕业班年级按照渭南市教育局和学校安排，迅速行动，发动教师利用新媒体平台创建"空中教室"，在线上为学生做好高考复课。他们从整体布局出发，精心设计了学生一日作息表、各班学生作业完成登记表，并总体安排老师们在"空中教室"里复课的各项要求。从学习任务的发布到学生的自主练习，从任课教师的检查统计到作业问题的反馈解疑，大家都做到课练清晰、解答充分、层层深入、形式灵活。

高一、高二年级也要疫情严防控、备考不放松，做出了居家防护、鼓励学生在家学习的决定，积极部署线上教学工作，保证停课不停教、不停学。直播课前，以年级为单位做好部署：以教学计划为指导，确保教学进度和因材施教；做好课表及作息时间安排；对班主任、老师、学生分别作详细安排和上课要求；要求各位老师及时在班级群发放通知，督促考勤学生按时听课；直播结束后学生可以通过视频回放解决个人疑难；各老师做好课后作业的布置、批改与问题反馈。

同学们，在这次突如其来的疫情中，有那么多人顶上去救死扶伤、义无反顾，为的是千千万万人不在肆虐的病魔中倒下，他们是和平时代真正的英雄，是我们要珍惜和感恩的最美的人。国家国家，有国才有家。我们是一家之子一国之民，国事当前，匹夫有责，国泰才能民安，人人守土有责。

这个假期注定是不平凡的。一些生命的逝去让我们在万分悲痛的同时，也让大家有了特殊的感悟：一是要关注健康，珍爱生命。这次猝不及防的病毒感染提醒我们"病从口入"，提醒我们贪婪索取必将失去一切，提醒我们养成良好的健康意识和行为习惯，提醒我们重新思考生命的价值和意义，提醒我们人类需要和自然共生共荣。二是要懂得责任，敢于担当。全国各地的白衣战士主动请缨，上演最美逆行；科研工作者争分夺秒，寻找解决方案；建设者以"中国速度"，日夜不停地重构17年前小汤山医院的奇迹。在这次战"疫"中，我们看到84岁高龄的中国工程院院士钟南山始终奋战在抗疫一线；我们看到一批又一批最美"逆行者"割舍儿女私情，不惧感染风险，积极投身患者的救治当中。他们也为人父母、为人子女，但在疫情面前没有逃避，而是毅然决然选择了责任和担当，选择了冲锋和逆行。鲁迅先生说过："我们从古以来，就有埋头苦干的人，有拼命硬干的人，有为民请命的人……这就是中国的脊梁！"他们就是当代中国的脊梁！希望我们都能从"中国脊梁"身上读懂责任和担当的意义，学会如何去做一个"大写"的人。

在这个特殊时期，学校希望各位同学要学会自我管理。我们不要吃一吃、睡一睡、刷手机、看电视、打游戏、聊段子、传消息——看的、听的、聊的、说的林林总总，话题不出方寸，任一段大好时光就此荒度难追……而是要循规蹈矩、立好规矩、做好规划、认真践行、日课求精；要能够洒扫庭除，心不能有积尘；要能够阳光运动，身体不能有积尘；要做好此阶段的成长方略，学着做自己的主人，在2020年春天这个特别的环境阶段中，一个能够完成自我成长的人，是不会辜负未来的任何风雨的。

  亲爱的老师们，在这场没有硝烟的战役中，我们是离学生最近的教育者。急难险重时刻，我们要做好准备：不犹豫、不彷徨，不畏惧、不退缩，义无反顾做好育人各项工作，平凡尽力，不输英雄。亲爱的同学们，我们要做一个对生命和自然心存敬畏的人，做一个对救死扶伤的仁者心存感恩的人，做一个崇尚真正英雄并敢于追寻的人，做一个能够在当下善于把握好自己进而能够自我成长，将来志在服务国家的人。

  老师们、同学们，我们坚信，所有的寒冷都会过去，所有的温暖都会到来。战胜眼前的困难，我们一定会迎来明日的阳光明媚、百花盛开！

  谢谢大家！

渭南高级中学校长　姜小卫
2020 年 2 月 10 日

等这一切过去　世界将更美好

亲爱的孩子们：

我们常说，社会是一本无字的书。放假前，老师给大家布置了一些实践活动作业，想让大家好好去阅读这本书，增长见识。我怎么都想不到，这本书会仓促加入了肺炎疫情这样一个具体、深刻、冷峭而痛苦的章节，我甚至害怕这样的章节和因它而衍生出来的情节会让大家不敢面对整本书，这也是我今天想和同学们说说话的原因。

世界就是这样，很多美好的东西太过平常，平常得就像空气，珍贵却易被忘却。在疫情防控形势异常严峻的今天，大家一定会有更多的体会。不要说精彩的课堂、火热的活动、好友间的小温馨、师生间的真情谊，就连你们平日可能讨厌的严格的纪律、琐碎的值日、老师的批评暂时都不会有了。更不会有人要求你穿上校服、没收你的手机、催促你交作业、检查你的诵记……孩子们，虽然没有了往日学校里的约束，但我坚信，你一定不会感到美好。

这个年过得真不容易，虽没有寒风和大雪，我们却感到刺骨的寒意。不可否认，我们正在经历一场灾难。病毒肆虐，有人饱受痛苦，倍受折磨；有人毅然逆行，以命相搏；有人将亲情暂且放下，有人眼看着亲人的生命正在凋落……所有人都暂时失去了一些自由。但是，孩子们，请不要忧虑不安，请你相信，所有的苦难都是为了迎接下一个美好。而美好的出现，则需要我们在这个非常的时期，保持非常的定力，进行非常的思考，用非常的自律，扛起非常的责任。

每一场灾难，都是一堂生命大课。它从没有排进过课表，但却在深刻地影响着我们的生活。这堂课会让我们万分痛苦，也一定会让我们从此走向新生

——一切取决于我们的态度。在这个不得不静下来的寒意逼人的冬春之交，假若我们的心也真正静了下来，那就让我们浸入这堂课里看一看：看有哪些人，在做什么事；看谁在全力以赴，看谁在退缩却步；看谁是热泪盈眶，看谁在调侃张望；看谁用生命阐释着高尚，看谁用私欲勾画出肮脏。让我们浸入这堂课里想一想：为什么事情会发展成这样？为什么会是在武汉华南海鲜批发市场？我们现在应当怎么做？我们以后应该怎么样？我的本意并不是要将大家的思路引导到对纷繁的现象和杂乱的信息进行筛选和分析的方向上来，只是想提醒大家，自觉地让这一重大事件在我们的生命中留下深刻的烙印。倘若我们能够从这堂生命大课中提取出与我们的命运密切相关的命题，倘若我们能从这场谁也无法脱身的灾难中厘清个人与群体的关系，然后久久的沉思，深深的自责，尝试着回答，努力去改变，那么，我们今天所经受的灾难才可能转化为日后避免灾难的疫苗，疫苗接种的疼痛会让我们获得抵御未来疾病的关键抗体。只有这样，现在奋战在一线的那些高尚的人的行为才是值得的；我们暂时失去的自由才会以更饱满、更充分的姿态于明日降临；今日的失去才会以另一种方式得到。

战略上，我们坚信春天的到来，我们坚信最终会取得抗击疫情的全面胜利。可是目前严峻的疫情防控阻击战，注定是一场持久战，考验着全国范围内庞大人群的凝聚力、协同力、组织力和自制力。从这个意义上讲，我们所有人都在防控第一线，都在风险的前沿，所以战术上，一定要给予充分的重视和坚决的落实。孩子们，请一定做到科学防护，保护好自己，在家庭范围内首先做一个监督员、示范者，让你们家也成为社区、村镇的疫情防控示范家庭，这是目前我们能做出的最现实、最直接的贡献。如果你还能通过合适的方式做一些科学战"疫"的宣传，如果你愿意为疫情防控捐出原本想用来玩耍的零用钱，如果你能用文字将关心和敬意送到防控一线，或者让被悲伤、恐惧和不安笼罩的武汉同胞得到了一些温暖，那么，孩子们，这种有能力去做的平凡而高尚的事情，为什么不去做呢？

"为天地立心，为生民立命，为往圣继绝学，为万世开太平。"不知同学们是否记得书写在我校南大门口导视牌上的宋代大儒张载的"横渠四句"。如果同学们感觉到理解起来有一点困难，那么不妨想一想现在仍奋战在抗击新冠病毒一线的84岁院士钟南山，他和他的行为为"横渠四句"做了一个精准的注解。平时跟同学们谈读书的目的，现在觉得，这样讲还更透彻一些——为什么要读书？是为了成为像钟南山院士一样的人！这位老人健康自律有精力，坚持锻炼有活力，乐观坚定有毅力，医术精湛有实力，勇于担当有魄力；口中有铿锵的言语，眼中有滚烫的热泪；救民于水火，护国于危难；荣誉等身，仍谨守医者仁心；万民敬重，艰难时擎起大旗。做一位像钟南山院士一样的人——同学们，倘若你们这样想了，并愿意为之付出努力，这是一件多么令人快慰的事情啊。

正确的志向之根加上诚实努力的汗水浇灌，才会有盛开的人生花朵。疫情数据每日仍在更新，触目惊心；我们的生活还要向前，还要继续。今天原本是毕业班同学返校学习的第一天，可是我们做不到了；高一、高二年级的同学也肯定不能按原计划返校学习了。前几天，老师们向大家发送了假期延迟情况下的学习生活指导；接下来，老师们还会通过网络与大家共同度过一段特殊时期的学习。虽然老师们都做着充分的准备，可我还是很担忧，这怎么能比得上我们师生在温暖的校园、熟悉的教室里面对面的交流啊。我们即将进行的网上学习不足显而易见、缺陷在所难免，所以请同学们用更专注的态度、更主动的精神、更用心的预习、更认真的听讲、更及时的巩固、更清晰的梳理、更严格的自律、更智慧的自我调节来弥补这种不足和缺陷。只要你愿意，你就能做到。我期待着这段特殊时期里特殊的学习经历，激发出你自己都不敢相信的潜能，让你看到一个更优秀的自己。

没有过不去的严冬，也没有来不了的春天。等这一切过去，世界将更美好。我心中有这样一幅图景："在一个风和日丽、百花盛开的日子，我们在美丽的校园相遇，我问你：同学，在病毒肆虐、无法来校的那段日子里，你是怎样度过的？你微笑着回答：我用高度的自律做好防护，没有为社会添乱；我用真诚的文字把奋战在一线的勇士们深情礼赞；我尽我所能为武汉的同胞送去温暖；我惜时如金为做一名像钟院士那样的人勤学苦练；我没有虚度光阴，我有着充实的每一天！"

如果是这样，同学，我向你表达由衷的感谢和敬意，你让我体验到了教育的幸福和师者的温暖。我相信，等这一切过去，世界会因为每一个你的改变而更加美好；我相信，等这一切过去，每一个日子会因为每一个你的进步而更加灿烂。

渭南市瑞泉中学常务副校长　杨　选

2020年2月12日

好好读书 好好感悟 健康成长

亲爱的同学们:

大家好!

今年,我们一起度过了一个特殊的春节。在"宅"小的空间里与世界对话,虽也平常,但我们满怀感恩。疫情发生以来,我和老师们时刻牵挂着大家的健康与安全,你们的幸福与平安是我们最大的期望。学校第一时间成立了疫情防控工作领导小组,第一时间部署校园防控工作。大家在学校的微信公众号上和班级群里都能看到,各处室相关岗位的党员干部们投入一线,连续作战。为大家筑起一道道坚实屏障。

每天看新闻,我总在收获着信心和感动。面对来势汹汹的疫情,战"疫"一线的一群群普通人无畏逆行。在这场没有硝烟的战争中,中国人民众志成城、万众一心的意志坚不可摧,无数个守望相助、共克时艰的行动点燃战胜疫情的信心。在思考感动之余,我想和同学们共同分享我内心的感动和对大家的期许。

希望同学们服从大局,听从指挥。严格执行疫情防控相关规定,听从学校的通知要求,配合社区、村组等相关部门和学校一起做好疫情防控工作,服从管理、严格要求,思想重视、行为自律,积极报送个人相关信息。当前,疫情防控工作正处在关键期,学校在接到上级发布的开学时间后,将会及时发布正式开学通知,并给同学们预留充足的返校时间。一旦通知下发,希望大家按照学校的具体部署,做好个人防护,平安返校,未经批准,严禁提前返校!

希望同学们从我做起,做好防护。主动增强保护意识,了解疫情防护知识。做到合理饮食、规律作息、适度锻炼,提高自身免疫力;做到戴口罩、勤

洗手，不聚集、勤通风，讲卫生、勤消毒，最大程度降低感染风险。希望同学们从自身做起，从点滴做起，影响带动家人、亲友共同做好防护。如出现发热、干咳或其他呼吸道感染症状，请务必及时就医，并第一时间向学校报告。

希望同学们理性对待，坚定信心。以科学的态度认识和对待疫情，坚持从正式渠道获取疫情相关信息，不信谣、不传谣、不造谣，切勿在网上发布、传播未经证实的信息，营造清朗的网络空间和良好的舆论环境。学习掌握防控知识，积极进行自我心理调适，正视当前、放眼长远、理性看待、进取向上，互相关心、互相鼓励，努力化解紧张、焦虑的情绪，保持健康、阳光的心态。如需心理咨询，可通过微信咨询学校心理辅导老师。

希望同学们增强担当，发挥作用。努力培养和提高自己独立思考和明辨是非的能力，坚定必胜信念，积极运用所学知识引导家人、亲朋好友、周围群众做好疫情防控，把战"疫"正能量传递给更多的人，发挥新时代青年的模范带头作用，用实际行动为保一方平安做出贡献。

希望同学们不负韶华，积极进取。合理安排作息时间，在居家做好防护的同时，积极响应"停课不停学"号召，按照学校延期开学阶段的学习安排，科学合理制订学习计划，将居家期间的时间有效地利用起来，多读一些经典名著名篇，拓宽视野，提高涵养。认真学习防疫阻击战中涌现的先进事迹，增强爱党爱国爱人民爱社会主义的思想情感，在收获知识中让假期生活充实而精彩。

丰子恺先生说，你若感恩，处处可感恩。你若成长，事事可成长。

不知不觉，春天的脚步已渐近。没有一个冬天不可逾越，没有一个春天不会来临。坚信万众一心的我们终将迎来春暖花开！接下来的日子，希望同学们好好读书，好好感悟，健康成长。

学校期待各位同学平安归来！衷心祝愿各位同学和家人健康平安！

韩城市职业中等专业学校校长　宋文奇
2020 年 2 月 12 日

坚定信心抗疫情　发奋努力提素养

亲爱的同学们：

大家好！

原以为在一个短暂而快乐的寒假后，我们能如约相聚在美丽的校园，共同开启新一年的学习旅程。但始料未及的是，一场突如其来的新冠肺炎疫情阻挡了我们相聚的脚步，让我们的这个假期变得格外漫长。

你们是四中的学子，是家庭的重心，是国家明天的希望。我一直牵挂着你们，牵挂着你们能否在病毒肆虐的日子里保护好自己，牵挂着你们是否还保持着良好的学习与生活状态？为落实上级防疫工作安排，学校要求各班主任在家长微信群转发了不少的文件，及时了解同学们在家的"安全状况"。千叮万嘱，只希望四中的每一个学生、每一个家庭健康平安。基于我们第一次面对寒假生活延长这么久，这个春节又是"宅家"度过的，有些同学难免静不下心来，不知道接下来自己该怎么度过这段时光，就此我向同学们提四点"继续寒假生活"的建议。

一要增强安全意识，保护好自己。 相信这段时间同学们对"新冠肺炎"这个病情有了足够的了解，对它的严重性也一定深有感触。所以，我们一定要严守规矩，不乱外出。出门一定要戴好口罩，勤洗手，这既是对自己和家人的负责，也是对他人和社会的负责。

二要关心国家大事，增强爱国情感。 你们都知道，一代又一代中国人用自己的勤劳勇敢与智慧创造了中华文明，才有了中华民族今天的荣光与强大。相信你们通过抗疫的新闻画面一定深刻感受到了"万众一心、众志成城"的中华民族精神，我希望你们能够继承并发扬这种精神，增强自己的责任担当意识，让我们一起努力，赢得这场"抗疫"战争的胜利！你们在今后的人生道路上要继续秉承这种精神，让自己成才、强大，用自己的勇敢与智慧为国

添彩！

三要制订学习计划，提升寒假学习质量。 提升寒假学习质量，不虚度光阴，就必须制订一个有效的学习计划，每天对各科的学习时间有一个合理的安排。假期延长后，学校积极开展"停课不停学"教学活动，安排各年级布置每天学习任务，请同学们自觉自律，认真完成各项学习任务。在家上网课学习，要自觉接受家长的督导，不做和学习无关的事情，要注意保护眼睛。提升寒假学习质量，就必须从学习中找到快乐。同学们都知道在这次抗疫斗争中的两个大功臣——钟南山和李兰娟院士，两人分别毕业于北京大学医学部和浙江大学医学部，因此，同学们应当好好学习，丰富自己的学识。当你意识到学识水平对个人的发展与国家的未来有重大推动作用时，你就会认真自觉、刻苦勤奋地去学习，当你通过学习不断获取进步时，你自然会从静心学习中感受到它的乐趣。

四要注意劳逸结合，丰富自己的生活。 寒假生活的延长，不应当只有学习，也要有学习之余的放松与休憩。利用这个时间，我们可以开展课外阅读，充实我们的精神生活。同学们在阅读时可适当地做点摘抄笔记或者写一写心得体会，开展课外阅读，一定可以让你的身心受益。我们也可以选择欣赏一些好的歌曲与影片；可以帮助父母分担一些家务劳动，珍惜家庭的"亲子时光"，同时，同学们在家里还可以做一些适当的健身运动，增强体质。喜欢发明和创造的同学也可以在家里尝试做一些小发明、小创造。相信只要同学们行动起来，安静的寒假生活也会变得丰富多彩！

同学们，让我们一起加油一起努力，团结一心，共克时艰，为疫情防控阻击战的胜利奉献出自己的力量！待到疫情结束春暖花开、山花烂漫之时，让我们再次相约在美丽的校园，一起洒下我们青春的汗水，共同书写我们青春的华章！再次祝福全体同学学业进步、阖家幸福安康！

延安市宝塔区第四中学校长　屈　强
2020 年 2 月 26 日

给全体学生的一封信

亲爱的各位同学：

大家好！

在这个特殊的春节假期里，全国多地发生新冠肺炎疫情，突如其来的疫情让我们的假期变成了"加长版"。半个多月来，广大医务工作者和全国各族人民奋战在抗击疫情的一线。这其中也许有你们的爷爷奶奶、爸爸妈妈，也可能有你们的哥哥姐姐，甚至你们其中有的同学也参与了这场没有硝烟的战争。在这里，我向他们、向你们表示崇高的敬意和亲切的问候！大家辛苦了！

这场中华民族的抗"疫"阻击战，带给我们太多的思考与感悟。对于国家与民族而言，这是一场没有硝烟的战争；对于我们每一位同学而言，这又何尝不是一堂人生大课。为此，我希望同学们一定要待在家里，务必要好好利用在家的这段时间，静下心来认真完成学习任务，也希望这场突如其来的疫情并不只是给你们的生活带来恐慌和不便，而是更加促进了你们的迅速成长。

在这里，我真诚地向大家提出几点期望：

一要热爱祖国，感恩社会。 面对无情病毒，党和政府不断推出强力举措，控制疫情蔓延，保障人民的日常生活；各界人士踊跃捐款捐物，全镇人民众志成城、夜以继日战斗在抗疫一线，坚守在自己的岗位上默默地付出着。希望大家在这场苦难中，更加热爱我们的祖国，感恩伟大的"逆行者"。值得欣慰的是我们学校七年级二班的周彦铭、八年级一班的周博同学将自己的压岁钱捐给政府抗击疫情，我为他们的爱心善举点赞。

二要遵守禁令，勇于担当。 随着疫情的不断发展，我们的日常生活都不可避免地受到影响。为了避免疫情恶化，各级政府都采取了严格的管控措施，我

们学校也出台了相关的要求,这些都是为了保障我们每一个人的生命安全。但是,社会上仍然有人在疫情面前输给了恐慌、丧失了理性;有的人心存侥幸、不加防护、不听劝阻;有的人无知无畏、无视禁令,给当前的防疫抗疫工作增添了许多不必要的麻烦。

三要正确引导,做好防护。严格按照省市县三级教育部门的要求,积极做好每天的体温检测和疫情上报工作。将自己以及家庭的真实情况如实汇报给老师,以配合学校和教育行政部门做好疫情防控工作。如果你们或者父母发现有发烧、咳嗽等症状,一定要及时上报。与疑似病例有接触史的家庭,应自动居家隔离14天。告诉家长要适当储备一次性口罩、温度计、消毒液、酒精、手套等物品,以备不时之需。你们要认真学习一次性口罩佩戴方法、洗手步骤、消毒液和酒精等使用常识,科学做好个人防护工作。

四要努力学习,加强锻炼。你们要合理安排假期生活,坚持每日学习和锻炼。我们开通网上直播课,你们要按要求安装学习软件并及时完成学习任务。此外,你们每日也要进行适当的体育锻炼、合理饮食,不断增强自身免疫力。防控疫情,从我做起。没有一个冬天不会过去,没有一个春天不会到来。相信我们下次在校园相见,定是阳光灿烂、春暖花开!在当前新冠肺炎疫情防控的严峻斗争中,全体师生及家长要同舟共济、科学防治,让"抗疫必胜"的信念在防控疫情斗争中扎牢根基。

汉中市镇巴县盐场初级中学校长　王槐文

2020年2月11日

静待春暖"疫"散去

亲爱的同学们:

大家好!

己亥之末、庚子之初,一场新冠肺炎疫情突袭武汉并快速扩散,每天不断增长的确诊人数信息压抑着我们每一个人的神经。但面对复杂严峻的疫情形势,在以习近平同志为核心的党中央坚强领导下,全国31个省市自治区迅速启动重大突发公共卫生事件Ⅰ级应急响应,各项政策立即出台,以"非常之举"应对"非常之疫",筑起了一道又一道"铜墙铁壁",使我们对打赢这场战役充满信心!

根据上级教育主管部门关于做好新冠肺炎疫情防控工作的相关要求,同学们还不能按原定开学时间返校上课。学校在全面细致做好疫情防控工作的同时,为了实现"停课不停教、停课不停学"的要求,从实际出发,科学安排,结合不同学段学生情况和当前疫情防控形势,组织骨干教师依据学科特点,采取灵活多样的教育教学方式,利用"云视讯""钉钉""教育云平台"和电话视频交流等方式,积极开展"线上教育教学"活动。希望通过这些方式,给大家普及疫情防护知识,进行生命教育、公共安全教育、心理健康教育;组织大家认真学习防疫阻击战中涌现的先进事迹,弘扬社会美德,增强爱党、爱国、爱人民和爱社会主义的思想情感;帮助大家规划好新学期的学习生活,引导你们进行学科知识的预习、复习。请各位同学根据自身客观实际情况,充分利用学习资源,珍惜学习机会。在你们居家学习的同时,我还想对大家说:

一要尊重知识、崇尚科学,知识就是力量。 英国哲学家弗兰西斯·培根说:"知识就是力量。"这次新冠肺炎疫情从武汉一个海鲜市场开始,并很快

影响到武汉全城,又迅速蔓延到湖北省和全国各地,说明病毒传播的能力和速度远远超过我们的预料。但是我们也不必无端紧张、莫名恐慌,应该科学理性认识疫情,通过各种途径主动学习、积极掌握新冠肺炎疫情的预防知识、防控要点和注意事项。当下,我国医疗科研团队正在夜以继日地忘我工作,加速推进疫苗的研发,世界顶级的病毒学专家也在积极行动,研制抗击病毒的有效药物。在灾难面前我们更能深刻体会到知识就是力量,只有依靠科学理性的精神、扎实丰厚的学识、独立深入的思考、务实高效的行动,才能真正地防控病毒战胜疫情。希望同学们尊重知识、崇尚科学,通过权威媒体了解疫情的最新信息,不要随意转发网上未经核实的信息,做到不造谣、不信谣、不传谣,保持积极乐观心态,科学理性面对疫情。

二要感知关爱、懂得感恩,传递温暖、勇于担当。 常言道:"君子不立于危墙之下。"但是,当新冠肺炎疫情肆虐之时,有多少最美"逆行者"毅然出征,用爱和奉献筑起了这个国家最强大的抗疫防线,用他们的行动在证明谁是新时代"最可爱的人",用他们的无私诠释了"苟利国家生死以,岂因祸福避趋之"的爱国精神。有84岁高龄的钟南山院士以国之担当冲在抗击疫情的第一线;有73岁的李兰娟院士以战士之勇驰援武汉,带领团队废寝忘食地研发抗疫药物;有无数医护人员、公安干警和社区工作者日夜辛劳守护着我们的生命和健康;有"火神山"医院、"雷神山"医院工地上3 000勇士24小时轮班战斗的艰辛付出;有全球爱国华人华侨的爱心捐助以及许多国家和国际组织的大力支援;还有许多仁爱之士、社会组织与我们共同守望相助、抗击疫情。每当中华民族陷入危难之时,总有无数仁人志士挺身而出,正因为有了他们的赤子之心,才有了我们的安全祥和,正因为有了他们的负重前行,才有了我们的静好岁月。人间处处有真情,孩子们,在我们默默祈祷疫情早点离我们远去的同时,更要意识到刻苦学习、提高本领的重要性。唯有如此,当祖国需要我们挺身而出的时候,我们才有足够的能力担负起祖国赋予我们的重任。愿我泱泱华夏,历经风霜,大爱永存。

三要静心笃定,积极乐观,努力提升自我。 "天下难事必作于易,天下大事必作于细。"同学们，由于疫情防控要求，虽然我们不能外出聚会、走亲访友、返校上课，但国家为防控抗击疫情所采取的果断措施，也为我们创造了静心修读古今中外名家典籍、践行中华优秀传统美德、提高辨别是非能力的绝佳机会。希望你们能明白自强者胜的道理，在当前的形势下，庸碌的人只会寂寞焦躁、无端惶恐，而卓越的人则会静心笃定、熬墨蓄势。希望你们能珍惜自学时光，认真阅读老师推荐的经典书目，努力提升自身素养，不辜负人生的每个瞬间；能积极主动承担家务，减轻父母负担，尽子女之孝，添家中祥和；能坚定战胜疫情信心，服从学校、社区、乡镇等防疫组织的安排，身心健康地度过一个既终生难忘又收获满满的寒假。

四要热爱生命、敬畏自然，与自然和谐相处。 同学们，当太阳缓缓升起开启新的一天，我们在欣赏大自然美景、汲取大自然营养的时候，会发现世界是那么的美好。在这场"抗疫"之战中，我们再次感受到了人类的渺小和生命的脆弱。非洲的埃博拉、17年前的非典都与猎食野生动物有关，曾经的伤痛还未过去，新冠病毒又再次横行。惨痛的教训再次警示人类：在大自然面前，如无敬畏之心，肆意征服破坏自然，则必然受到自然的惩戒！处困而不失其宜，乃可亨尔。"知进退存亡而不失其正者，其唯圣人乎！"我们要珍爱生命、尊重生命，树立敬畏生命、生命至上的价值观；要戒除对大自然恣意索取的念头，善待每一种生灵，树立敬畏自然、与自然和谐相处的价值观。

同学们，在以习近平同志为核心的党中央坚强领导下，各地各部门密切配合，社会各界齐心协力，中国正在形成打赢疫情防控阻击战的磅礴力量，党旗、团旗在疫情防控第一线高高飘扬。据国家卫生健康委员会统计，目前全国除湖北以外地区新增确诊病例连续呈下降态势，充分说明国家采取的一系列强化防疫措施正在产生明显效果。我校也在市教育局的领导和部署下，第一时间成立了疫情防控工作领导小组（指挥部），建立了联合办公室，研判形势，部署工作，组建了六个专项工作组，建立了以部门、年级组、教研组、备课组和班级为基础的网格化微信工作群，精准摸排监测师生员工动态，准确掌握信息，落实疫情防控"日报告""零报告"制度，制定了疫情防控期间在线教育

教学组织实施方案，全力保障学校防疫物资供应，严格规范门禁管理，细致做好校园重点区域消毒杀毒工作，为师生筑好校园抗击疫情的严密防线，努力做好师生返校的准备工作。

　　同学们，学校关心着你们，老师牵挂着你们。请大家抬眼看看窗外，草木正在萌动，春天正向我们走来，希望就在眼前。让我们坚定信心、同舟共济、理性面对疫情，不负韶华，努力学习，做最好的自己！

　　静待春暖"疫"散去，吾盼学子平安归！

榆林实验中学校长　袁拥军
2020 年 2 月 12 日

士不可以不弘毅　任重而道远

亲爱的同学们：

大家好！

春节是中华民族最盛大的节日，数千年来，她沉淀了多少人间的烟火和历史的温暖，在辽阔土地上、万里河山间播撒着幸福与祥和，千家万户的团圆与祝福，带给亿万勤劳、勇敢、善良的人民以欢乐和希望。

而今年的春节，因为新型冠状病毒的肆虐显现出不同寻常的景象，新闻上我们看到：从兴安岭的密林到海南岛的渔港，乡村里千百年来走熟了的联络亲情的大小道路被无情阻断，万里还乡的游子走到村口却不能入家门；热闹的城市，甚至千万人口级的繁华都会没有了聚餐、取消了集会，清冷空阔的街道上寥寥可数的戴着口罩、包裹严实的人行色匆匆，邂逅时没有了寒暄；备好行装、归心似箭的旅人含泪退掉返程车票，电话中道不尽的除了不能团聚的遗憾，更多的是声声殷切的嘱托，甚至还有事关生死的忧虑！走过兵燹战火、看惯旱涝灾荒、经历了无数风风雨雨的春节，是否会把今天这样的记忆刻在它的年轮里？

同学们，今年的春节太特殊，变往日恣情欢谑为胆战心惊：一次不经意的谈话，也许便是与死神擦肩而过；一次像往常一样的出门、回家，却可能带给家人永生的遗憾；因着急而忘戴口罩，因嫌烦琐而未予消毒，因无聊而出门散步，因任性而多人聚会，一时疏忽大意，一次心存侥幸，或许都会酿成一生的痛苦与悔恨。新闻报道中的数字不断增加，由几十而数百，由数百而成千，由成千而上万，冰冷的数字背后是一个个原本像我们一样平凡、幸福、温馨的家庭，每个数字背后都浸透了泪水与汗水，都交织着期盼与绝望，都经历过挣扎与无助，而这万千悲剧的开端无一例外的是某次不知何处的不经意，是某回盲目乐观的不可能。亲爱的同学们，为了爱你的和你爱的人，为了我们充满欢歌笑语的明天，为了我们充满无限美好的未来，请保重自己，爱护他人，和家人一起做好防护工作。

同学们，感受到病毒危险、疫情凶猛的你们，是否感受到在这个宁静得有些冷清、反常到似乎无情的世界里，跳动着亿万颗滚烫的心？一句句"武汉加油""中国加油"温暖着被困家中的你我，抚慰着坚守在工作岗位上像我们一样平凡的人们，鼓舞、激励着在疫情第一线的危险中奋战的医疗工作者。

疫情固然可怕，但处在一个成熟理性、各方力量被充分调动起来的社会中，处在一个抗击过无数次洪水、地震、疫灾的集体中，处在一个崇信"后羿射日""女娲补天""大禹治水"精神的人群中，又有什么需要担心呢？我们有理由相信一切很快就会过去！有些同学还听到过异样的说法，甚至看到过异样的情形，有惑众谣言令人憎恶，有无知妄为令人痛心，还有胡作非为令人愤怒，然而有什么关系呢？"天下有道，丘不与易也。""士不可以不弘毅，任重而道远。"面对记者的采访，多位驰援武汉的医护人员都说到同样的一句话："苟利国家生死以，岂因祸福避趋之。"我们相信，在全国人民众志成城、共同战"疫"之时，大家坚守危言正色、团结一心，谣言的迷雾自会散去，角落里的阴影在旭日东升之时终将迎来光明。

同学们，逝者如斯，时不我待。虽然疫情紧迫，但我们学习的脚步、奋进的勇气不能因此而停止或消退。2月1日，学校在高三年级实施网络在线直播授课的教学新模式，实现了"离校不离教，停课不停学"，为同学们在非常时期的交流、学习提供了一定的支撑平台。鉴于疫情防控形势严峻，我们也将第一时间为高一、高二年级的学生开通空中课堂，为大家的学习提供更多的保障，希望高一、高二年级的同学珍惜时光，温习旧知，预习新课，有序安排自己的学习与生活。

同学们，当寒冬过尽之日，回望此时，我们也许会反问自己：在疫情到来之时我们是否做好了自己？我们今天的行动正回答着未来我们对自己的拷问。

2020年的高考，甚至2021、2022年的高考，并未因我们安心居家而远去，它正一刻不停地向我们逼近，会如期而至，无论你在学习，还是在休息；书架上的课本也不会随时间的变迁而变薄，它正安安静静地等你钻研，要你熟记，无论是在辞旧日，还是在迎新时；书桌里的习题也不会因疫情紧迫而失去分量，它依然一动不动地挡在那里，等你思考，待你演算，无论早晨，还是深夜。同学们，请做好自己，规划人生，把握机遇，只争朝夕。

想象多年之后，讲述2020年春节的故事，或是高三的故事，你都能毫无遗憾地说：那一年令人惊叹、令人扼腕，我们是多少年来居家享受寒假最长的高中学生，高三年级的同学更可以骄傲地说，我们是榆林第一届参加在线直播课堂学习的学生，也是高考成绩最出色的学生！我们的青春因太多不幸与幸运的淬炼而别样，我们奋斗的脚步因在灾厄中前行而更加沉稳，我们的人生因经历了独特的2020年而更加坚韧。

同学们，没有不能逾越的冬天，也没有不会到来的春天。未来可期，人间值得。在这个特殊的春节，我衷心地祝愿疫病患者尽快康复回家，祝愿奋斗在一线的医护人员平安归来，祝愿大家在新的一年里学有所得、快乐成长！

榆林市第三中学校长　吕跃峰

2020年2月4日

疫情肆虐相伴依然　师生同心共盼春来

亲爱的同学们：

一场突如其来的新冠肺炎疫情凶猛袭来，打乱了我们所有人的工作和生活。你们的班主任格外挂念和担心你们，每天不厌其烦地询问你们的行踪、健康状况以及学习状况，天天坚持，从不间断，生怕你们中的任何一个人有丝毫的闪失。我也在关注着你们，为你们祈福，更为你们担心——网络是否太卡、进度是否太快、学习是否有效……其实，我知道你们每天足不出户，长时间盯着电子屏幕、伏案笔记、翻书答卷，枯燥乏味，身心疲惫。所以，我要对你们说一句："同学们，你们辛苦了。"

现在，全国推迟开学、推迟复工，大家都在家里自我隔离。对我们高三年级的同学来说，当下最重要的事情，一是居家抗疫，适当锻炼，增强免疫力，保护自己；二是要认清形势，端正态度，认真学习，科学备考。

最近特殊时期每个小区都实行了封闭，由社区或物业专人值守。每次进出小区的人都会遭遇同样的问题：你是谁？你从哪里来？你要到哪里去？然后给你深情一"枪"，看你是不是"头脑发热"。

仔细一想，这些都是直击灵魂深处的终极哲学问题啊！是值得我们每个人"每日三省吾身"的。这几个问题也让我想到了朱光潜先生在20世纪20年代提出的著名的"三此主义"。什么叫"三此"？就是此身、此时和此地。还有一个更便于理解的说法，叫"近的思维"。说白了就是别想太远，就说眼下、此刻、我自己、该怎么办。在疫情面前，我们的同学更需要"三此主义"。所以，我今天就和同学们聊聊这三个问题：

第一个问题：你是谁？——认清本我，强化责任，树立家国情怀。我们每个人都拥有很多身份。在家里，你是孩子，在学校，你是学生，而对于国家而言，你就是公民。不管什么样的身份，都必不可少的对应了一份责任。

首先在家里，你为人子、为人女，你是否尽到子女应尽的责任和义务？尊敬长辈、孝顺父母、帮忙做家务、分担家愁等等，我们做了哪些？

责任是一种客观需要，也是一种主观追求；是自律，也是他律。而我们对家庭的责任，不仅仅是源于我们对父母深深的爱，更是源于父母为了我们所做的一切。所以，作为一名很快就要经受人生重大考验的高三年级学生，我认为你们现阶段所有的家庭责任就是分担家愁，全力以赴备考，力争高考榜上题名。

当然，有国才有家，家是最小国，国是千万家，我们还要树立家国情怀。对国家而言，你就是一个公民。公民意味着什么？公民意味着你不仅拥有国籍，也拥有权利和义务。公民最重要的义务之一是通过遵守公共秩序而尊重他人的权利。那么，以这次疫情的传播为例，如果人人都想着自己，心中也想着别人，戴好口罩、自觉隔离；如果人人都服从政府的统一要求，在家闭门静思，把疫情变成每个公民的生命教育、信念教育、科学教育、道德教育，与祖国一起成长，从而人人都能把不幸当作通向幸福的桥梁，用成长的足迹踩踏灾难，这不正是教育的本质和追求吗？

国家若想强大，靠的不是响亮的口号，也不是个别英雄的牺牲，而是每一个公民从洁身自好做起，从奋发努力做起。所以，以后无论你在哪里，在做什么。请你记得，家国情怀不能丢。如果通过高考你选择学医，关键时刻请你一定要像那些最美"逆行者"的"白衣天使"一样，用自己的身躯扛起万重大山；如果通过高考你走入部队，关键时刻请你一定要做听党指挥、作风优良的勇士，抗疫救灾、防洪抢险冲锋一线；如果通过高考你走入商界，请你一定记得从商要有几分侠气！凭本事赚钱，凭大义救国。如果，他日你学有所成，请你做一个像钟南山爷爷那样的人！敢说真话，勇挑重担，专业一流。

第二个问题：你从哪里来？——摆正位置，增强信心，进入冲刺状态。要说今年面临高考的你们也很特殊。在2003年，你们大多刚出生或才一岁左右，就遇到非典的严峻考验。时至今日，你们已成长为高考青年，冲刺关头却又遇到了新冠肺炎。就有网友说："这届高三学生，出生遇非典，高考遇肺炎，自主已取消，考试没大纲，你还有什么理由不坚强！"

其实放眼全国，即将面临高考的考生心理状态都非常复杂，有焦虑有恐慌。今年高考各大高校取消自主招生，名额都会用来扩大正常招生，或是增加国家贫困专项招生数量，这对地处贫困山区的我们来讲，又将是一个利好的消息。

作为安中考生，你们要对学校和老师有足够的信赖。因为你们屡屡首创了很多个校史"第一"——首次从高一年级至高三年级全程推行学生行为习惯量化跟踪分析制度；首次开设30人小班化教学；首次全校范围抽调资深专家成立复习备考视导组；首次把校委会全体成员按学科分成10个"备考督导组"，对高三年级教学工作进行全方位视导督促；首次全年级开展"无人监考诚信青春"活动。包括我们最近长达一个月的"停课不停学"的网络教学，都是前所未有之事。

目前，我们备考的方向是正确的、措施是有效的、成效是显著的，尤其是高三年级教师是一支特别能吃苦、特别能战斗、特别能奉献，团队协作精神和集体荣誉感俱佳的超强黄金战队。在疫情肆虐的情况下，他们依然认真备课到校直播，义无反顾地充当着"十八线主播"，只为有的放矢靶向施教，只为和你们相伴依然。

"岂曰无衣，与子同裳"。不平凡的你们，加上这样执着的教师，我们还有什么理由不奔向理想、不勇往直前！

第三个问题：你要到哪里去？——瞄准目标，化危为机，实现弯道超车。开展网络教学对学校和老师来讲，是一次全新的尝试。全天候通过网络听课，对很多同学，尤其是自律能力略差的同学来说也是一项艰难的考验。线上教学没有了老师们的现场监督，没有了集中的课堂教学氛围，没有了同学们的比学赶超，容易放任自流。

这样的日子，对同学们最大的考验是什么？是自我管理，只有自律，自己管好自己。你有多自律，才会有多出众。这是你弯道超车的绝好机会，一定要用最大的毅力控制好自己，好好听课，好好做作业，好好跟同学老师交流，唯其如此，闭关结束的时候，你才可能是一个全新的自己。

这也就是为什么在一个班级里，同样是听同一班老师的课，有的成了"学霸"，有的成了"学困"。成为学霸的同学在于积极行动、步步紧跟；有的同学虎头蛇尾、勉强应付；还有的同学基本没有跟上，而这就是拉开优秀、良好、及格档次的主要原因。一天一小步，一周一大步，一月长一截，一学期下来就在全然不同的两个层次了。

当然，目前成绩好的同学，如果沾沾自喜、不思进取，也会在激烈的竞争中败下阵来；成绩中等停滞不前的同学，可能遇到了"瓶颈"，量变到质变需要一个过程，而咬咬牙，坚持一下，一旦突破，能力就提升一个层次，而一旦放松，成绩可能会一泻千里；对于成绩暂时落后的同学，只要不放弃、敢于追求，也是非常有希望的。

同学们，这次疫情对我们来说是一次磨难，但更是一次磨炼！昨天再好，也走不回去；明天再难，还得抬脚继续。时间，珍惜才是黄金，虚度就是流水。理想，努力才是理想，放弃就是妄想。让我们家校同心、同向、同力，力争每个同学都能考出最佳的成绩，方能创造出安康中学2020年的佳绩。

最后，我还要说的一句话，没有一个冬天不可逾越，没有一个春天不会到来。期待我们大家都安好无恙！等疫情消散、春暖花开，我们在安中桂园相见！

安康中学副校长　沙　成

2020 年 2 月 14 日

相信阳光终会到来　还有平安的你

亲爱的孩子们：

我想所有人都没有经历过这样一个春节，没有了团聚的欢笑，没有了热闹的聚会，没有熙熙攘攘的人流，只有到处的红灯笼和闪烁的霓虹在寒风中告诉着我们——这的确是过年了。

一切的源头就是这一次的疫情，没有任何征兆，就这么突如其来地侵袭了武汉、蔓延到湖北，乃至发展到全国，它就像一个幽灵在祖国大地上飘荡，家家户户如临大敌闭门不出。特殊的疫情，特殊的假期，特殊的春节，必将成为你们人生中一段特殊的经历。

孩子们：你们要在这场疫情面前明晰什么是信念、什么是责任、什么是奉献。

我们从新闻中了解到，这个病毒传播迅速、致病高、传染快、危害程度高。同时，我们看到我们的党和政府迅速出台一个个保护人民生命健康的决策，也看到了耄耋之年的钟南山院士匆匆奔赴武汉的身影，看到了身处一线的医务工作者奋不顾身抢救病人的镜头，看到了10天之内为建起一座医院而通宵达旦忙碌的建设者，看到了在一个个路口顶着寒风执勤的公安干警，看到了在一个个社区为加强防护而执勤的工作人员，看到了各行各业为了保障人民生活需要而坚守着岗位的每一人。

他们的信念以及所做的一切都是基于对祖国、对人民的大爱，这份爱让我们在这个寒冷的冬天感受到春天般的温暖，让我们感受到了人间处处充满着温情和力量。

高新中学师生积极响应，短短两天，捐款57万余元的事实也让我看到了高新中学一直提倡并践行的"大爱教育"已开花结果，更希望所有高新中学的孩子成长为一个对国家和民族充满爱的人。

亲爱的孩子们，希望你们好好学习，努力提高自己，练就过硬本领，在祖国和人民需要的时候，勇于担当，勇于奉献，用自己所学为人民谋幸福，为民族谋复兴。

亲爱的孩子们，万丈高楼平地起，新的学期即将开始，你们都将面临一种全新的课堂模式，它完全不同于我们以前的课堂，这对于你们是一种全新的挑战。孩子们，不要怕，因为在这个假期，深爱着你们的老师没有休息，他们一直在不断地研究这种新的课堂模式，他们在不断实践的基础上总结了很多经验和方法来帮助你们更好更快地适应这种教学方式，使你们在各方面得到提高和发展。所以我希望，同时也相信，你们一定能够克服种种困难，按照老师的要求，高质量地完成德智体美劳等各项学习任务。

没有一个冬天不可逾越，没有一个春天不会到来，就让我们在这个春暖花开的季节共同齐力奋进，再次创造高新中学新的奇迹。

无论2020年的开头是多么艰难，相信阳光终会到来，希望如期而至的不仅有和煦的春风，还有平安的你。

安康高新中学党总支书记　李　康
2020年2月8日

智慧与责任

敬爱的老师、亲爱的同学们：

你们好！

今天是2月10日，农历正月十七，此时，我站在空旷的校园看着主席台背景墙上的红色校训"智慧、责任"，不由得想到了你们、我们和他们。

如果没有新冠肺炎疫情，此时的校园该是多么热闹啊，校园上空响起校歌，你们在操场上和许久不见的伙伴们笑着、聊着，你们还会跑过去抱抱你们的"力哥""孙妈""飒姐"……虽然不能见面，但是我知道，这个假期，你们看到的、听到的、感受到的如同催化剂注入你们的内心，完成了精神上的一次成长。七年级2班徐妍姝同学在习作《谁在为未来而战》中写道："如果现在有人再问我'你为什么要读书？'我可以坚定地告诉他也告诉我自己，要做一个像钟南山教授那样的人，当危险来临的时候，不是害怕，而是用自己的知识和智慧去战胜危险，用自己的勇敢和担当去化解疫情，妙手回春，救民于水火；悬壶济世，护国于危难。"八年级3班刘玛璠同学的爸爸妈妈都是医生且一直奋战在抗击疫情的一线。即便父母回家取衣服，她也只能是遥遥相望，但是她却说："我知道所有的医护人员都是一样的，他们顾不得自己的妻儿老小，必须坚守在岗位上，这是他们职业带来的责任，更是他们对脚下这片土地深沉的爱。这场疫情是一场考验，考验患者、医生、政府，也考验我，我要坚强！"玛璠，老师想在这里告诉你：希望爸爸妈妈平安回家，不仅是你的愿望，也是我们所有人的愿望。

武汉市金银潭医院57岁患渐冻症的张定宇院长，夜以继日地战斗在一线。他说，我必须跑得更快，才能跑赢时间，才能从死神手里抢回更多病人……

孩子们，什么是人民？这就是人民！在这场战役中，他们甚至平凡得没有名字，但他们高尚、伟大、无畏，哪怕深陷围城，他们依然会在封城的夜晚唱起《国歌》……钟南山的眼泪是为人民的伟大而流，是被伟大的人民感动而流。

疫情之战，让我们收获了人生的智慧，并开始学会担负个人、家庭和社会的责任。感动过后，更需奋力前行，今天开始，你们就要进行网络课程自主学习了，老师相信，这份智慧与责任将会帮助你们战胜慵懒与松懈，带给你们自律和坚毅。要时刻铭记：静心、信心、专心和恒心会在我们日复一日的坚持中凝聚成拔节生长的力量。

老师们，这个假期你们没有顾上休息，你们忙着学生健康信息的上报，忙着线上指导的备课。现在，又要学会各种教学软件并快速适应线上教学的答疑、指导，这是一件多么不容易的事情啊！可你们没有抱怨，你们虚心拥抱新事物：实践、反思、讨论、总结、再实践……可爱的你们在摸索中一点点战胜对未知事物的忧虑，在协作中携手远行，你们以身作则用锲而不舍的钻研来诠释"智慧与责任"。

鲁迅先生说："谁塑造了孩子，谁就塑造了未来。"这就是一句虽大却实在的话，某种意义上，我们就是在塑造这个国家的未来，塑造这个城市的气质和内涵。请珍视这样的荣誉，珍视这样的托付，上好每一节课，改好每一份作业，评讲好每一份试卷。也许我们并不完美，但我们坚持让高质量教育的阳光照亮每一个角落，用毫无功利色彩的教育期待去浇灌每一个希望，我们用近乎固执的坚守担负起汉滨教育赋予我们的使命，这是三尺讲台上的智慧与责任。

老师们，我们的教室里也许坐着敢医敢言的钟南山、也许坐着用科技改变生活的马云、也许坐着维护社会秩序的警察和社区工作人员，也许还坐着捐出全部工资的火神山建筑工人、星火驰援的人民子弟兵、匿名送口罩的快递小哥、开车1 800公里义务运送物资的卡车司机、把蔬菜全部捐给疫区的菜农……全社会给我们上了一堂刻骨铭心的课——"立德树人"首先要有一颗公平、公正的赤子之心，要有一腔有教无类的教育情怀。

人有责，道自远，中华民族的发展之路是一代代中国人敢于担当、勇于尽责、风雨兼程、执着奋斗铺就而成的。

老师们、同学们，开花和结果本就不是一个季节，让我们带着美好的期待去耕耘吧，静待花开！

安康市汉滨高中西校区副校长　鄢麒麟
2020 年 2 月 10 日

青春淬火　开启征程

同学们、老师们：

相信这个春节大家一定过得揪心、郁闷，估计连平时最喜欢"放假"的同学都有点着急了，一场突如其来的新冠肺炎疫情让我们的春节没有了应有的年味，只能"宅"在家中，以闭门不出的方式为抗击疫情出一份力。

在抗击疫情的特殊时期，我校制定了《甘溪初中"停课不停学"工作方案》，以"线上学习辅导"的方式开启了新学期特殊的第一课，开始了我们新的征程。在这里，我想向所有的老师、同学说一声"谢谢"，谢谢你们保护好了自己。作为校长，看到学校每天显示正常的疫情报告倍感欣慰。因为每天更新的疫情报告体现的不只是数据，而是甘溪初中每一位师生和家庭的生命安全和身体健康。

在这样的特殊时期，我想对你们说：

多难兴邦，玉汝于成。"路漫漫其修远兮，吾将上下而求索。"突如其来的新冠肺炎病毒在我们整个国家肆虐，给我们生活、学习、工作带来了前所未有的困难，让我们一时不知所措。曾记否，我们战洪水、防非典、抗地震，一关关闯过来，我们的国家是从苦难中成就起来的，看今朝，我们同样相信，一个拥有五千多年文明、十四亿人民的富强中国定会战胜这场疫情，一切艰苦磨砺只会让我们变得更坚强。

同学们，青春年少的你们正在经历一场前所未有的疫情，经历着从未遇到过的特殊局面。如何在特殊的环境锚定方向不慌乱、主动学习不放弃是对每个人的考验，应对疫情带来的诸多困难是每个人的必修课。往往最困难的时候才能区分人、辨别人，往往最困难的地方越能锻炼人、提高人，危难时方显英雄本色。我希望大家能正确面对目前学习、生活中遇到的困难，想尽办法跨越它、战胜它。"文王拘而演《周易》，仲尼厄而作《春秋》"。此刻，我们也要化"危"为"机"，保持学习定力、奋斗的激情。我相信经历了2020年春天这场风雨、风霜的砥砺，大家在未来人生征程中定会笑看风云，一往无前！

青春淬火，开启征程。"牢骚太盛防肠断，风物长宜放眼量。"同学们，尽管2020年的开始我们不喜欢，很多人想按下重启键，但事实已成定局。让我们收起心中的不快、满腹的牢骚，用青春之我开启新的学期，在这个不寻常的岁月砥砺前行、突破自我。目前我校"停课不停学"工作开展得如火如荼，我们的老师利用微信、QQ群等网络教学手段积极探索新的教学模式，我相信，一个月时间，通过学校有效的管理、教师高效的教学、学生不懈的努力，必定能实现教师教学技能新提升、学生学习方式新实践、学校教育品质再提高。

老师们、同学们，看看84岁的钟南山院士、73岁的李兰娟院士以及千千万万个奋战在抗击疫情防控一线的"白衣天使"和人民战士吧，他们此刻在为谁而不辞辛苦、为何而倾心付出？生活在这样一个伟大的新时代，有太多太多值得我们珍惜、感动的东西。此刻我们唯有惜时如金、严于律己，以"未来中国更加美好、民族更加兴旺、人民更加幸福"为工作、学习目标，刻苦努力，奋力拼搏！

坚持自信，乐观进取。"长风破浪会有时，直挂云帆济沧海。"同学们，距离正式返校学习还有一段日子，如何在长时间无学校近距离督促下而坚持独立学习的确是一件难事。未来一段时间，你或许不知所措、心情沮丧，甚或倍受煎熬。孩子们，在前行的路上，总有一个时刻会让你觉得无路可走、焦急、烦躁，希望同学们能加强自控自律能力，调整好学习生活状态，做奋斗不息的优秀学生。奋斗是青春最亮丽的底色，无论何时、无论何地，为梦想奋斗都是青年学生不可推卸的责任，也是我们最崇高的使命。受疫情影响，我们只能在家里学习。尽管教育部门和学校已经为我们准备了充足的网络辅导，但是此刻的你才是学习的主导者。有人说，在这段时间，有两种人必将成为最后的"王者"：一种是极其自律的人，一种是自学能力超强的人。不管是"自律"还是

"自学",关键都在"自己"。古人说,君子慎独,在独处之时依然能严于律己,按时按质完成学习任务的人才有可能是最后的成功者。"考验如火,正在淬炼真金"。同学们,现在正是一个考验的时刻,愿你浴火而生、淬炼成金。

学校将为你们打造互动的线上辅导与活动,让同学们在家里也能保持乐观进取、积极向上的生活与学习状态,老师会为你们在线答疑解惑、指点迷津、心理疏导,全程为你们保驾护航,而你们只需要做到"坚持与自信"。让我们携手行稳致远、收获未来。

"青山遮不住,毕竟东流去"。同学们、老师们,没有一个冬天不可逾越,没有一个春天不会到来。我们相信,在党中央和国务院的坚强领导下,在全国医护工作者和其他为抗击疫情做出突出贡献的无数人的共同努力下,我们终会夺取此次疫情防控阻击战的胜利!让我们自觉承担起在疫情防控阻击战中的时代责任,坚定信心,努力奋进,共同迎接春天的到来。待到春光烂漫时,我们再相逢!

安康市旬阳县甘溪初中校长 王 良
2020 年 2 月 18 日

致全体学生的一封信

亲爱的同学们：

你们好！

这个春节应该是你们记忆中最"特别"的一个春节，一场突然暴发的新冠肺炎疫情使我们度过了一个极不一样的春节，还处在一个漫长的寒假里。没有往日佳节的亲朋欢聚，却陡增了对学校生活的向往；虽然春姑娘已迈出了轻盈的舞步，而我们仍在期盼开学的路上。你们是否和我一样急切地希望早日开学，与我们可敬的老师、可爱的同学欢聚在美丽的石中校园，开启新的奋斗之旅……

但我们都知道，为了彻底铲除肆虐的病毒，为了确保师生的健康，省教育厅明确规定3月2日前任何学校不得开学，具体开学日期尚未确定。我们还必须坚守，必须继续坚持做好"宅男宅女"，但这并不意味着我们一无所获、什么都不能做，我们可以用这段难得的自由支配时间，静下心来思索生命、生活和学习。

一要关注社会，用行动去诠释生命的责任。2019年12月，武汉市部分医疗机构陆续出现不明原因肺炎病人，卫生专家迅速行动，初步确定该病毒来源于华南海鲜市场销售的野生动物。2020年1月20日，国家卫生健康委员会高级别专家组组长钟南山证实了病毒存在人传染人，很快，全国性防控战役全面展开。

你们虽对2003年的SARS没有多少记忆，但对我们来说记忆并没有远去，它所到之处都是死亡的味道，它的劣迹可谓罄竹难书。而2019年年底出现的新冠肺炎，短短两个来月，已经感染了1 000余名医务工作者，感染总数已逼近70 000人，带走了1 600多条生命，当前，新冠肺炎肆虐，抗疫虽取得了重要进展，但我们仍未看到这场战役的终点，我们必须提高认识，严密防控。

面对肆虐的病毒,当前最有效的措施就是隔离。因此,你们好好的"宅"在家里,就是对自己最好的保护,就是对全面抗疫最大的支持。

亲身经历这一场疫情,是你们人生一笔宝贵的财富,一定要牢记这次教训,养成良好的卫生和生活习惯,勤通风、常消毒、勤洗手、戴口罩、远离传染源、爱护自然、不吃野味、珍爱生命、保护自己、保护他人,共同维护我们良好的生存环境。

当前还处在疫情防控的关键时期,天气转暖,阳光正好,但是病毒带来的危险并未消除,这一阶段,安心居家学习、生活是你们的最佳选择,你们是家庭的希望、祖国的未来,你们的健康成长是我们最大的心愿。

二要关注学习,用坚韧去诠释生命的成长。世事无常,个人的成长、民族的振兴、国家的发展不可避免地会遇到某些突然的变故,面对许多重大的挑战;而世事有常,只要我们坚定信念,相信党和政府、相信学校和老师,更要相信自己、管好自己,严守疫情防控要求,确保自己身心健康;充分发挥学习的主动性、自觉性,紧跟老师"空中课堂"的步伐,认真完成老师布置的限时训练,不断提升自己的学习成绩。

"宅"在家里久了,调节情绪、心态十分重要。传统春节的走亲访友、热热闹闹虽被孤孤独独、冷冷清清所取代,但"塞翁失马、焉知祸福",这种孤独恰好是我们静下心来学习、查缺补漏、弯道超车的绝佳时机;这种冷清正好是我们静下心来感悟生命、思考人生、认识社会的难得机遇,要不断增强自己的定力,坚定学习的信念,自律自强,朝着既定的目标坚韧前行。

在家的日子里,除了读书、学习、做做室内运动,还要做做家务、和父母长辈聊聊天,珍惜和家人在一起的时光,增进与父母家人的情感。

三要崇尚英雄,用家国情怀去诠释生命的价值。每个时代都有每个时代的英雄,每代人都有每代人的担当。

自 1840 年以来,我们这个民族经历了太多的磨难,鸦片战争、八国联军入侵、日本两次侵华……都未曾真正打败英雄的中国人民。1998 年的巨大洪灾、2003 年的非典疫情、2008 年的汶川地震……伟大的中国人民用坚韧书写着"多难兴邦"的传奇。

此刻,我们正面临着"新冠肺炎"最严峻的挑战,我们每个人的命运与国家更加紧密地连接在一起。特殊时期也是难得的"人生大课",每个人身临其中,必然有所感悟。我们要将自己置身于全民抗击新冠肺炎的环境中,关注医护人员义无反顾奔赴一线;关注人们踊跃捐款、捐物、参与志愿服务,用心去感受蕴藏在中华儿女心中的浓浓民族情怀;关注党和政府与病毒赛跑,短时间内建成了"雷神山""火神山"两座专门医院,第一时间从全国、全军抽调医护人员奔赴武汉,迅速组织科研人员夜以继日研发药物……用心去感悟我们党和政府坚守的初心和使命担当;这不仅是我们写作的优秀素材,更是我们增强公民责任担当、增强爱党爱国的高尚情怀的人生课堂。

经过疫情,我们才能真正体会"哪有什么岁月静好,只不过有人替你负重前行"的真正含义。在疫情防控的最紧要关头,除了我们熟知的钟南山、李兰娟,全国还有2万余名医务工作者坚定逆行、驰援武汉。在我们的身边也有这样的人,石泉县医院的护士赵亭玲瞒着父母主动申请前往武汉,在疫情防控最核心的阵地"零"距离和疫情搏斗,看到赵亭玲发回来的"战地日记"总是让人潸然泪下、感动满满,更让人动容的是她在奔赴武汉之前,正式向党组织递交了入党申请书,这样的巾帼英雄是我们石泉人民的骄傲。

正是钟南山、李兰娟这样的人和千千万万像他们一样的英雄为我们撑起了一片蓝天。当我们静下心来想一想,这一场疫情让我们感受到了什么,没有国哪有家,没有无数英雄的奋斗与牺牲,哪有我们今天的安宁和幸福,我们要崇尚英雄、学习英雄,以"不负韶华、只争朝夕"的紧迫感去学习、去奋斗,在实现中华民族伟大复兴的征程中彰显我们生命的价值。

同学们,没有一个冬天不会过去,没有一个春天不会到来,我们再坚持、再努力,疫情一定会过去,开学的日子很快会到来,我和老师们期待着与你们在美丽的春天里欢聚,再起航、再奋斗,共同成长。

安康市石泉中学党总支书记、校长　李超旗
2020 年 2 月 17 日

勠力同心　壮志抗疫

亲爱的老师和同学们：

往年的今天应该是我们齐聚校园朗朗诵读、打球跑步、唱歌跳舞的日子，但是今年的此时，一场突如其来的"新冠肺炎"使这一切按下了暂停键。与时间赛跑、与病魔较量，坚决打赢疫情防控总体战、阻击战成为我们现在共同的目标。

疫情无情人有情，延期开学不停学。虽然我们不能如期开学、不能亲临校文化广场上、不能集结在国旗下、不能如期唱响国歌，但是这一刻，我们比任何时候都渴望面向国旗高唱国歌、行注目礼！因为在这场疫情中，我们对祖国的爱更加浓烈了！开学延迟，我们对祖国的爱不延迟！

在这个特殊的时刻，我首先希望我们的老师提高政治站位，正确认识疫情，要切实增强政治敏锐性，充分认识疫情防控的严峻形势，迅速把思想和行动统一到上级和学校的部署上来，严格遵守学校疫情防控工作要求，积极参与、配合学校搞好疫情防控工作。班主任要履行告知和排查义务，保持与学生的密切联系；要利用微信群、QQ群、电话短信、直接通话等方式把疫情防控常识、学校延期开学工作安排等情况及时传达给每一位学生；要及时掌握学生当前所处地点和身体健康情况，按照学校要求每天按时上报学生健康信息，疫情防控告知和摸排必须做到不漏一人，确保全覆盖；要坚持正确导向，科学对待疫情，通过中央、地方各级官方媒体时刻关注、学习、领会党中央的指示精神，了解掌握党委政府的工作思路、指导方针和工作动态，坚决做到不信谣、不造谣、不传谣，不在微信群、朋友圈散布未经官方证实的各种信息，自觉维护疫情防控的良好舆论环境。同时，坚决响应号召，科学防控疫情。在疫情防控关键时期，坚决响应党委政府号召，要带头做到不串门、不集会、不聚餐，出门戴口罩、勤洗手、常通风，发现干咳、发热、腹泻、胸闷等可疑症状必须如实报送信息，及时就医检查、治疗，坚决筑牢个人和家庭的健康防线。加强业务学习，搞好线上教学工作。线上教学对我们教职工来说是一个瓶颈，因为我们的条件有限、资源有限、设备有限，但是通过近几天的上课情况看，全体教学人员都能够尽职尽责、克服困难解决线上教学过程中遇到的各种问题，这种精神值得表扬。所以，在这里我要郑重地向大家道一声：尊敬的老师，你们辛苦了！

在此，我也想真诚地期望同学们：要懂得生活即教育，要学会思考，崇尚英雄。武汉新冠肺炎疫情发生后，84岁的钟南山院士不顾个人安危，亲赴武汉，科学研判，指导全国人民正确应对疫情。73岁的李兰娟院士每天只睡三个小时，带领她的团队日夜研发抗疫新药。党中央一声令下，全国打响抗疫阻击战，万众一心，众志成城，上万名医务工作者、解放军战士从除夕夜开始集结，驰援武汉。我想同学们此时也会明白：什么是真正的爱国，什么是真正的英雄，谁才是我们民族的脊梁。希望同学们树家国情怀、立报国之志，勿忘自己是一个中国人！要珍爱生命，要学会生存，懂得生活。人最宝贵的是生命，人的生命只有一次。我们活着不仅是为自己，更重要的是肩负着父母、亲人的期盼和社会的责任。只有经历风雨，才能看见彩虹。同学们要学会提高自己的抗压能力和抗挫折能力。在家不做阔少爷、娇公主，利用这些天，跟着父母学炒几道菜、做几顿饭，这也是一种提高。父母毕竟不能陪伴你一辈子，长大后你终究要独立生活。面对困难不低头，面对失败不气馁，面对批评责备能换位思考，心态平和地去化解它。要养成健康的生活习惯，规律作息，讲究个人卫生。要热爱大自然，懂得自然法则，明白物极必反的道理，从我做起倡导低碳、绿色、环保的生活理念，共同守护好人类赖以生存的地球家园。

这场疫情还告知我们要懂得感恩。这些天，同学们一定看到很多感人的画面：抗疫一线的医生们穿着严密的防护服连续工作十几个小时，汗水打湿脸颊；摘下口罩的"白衣天使"脸上被口罩带勒出血痕；村口、社区执勤的工作人员搭着帐篷，冒着风雪，守护路口；你们的老师每天都坚持在班级微信群、QQ 群、腾讯直播间、班级小管家里为你们答疑解惑……亲爱的同学们，在这个艰难的非常时期，或许大家才明白："哪有什么岁月静好，只是有人为你们负重前行！"所以，我们要懂得感恩！

"停课不停教、停课不停学"，请同学们制订好自己的学习计划，每天保持良好的学习状态。只要我们职中人风雨同舟、众志成城、勠力同心、共同战斗，风雨过后我们一定能够迎来风和日丽、姹紫嫣红的春天！

商洛市商南县高级职业中学校长　黄开忠
2020 年 2 月 27 日

不负韶华共克艰 砥砺前行笃致远

亲爱的高三同学们：

大家好！

我是你们的校长陈元。突如其来的新冠肺炎疫情让我们成为"宅男""宅女"，让好友相会变成了视频聊天，亲朋相聚变成了隔空拜年。阴霾终究会散去，曙光就在眼前。让我们一起期待，迎接那春暖花开的日子！

以往，你们常常感觉的岁月静好，其实是有人在替你们负重前行。这次疫情防控，我们深深感受到这场没有硝烟的战争的残酷，在我们深爱的这片土地上，有人成为最美"逆行者"，有人在本职岗位兢兢业业工作，有人默默无闻奉献爱心……在党中央和各级政府的坚强领导下，众志成城，共同铸起保家卫国的"铜墙铁壁"。当然，还有我们也常伴你左右，借此机会，让我们用感恩的心向不顾个人安危、英勇奋战在疫情防控一线的工作者表示崇高的敬意！向为保障大家"停课不停学"的老师表示崇高的敬意！在这个共克时艰的特殊时期，我有几句话想对你们说。

同学们，你们要心存敬畏，高度关注生命健康。康德曾经说过，"世界上只有两样东西让我敬畏，一个是我头顶的灿烂星空，另一个是我心中永恒的道德行为准则。"这次疫情与其说是天灾，不如说是人祸。这次新型冠状病毒跟以前 SARS、埃博拉等病毒一样，都源自某种野生动物。人类总想着征服大自然、征服山河、征服一切物种，殊不知在自然面前，人类不过是一个渺小的存在。法国作家雨果说过，"大自然是善良的慈母，同时也是冷酷的屠夫"。

"万物得其本者生。"我们要正视疫情的严峻性和危害性，做好自我防护。同学们一定要遵守有关要求，不随便去公共场所，不走亲访友、不扎堆聚会，注意个人防护措施，戴口罩、勤洗手、不信谣、不传谣，注意休息，适当锻炼，提醒和督促身边的人做好自我防护，相互关心、相互帮助。

同学们，你们要心存担当，扛起责任这面旗帜。在这次抗击疫情的战争中，上到 84 岁的钟南山院士、73 岁的李兰娟院士，下到 21 岁的河南女护士；从 6 小时不吃不喝累得随地而眠的医护人员，到 12 个小时连续工作的火神山、雷神山医院施工人员……他们无一不是心存担当、竭尽全力与病毒抗争，用生命筑起一道道坚固的防护墙。他们让我们理解了"国难当头、匹夫有责"的道理；他们让我们懂得了"苟利国家生死以，岂因祸福避趋之"的担当；他们让我们看到了"为天地立心，为生民立命"的英雄本色，这些让我心潮澎湃。

这些天我常常想，一代又一代人的责任和使命应该是什么？当有一天你们学有所成、祖国需要的时候，我期待着你们就是那个有责任担当、能挺身而出的人！

同学们，你们要心存忧患，对自己高度负责。时间就是命令，学习就是责任。在非常时期，我们面临着更大的压力与挑战。这个假期，学校工作一刻也没有放松，无论是大年三十还是正月初一，学校领导和值班人员一直坚守岗位，履职尽责，老师们按照学校统一安排，为同学们的学习做了大量的工作。假期虽延期，老师们的陪伴不会缺席，全面开展"停课不停学"的线上教学，为了更好地达到学习效果，前几天又派老师专门给同学们送去一些试题，保证大家的学习不滑坡。希望同学们多听老师们的教导，充分利用学校线上教学平台等教学资源，进一步规范自己的学习习惯，提高自主学习的能力，向时间要效率，不因居家而耽误学习。因此，请同学们以"只争朝夕，不负韶华"的意志奋力前行。

同学们，你们要心存自信，每临大事有静气。心有灯盏，向阳而生。不为跑赢世界，只想超越自己。面临高考的并不是你一个人，你身边的所有人都在经历。他们能受得了，你就可以。没有理由惧怕一件大部分人都要经历的事情，不只是因为一个认定的目标、专注坚决的奋斗，更是因为这个拼搏奋斗将会深深烙在你们正处于可塑期的性格中，成为你们一生永远的财富。所以请珍惜这段时光，在静气中树立高度自信。很多年后，你会怀念这段拼搏的美好岁月。

同学们，你们要心存诚敬，在豪气中志铸春秋。人生的道路虽然漫长，但关键只有几步。2020年高考已进入倒计时阶段，有效的时间屈指可数，稍纵即逝。在这个最关键的时刻，在这最后一段宝贵的时间里，你们要始终保持清醒的头脑，决不能松懈奋斗的意志！用锲而不舍的精神，带着勇敢决胜高考，带着定力决胜高考，带着青春年少的活力决胜高考，胜利必然属于胸怀大志者！昨天，你们满怀豪情播下了希望的种子，又洒下了无数辛勤的汗水，今天，你们充满激情，搏击风浪，勇往直前！明天，你们迎来的将是山花烂漫的春天，得到的一定是丰硕的成果。

亲爱的同学们，疫情割断不了师生情，无论你身在何方，请记得高三年级全体老师时刻牵挂着你，也盼望着大家都能以健康、阳光的姿态早日踏上返校之路。返程之时，大家务必按照统一部署，配合学校返校复学工作的相关安排，做好个人防护和返程规划，做到错峰出行、平安出行，在新学期以昂扬向上的姿态展现高三学生的满怀豪情和青春活力。

一片彩霞迎曙日，万条红烛动春天。没有一个冬天不可逾越，没有一个春天不会到来。让我们一起不负韶华、砥砺前行，静待春暖花开。我衷心期盼一个自律自强、阳光健康、积极向上的你出现在美丽的校园。

同学们，我在美丽的校园等着你。

商洛市丹凤中学校长　陈　元
2020年2月28日

以崭新的姿态迎接朝气蓬勃的春天

各位老师、亲爱的同学们：

大家好！

今天，本应是重返校园师生欢聚的日子，却因为一场新型冠状病毒引起的高传染性肺炎疫情，使我们只能通过网络举行一场特殊的开学典礼。在此，我代表学校向全校师生致以亲切的问候。

春节前夕，面对突如其来的疫情，各级政府迅速行动，全力推进，举国上下，共渡难关。八旬高龄的钟南山院士临危受命，连夜赶往疫情最前线，让我们感受到了什么是责任与担当。成千上万的医务工作者在年关将至、万家团圆的时刻，面对疫情逆风而行，庄严承诺"不计报酬，无论生死"。在我们身边，还有无数坚守岗位，保障城市正常运行的平凡工作者，他们以高度的责任感和使命感，投入到防控疫情的战斗中，守护着我们的平安。

疫情虽然让人们暂时忽略了春的到来，却阻挡不住这些最美"逆行者"迎难而上的坚定脚步。他们用自己的生命、责任和承诺，为我们筑起一道战"疫"的钢铁长城。

为有效抗击疫情，在省市区教育行政部门的指导下，学校第一时间制定了防控应急预案，加强校园门禁管理，备足防疫药品物资，坚持每日对校园公共区域彻底消毒。从年三十开始，老师们严格排查每位学生的健康状况及行动轨迹，人人上报，精准核实，详细记录，分类追踪，全面建立起师生健康监测台账。同时，老师们坚持每日提醒外出返回西安的学生一定要居家隔离，坚持利用QQ群、微信群等方式向大家宣传防疫健康知识，进行在线心理疏导。

为了把疫情对教学工作的影响降到最低，教育行政部门迅速行动，制订了

"停课不停学"实施方案。学校也积极响应，全体教师连日备战，开启网络教研模式，制订翔实的授课计划，查找丰富的教学资源，精心录制微课，拟定针对性答疑方案，指导课外阅读、居家锻炼以及家庭劳动实践，统筹安排同学们的学习与生活。疫情面前，学校是你们的坚强后盾。

在这特殊时期，同学们也要按照学校的要求"宅"在家里，用实际行动对自己负责，对家人负责，对别人负责，这也是为防控疫情做出自己的贡献。

同学们，举国上下，共克时艰，众志成城，同心战"疫"！在这攻坚战"疫"的关键时刻，我想对大家提出以下几点希望：

一是科学防疫，健康生活。 在"停课不停学"期间，学校希望每一位同学都能做到科学防护，学科学，长知识，养习惯，见行动。我们可以通过电视节目了解病毒的来源和传播方式，给家人讲解预防病毒的方法，做一个疫情宣传员；可以帮助家人测量体温，提醒亲人外出戴口罩，回家正确洗手，做一个健康守护者；可以号召家人，每天因地制宜开展锻炼，强身健体，愉悦身心，提高免疫力，做一个健身小教练。角色多变，生活多彩，科学防疫，健康成长！

二是主动学习，劳逸结合。 同学们，你们身居家中，没有了上课的铃声，可能缺少了上课的仪式感，缺少了课堂的现场氛围，但我还是希望大家养成自律习惯，早睡早起，规律作息；张弛有度，劳逸结合。从明天开始，老师们会根据西安市教育局统一安排的直播课表及课程，陪伴大家共同参与网络学习，每天课后，老师还会针对教学重难点安排专门的答疑解惑与作业辅导环节，请同学们按时上好网络课，认真参加互动交流。相信，在全体师生的共同努力下，我们一定能把"停课不停学"的工作做好，赢得"抗疫保学"的最终胜利。

三是全面发展，培养特长。 因为假期的延长，我们有了更多可以自由支配的时间，希望同学们能珍惜、利用好这些时间。大家可以多读有益书籍，开阔眼界；还可以利用业余时间锻炼、弹琴、画画、做手工……让我们在这段特殊的时间里，努力向上，快乐成长。开学那天，学校将以更加安全、整洁、优美的校园迎接你们的归来。

亲爱的同学们，虽然我们面临严峻的考验，但是在这次抗"疫"斗争中，我们真切地感受到伟大祖国的强大力量，亲眼见证了中国速度、中国奇迹。此"疫"过后，我们会更加坚强与自信，我们对生命的意义也有了更深的理解！在此期间，我们在全校师生中开展"寻找最美'逆行者'"活动，关注他们的事迹，用生动感人的事迹影响感染身边的每一个人。

我们坚信，只要我们携手同行，共克时艰，就一定能取得抗"疫"工作的全面胜利。让我们满怀希望、满怀信心，共同迎接一个更加朝气蓬勃、充满活力的春天！最后，我诚挚地祝愿全体师生和家长2020年幸福安康！

西北工业大学附属小学校长　王彩凤

2020年2月9日

乌云散去 必是云开月明

亲爱的老师、同学、家长朋友们：

你们好吗？

2月10日，我们以网络课堂的方式结束了这个前所未有的特殊寒假，开启了新学期的学习旅程。

一个多月，我们都经历了许多意想不到的事情。新冠肺炎突如其来，快速传播的疫情，影响了我们的工作和学习。陕西省启动突发公共卫生事件Ⅰ级应急响应后，学校立即成立了防疫工作领导小组，汇聚各方力量，为校园筑起坚实的安全屏障。广大师生积极响应学校号召，足不出户，减少感染，尽力为社会减轻负担。虽然有些同学现在还身处异乡，尚未回到西安，但大家的防护工作都做得一样好。同学们，只要我们有信心，严格按照防控要求去做，就能最大限度地保护自己，就能关爱他人，就能为社会稳定献出一份力量。

让我最欣慰的是，截至目前，我们二小、七小的师生和员工没有一人被感染，这离不开老师们的细致工作，离不开同学们的懂事努力，更离不开家长的热情相助。在这里，我要感谢班主任老师的辛苦与耐心，感谢统报人员的智慧与细致，感谢家长朋友们的理解与配合。大家心凝一体、劲使一处，使得我们的各项工作有序、有力、高效。

假期里，我和二小、七小的全体老师天天拿着手机、对着电脑，时刻关注着两校4 000多人的健康信息，及时汇总数据，形成完整而详细的大数据链条。各班老师们通过视频联络同学，通过网络软件备课、录课，还将自己的心声与感慨以书信、诗歌、书画、剪纸等形式展现出来，讴歌抗疫一线的"逆行者"，鼓励同学们树立信心、科学防疫。

在老师的指导下，同学们完成了各项学习实践作业，尽管大家不能出门，可你们在家读书、干家务、练身体、做实验，照样过得充实而有趣，还学习到不少健康防疫的知识，成为家庭防疫的小帮手。有的同学还为抗击疫情捐款捐物，默默做了不少好事。这些好榜样，都值得我们学习和表彰。

疫情面前，每个人都是战士；国家危难，每个人都肩负责任。万家团圆时，却是许多医护人员离家驰援武汉之时。不少同学的爸爸、妈妈奋战在医疗、公安、城管、交通等不同岗位，在疫情发生的第一时间就投入到这场战斗中。同学们，看到了吗？这就是守望相助、众志成城的中国精神；这就是心手相连、比肩同行的民族力量。老师、学生、家长多方凝聚合力，共同构筑起我们的校园防控体系。

现在，老师和同学们都做足了各项开学准备，只待上课铃声一响，即刻进入课堂。我知道，二小、七小的孩子都是好样的，你们懂事、听话、有爱心、睿智，大事面前不含糊，学习起来不掉链。我也知道，在课程直播的过程中肯定会遇到一些不顺利的情况，但不要怕，和老师多沟通，扫除障碍，继续前行，老师一定是你身后坚强的后盾。

新学期第一堂课的上课铃声即将响起，让我们携起手来、万众一心、共克时艰，共同面对未来的一切挑战！我们坚信，乌云散去，必是云开月明！

西安高新二小、七小校长　张惠兰
2020 年 2 月 10 日

心手相连 同舟共济

亲爱的孩子们、家长朋友们、老师们：

2020年寒假是我从事教育工作36年来最特殊的一个假期。一场突如其来的疫情打乱了我们的生活节奏，让鼠年的春节缺少了一些快乐元素。在这个非常时期，我特别想念我所有的孩子们！在这里，我对孩子们、家长朋友们和老师们说几句心里话。

孩子们，原本度过快乐的寒假之后，我们很快就要开学上课了，但是突如其来的疫情却打乱了我们的生活和学习节奏。这个突发事件成了你们成长过程中要经历的许多艰难困苦中的一个，目前的疫情已经演变成全国人民都参与的一场战争。虽然如此，我相信我的孩子们一定会勇敢坚强、不会恐惧、不会退缩！你们都是有信念、有勇气的好孩子！相信你们一定会听家长的话、听老师的指导，勇敢面对！挺过去之后，你们就可以顶天立地！我也相信，你们一定能合理安排现在不得已延长的假期，在家里也能生活、学习、锻炼、娱乐都兼顾。"业精于勤荒于嬉"。再过几天，春花灿烂、阳光明媚，你们一定会以饱满的精神风貌和健康的体魄来到学校，你们灿烂的笑脸就是给老师带来的最好礼物！我和所有老师会给你们每人一个大大的拥抱！

家长朋友们，也许您现在已经感觉非常疲惫，期待着疫情早早过去，盼望着学校早日开学，期盼着生活早日走上正轨。我和大家的心情一样，但是，目前西安市的防疫形势还不容乐观，特殊时期还将伴随我们一段时间。让我们静思反省，引导孩子善待生命、善待自然、敬畏生命，指导孩子科学预防疫病，这是我们的首要任务。教育孩子们无论什么时候都不能荒废学业，这是我们的共同责任。孩子未来的路还很长，他们健康成长、继续学习之船还要远航。我们心中要有一个坚定的靶向。只要我们有了准星，孩子就会有定心。

各位家长朋友，国家决定延期开学后的这一段时间里，你们在家既要当家长又要当老师。你们要努力把家变成课堂，把家变成操场。引导孩子正常学习、娱乐和锻炼。这次疫情对我们家庭教育就是一次考验，孩子是否能和在学校学习一样安心、踏实，就看您的耐心陪伴和跟进功夫了；孩子这段时间是否更会学习，就看您是否能借机培养孩子自主学习的能力了；孩子这段时间是否更能理解他人与懂得感恩、博爱，就看您是否能利用这个特殊时期，用高新路小学的教育理念锻造孩子的意志品质、培养孩子的同情心与爱心、激发孩子的责任与担当意识。我知道，你们当中许多人既要应对疫情外出工作，又要照顾一家老少，你们辛苦了！为了孩子，我们付出再多都是值得的。

各位老师，在突如其来的疫情面前，你们的表现让我非常欣慰。虽是假期，但大家一刻也没有闲着。在班级群里，各班主任、副班主任和各学科老师不仅每天"问、闻、关、跟"，随时了解孩子们寒假学习与实践活动情况，还要做好防控疫情工作，及时推送各种准确信息，帮助家长和孩子消除焦虑、答疑解惑，又要随时上报各种疫情防控的信息，各班主任还要对离开和返回西安的孩子的所有情况进行了解掌握，对他们的目的地、居住地、途经地、出行方式以及航班、车次进行登记，工作量很大。各班主任、副班主任还要对班群里每个孩子的学习生活逐一关注，体、音、美和综合学科老师还要按照学校安排，及时做出学校综合学科的居家学习要求和视频指导，大家都非常辛苦！

"兵马未动，粮草先行。"延期开学后，停课不停学。孩子学什么？怎么学？各位老师都在积极开展网上教研，把网络平台变成自己的"新型讲台"。你们的付出是对孩子负责、对家长负责、对社会的负责！你们现在的教研备课与教学录制行动就是大家用特殊的方式在抗击疫情、贡献社会！这也是我们高新路小学所有老师对疫情的坚定回答：团结一致，初心不改！病毒虽猖獗，我们能战胜！

各位家长、各位老师，教育好下一代是我们每个人义不容辞的责任。学校和家庭一起给孩子创造一个安全、舒心的学习空间，一起做好线上学习的准

备,这是我们的当务之急。虽然这个冬天格外漫长,但艰辛即将过去,困难必将克服。让我们直面挑战,用坚定的信念和实际行动给孩子做出榜样!让我们的孩子在疫情和困难面前不屈不挠!勇敢面对!百炼成钢!

让我们并肩携手、共克时难!期待早日相聚在我们美丽的校园。

西安市高新路小学校长　史　惠

2020 年 2 月 7 日

没有一个冬天不可逾越
没有一个春天不会来临

尊敬的各位老师、亲爱的同学们、家长朋友们：

今年这个春季的开学注定不平凡。一场新冠肺炎疫情凶猛袭来，打乱了所有人的工作和生活节奏，使我们度过了一个特殊、难忘的春节。按照常规今天我们应该如约相聚在西小校园，老师的忙碌、家长的重托、孩子们的微笑是校园今天最美的风景线。同学们将在美丽的校园、整洁的教室、墨香的课本里开启我们新一年的成长与探索。但是为了防控疫情的需要，我们需要咬紧牙关再坚持。

当前最重要的任务是响应党中央和国家的号召，"宅"在家里，保护好自己，阻断病毒传播。"停课不停学"使这个开学变得不同寻常。我们的老师们一边在防控疫情，一边在准备线上教学，从黎明到黄昏，他们会用爱和责任陪伴大家度过这段不平凡的时光。在这里我代表学校，向全校在假期里辛勤耕耘的老师们致以亲切的慰问！

在家隔离，是为了保护自己，共同阻击疫情；线上教学，是为了不耽误你们的学习，助力你们早日成才。"老师线上教学、线上辅导，同学上网听课、居家练习、居家自学"。将会是近一个时期学校的新样态。这可能对于早已习惯于面对面教学的老师们是一个新命题，对于学生是一个新挑战，对于把孩子送进校园交到老师手中就放心的家长来说更是一个新问题。

"空中课堂、线上教学"——如何有效地组织实施？线上教学就是利用网络平台，打破时空限制所实施的一种"空中课堂"教学模式。它要求老师们在实施中一定要把握好四个关键。一是要把本节课的教学任务化解成若干个小

任务群,以任务清单的形式引导学生学习,任务清单求精不求多,内容要整合,不要过于细碎,表述要清晰、简洁。二是要通过微课形式指导学生对于重点内容的掌握,对于难点问题的突破,对于学生学习方式的引导。微课在于小而精、活而有趣、形象生动、吸引力强。三是要通过平台实现师生互动、生生互动,及时答疑解惑,因材施教。互动要及时、要有效,每天安排固定时间集中答疑。四是以网络研讨的形式精选教学资源,优化教学形式,实现集体备课。资源选取要分工协作、齐心协力、共享共赢;教学方式要针对学情、优化组合。同时要防止出现几个误区,一是认为线上教学就是选择一个微型课一放了之。二是对于资源不选择,任意使用,导致资源过杂、过乱而扰乱学生学习。三是教师只讲授,师生不互动,形成"教"与"学"两张皮,"教"得扎实,"学"得浮浅。

"上网听课,居家学习"——如何做到学有所获?线上教学没有了老师的现场监督,没有了集中的课堂教学氛围,没有了同学们的比学赶超,容易放任自流。这就更需要同学们注意:一是要把每天的教学内容提前自学,把难点、问题记录下来。二是通过观看老师微课,有侧重点、有目的地学习,对于还不够清楚的问题及时与老师们互动交流。三是要把老师每天布置的教学内容弄清楚、搞明白,做到日日清、节节清。四是上网学习自觉是基础,不能利用网络干一些与学习无关的事情。

同学们,网上可能有很多的学习资源,家长可能也给你推荐了许多的学习资源,但你一定要相信,老师们提供的、推荐的资源一定是对你们最有效的资源,因为那是老师们精心挑选的最适合你们学习的。线上教学,学校会执行基本统一的作息时间,各年级、各学科统一按照课表上课,老师们会将提前准备的视频课程按时发布,还会通过网络完成作业检查和答疑辅导。

"孩子居家,网上学习"——如何做到有效陪伴?在这个疫情防控的特殊时期,需要各位家长提前给孩子们准备好学习平台(电脑、网络),保障设备完好,学习顺畅。在可能的情况下,尽可能多地给孩子们耐心陪伴、真诚鼓励、严格要求,相信孩子一定会保质保量完成在线学习任务。

学校将安排全体行政干部加入各年级群，全程参与各年级、各学科的线上教学工作。全程陪伴我们的一线老师，解决老师们工作中遇到的困难和问题，及时提供强有力的支援，为线上教学保驾护航。

没有一个冬天不可逾越，没有一个春天不会来临。虽然疫情让我们的教学显得有些"异样"，全校大规模的线上教学是一个我们以前没有碰到过的新挑战，也是一个考验我们老师、同学们适应能力和团队学习能力的难得契机。但是，每每看到那些负重逆行的"白衣战士"，他们为了守护我们的安全和病毒在做着殊死搏斗，那么我们还有什么克服不了的困难？

"西小风度、中国心智、国际视野"，我相信，我们西安小学的老师们、同学们、家长朋友们一定能在疫情防控面前有信心、有决心、有能力做好线上教学，做到防疫斗争和教学工作两不误，夺取学习成绩和学习能力的双丰收。让我们一起加油、努力吧！期待着大家早日回到火热的校园！

谢谢大家！

西安小学校长　吴积军

2020年2月9日

坚定信心 共克时艰

老师们、同学们:

2020年年初,一场突如其来的疫情让我们度过了一个非常不一样的春节和寒假,这将会成为我们永远挥之不去的一段特殊记忆。蔓延的疫情让我们感受到的不仅仅是焦急与不安,还有最美"逆行者"带给我们的感动和温暖。

面对非常时期,耄耋之年的钟南山院士再赴一线、不辞辛劳,和广大医护工作者一起与时间赛跑、从病魔手中抢人,让我们深深为他们的职业精神和无私奉献的精神感动着。同时,来自社会各界对武汉疫情重灾区的爱心捐助,无不让我们感到世间有大爱。我们致敬攻坚克难的专家、我们致敬一线的"白衣天使"、我们致敬许许多多的志愿者、我们致敬默默奉献的人们。

非常时期,我们也看到了交大人在行动,始终都奋战在一线,以奋勇向前的勇气和担当贡献着交大人的力量。就在这特殊的春节,交大第一附属医院、第二附属医院的医护人员第一时间积极响应,前往疫情最严重的地方救死扶伤,目前累计派出五批医务人员奔赴武汉抗疫一线,他们不计个人安危、迎难而上、坚守职责、全力以赴抗击疫情。他们是祖国大地上最可爱、最可敬的人,也是同学们和老师们学习的榜样。同学们要从小树立远大理想、刻苦学习,长大后成为全面发展的合格的社会主义建设者和接班人,为中华民族的伟大复兴做出自己的贡献;我们的老师要立德树人、潜心治学、学高为师、身正为范,做好学生品格的引路人,做好学生知识的引路人,做好学生创新思维的引路人,做好学生奉献祖国的引路人。

同学们,在疫情防控的特殊时期,一要和家人做好疫情的科学防护,要戴口罩、勤洗手、不外出、常运动、均膳食、规作息;二要按照学校和任课老师

的要求自觉完成每天的网络学习，尽快适应这种学习方式；三要合理安排时间在家里锻炼身体，生命在于运动，唯有健康的体魄才能让我们有更加充沛的精力来学习，从而提高我们的学习效率；四要有良好的情绪，要多和家人交流，积极乐观地去迎接挑战、去面对变化、去主动学习；五要做一些力所能及的家务劳动，养成热爱劳动的良好习惯；六要用眼爱眼护眼，要坚持每天上、下午各做一次眼保健操，注意用眼卫生，保护好我们的眼睛。

老师们，在疫情防控的特殊时期，我们要弘扬"胸怀大局、无私奉献、弘扬传统、艰苦创业的'西迁精神'"，克服困难、勤于钻研、善于思考、熟用技术，提前掌握平台的使用；携手共进做好停课不停教、停课不停学的线上教学与学生答疑辅导；做好疫情防控期间学校的在线教学组织与管理；用好省市区教学资源，统筹整合好国家和学校的相关教学资源，有序地组织好学生开展网上学习；同时在线上教学过程中要注意学生的身心健康，把握好教学内容的适量和教学时长；加强网络教研，保障学生网络学习的教学进度和质量；合理布置作业避免加重学生课业负担。

乌云遮不住升起的太阳，疫情挡不住春天的来临，让我们坚定信心、万众一心、风雨同舟、共克时艰，夺取抗击疫情的最终胜利。曙光在前，让我们共同期待师生相约在满园春色的校园里，舞动出更加精彩的旋律。

西安交通大学附属小学校长 雷 玲

2020 年 2 月 9 日

成长是生命的课题

亲爱的同学们:

你们好!

今天我们用这种特别的方式重逢,共同迎接新学期的到来。相信你们都知道,全国上下正在跟病毒做斗争,这是一场特殊的战役,只有每个人自觉遵守各项规定共同防控疫情,我们才能取得这场战役的最终胜利,大家才能早日重回可爱的校园。

同学们,这个假期的经历不同寻常,甚至让我们有些猝不及防。当你不能跟小伙伴肆意玩耍、不能外出感受过年的热闹欢快,是否心有不甘?当你听到大人们讨论病毒的凶险可怕,是否心生恐慌?当你知道武汉人民为抗击疫情做出了伟大的奉献,是否心生感动……相信我,经历是人生的彩虹,每个人都会在经历中快速成长。"宅"在家里的时光,你是怎样度过的?你让自己成长了吗?

当你试图了解到底发生了什么,居家做好防护,你就收获了责任;当你面对疫情,保持平稳心态,你就学会了勇敢;当你安排自己的学习娱乐生活,不让无聊干扰,你就懂得了自律……同学们,这都叫成长。成长是一种力量,会让我们更加强大。"少年强则国强",你们真正强大了,才是祖国的希望!

大家的成长不仅于此。

当你们安静在家里学习的时候,是否想过身边有很多人在默默守护?政府的工作人员、社区的大爷大妈、执勤的武警战士、为城市消毒的环卫工人、坚持送外卖的快递小哥……还有一类人是你们非常熟悉的——或是大清早追查体温的电话,或是校园里消毒的身影,或是连夜奋战积极备课的人,他们是始终陪伴着你们的老师。所有这些平凡的普通人都在尽力做好自己的工作,为保证更多人的平安做出自己的贡献。我们应该向他们致以敬意,学会感恩。

同学们，相信我们的祖国，一定能打赢这场战"疫"！因为中华民族的血液里从来不缺坚强、智慧与担当！耄耋老人挂帅出征、"白衣天使"主动请战、最美"逆行者"置生死于度外……孩子们，这些人的行为就叫无私奉献、勇敢担当，所有这些人汇成了众志成城！英雄就是在危难时刻挺身而出的平凡人！同学们，你们要懂得这才是我们应该崇拜的偶像，懂得"祖国召唤必奋不顾身"，牢记为民族大义义无反顾、在困难面前坚强不屈，这就是中国精神！

同学们，向英雄们致敬，让自己也成长起来吧！在这场战斗中，每个人都是战士。让我们找到责任、担当和勇气，让这场抗疫的经历成为帮助我们成长的催化剂！新的学期到来了，"停课不停学"将在疫情被彻底打败之前一直陪伴我们，我希望同学们做到以下几点：

一是科学防疫。尽量不外出，外出戴口罩，勤洗手，勤通风，合理饮食，不信谣，不传谣。

二是学会自律。按时作息，静心学习，遵守网络课堂规则，认真完成作业，多读经典，开阔视野。

三是坚持锻炼。学习之外的时间远离电子产品，按照老师为你们量身定制的"家庭徒手操""趣味韵律操"和家人一起锻炼，增强体质就是向病毒宣战！

四是关爱家人。保持乐观情绪，用笑容感染家人，多做家务，和父母一起做亲子游戏、亲子阅读，享受陪伴的美好时光。

人们常说，每一次挫折都会点亮更灿烂的人生。抗击病毒的战斗，让我们思考人与自然的关系，感受万众一心的中国力量，发现自己成长的秘密。希望你们无论何时，都能够学会奉献与守护、理解与担当、自律与宽容、爱心与使命，因为你们是西大附小的学子，你们永远是"真善美"的传递者！

春暖花开之际，西北大学附属小学的全体老师会在美丽的校园里迎接你们的归来！

西北大学附属小学校长 纪 勇
2020 年 2 月 9 日

多读好书 乐观积极

尊敬的家长、亲爱的同学们:

大家好!

当前,疫情防控是压倒一切的重要工作,面对这场没有硝烟的战斗,我们每个人都投入其中,我们要与全国人民心连心,只有万众一心才能战胜灾难。我们的医务人员、警务人员、部队官兵冒着生命危险战斗在第一线,这里也许有你的父母;我们的科研工作者不分昼夜在研制疫苗和对症良药,这里也许有你的亲朋。84岁高龄的钟南山院士夜以继日地忙碌,是我们民族的脊梁。更有千千万万的同胞在家里自我隔离,为疫情不蔓延默默贡献,让我们对他们致以最崇高的敬意!相信在我们全民族的努力下,一定会取得最后的胜利。

寒假即将结束,家长们即将投入到忙碌的工作中,西安市政府确定中小学开学延期,同学们还都在家中,如何继续科学有效地抵御新冠肺炎疫情,保障全体学生及家人的身体健康和生命安全成了我们最关注的问题,在此,我特别温馨提醒大家做好以下工作:

一是关注学校发布内容,如实做好信息上报。 全体老师早已投入工作,学校及时发布各项具体要求,请家长与孩子务必密切关注班级群的消息,及时如实上报孩子身体情况,关注"翠小心语花园"推送的新冠肺炎防控知识及疫情防控期间心理疏导有关内容,严格按照疾病防控部门与学校推送的各项要求做好假期与延期开学期间的各项工作。

二是坚决避免到聚众之地,认真做好自我防护。 取消一切户外活动,不参加各类学习、交流和比赛等活动,避免交叉感染;避免近距离接触流感样症状的患者;避免接触野生动物,拒绝食用野生动物;注意个人卫生及防护,勤洗手,提高室内开窗通风频率;要保证睡眠充足、营养合理,生活有规律,注意保暖,适度体育锻炼,提高免疫力。正确对待新冠肺炎,认识到该传染病可防可控,要做到不懈怠、不恐慌,不信谣、不传谣。在自觉养成并长期坚持良好的健康卫生习惯的同时,争做卫生健康文明的传播者。

三是陆续从外地返回西安,请您和孩子这样做。由湖北等地回西安市的学生或家长请密切关注自己的健康状况,自觉居家医学观察两周(14天),每天两次监测体温,在群里进行体温打卡,有任何异常要第一时间主动向学校及所在街道、社区报告情况。要随时关注自己及家人的健康状况,若出现相关症状,请第一时间佩戴口罩到就近定点医院发热门诊就医,主动告知疫区流动史或病例接触史,绝不可缓报或瞒报,贻误病情。只有这样疫情才能得到控制,尽管会给生活带来诸多不便,但请以大局为重,把善良传递下去,这也是我们每个人的责任。

四是高度重视居家安全,复工之后请这样做。家长若开始复工,请妥善安排好孩子,教育孩子正确使用日用家电,预防触电、火灾、天然气泄漏等危险。同时,叮嘱孩子不外出,避免近距离接触流感样症状患者;确需外出的,按照学校推送的资料正确佩戴和使用口罩,坚决不参加任何聚集性的活动。父母可通过网络视频、电话等形式指导孩子做好居家安全,老师们也会协助大家做好复工时孩子居家安全教育。

五是配合学校做好线上工作,有效保障孩子学习。学校正在以教研组、备课组为团队,根据各学科特点,设计在线学习指导策略,制定了延期开学教育教学工作预案,在延期开学期间将通过班级QQ群、微信群、网络课堂、微课等有效教学形式,对学生进行答疑、作业布置、检查和授课等工作,提升学生在家学习效率。请家长们积极配合老师指导学生在家期间开展网络课程自主学习,使用自己的账户登录西安市优质资源共享平台和国家教育资源公共服务平台,通过网络的方式进行在家学习。

六是培养健康身心,坚定打赢疫情防控阻击战的信心。请家长和孩子通过官方渠道及时了解疫情信息,继续学习疫情防控的相关政策和专业知识,不信谣、不传谣、理性对待，消除恐慌，坚定信心。同时，指导孩子加强体育锻炼，适当开展室内体育活动，练就强健体魄，但请注意不要影响到周围邻居；加强劳动教育，承担部分家务，学习生活本领；要多读好书，学会与先贤对话，绿色上网，不沉迷游戏，保持积极向上的乐观心态。

同学们，你们是祖国未来的建设者和接班人，你们担负着建设富强、民主、文明、和谐、美丽的社会主义现代化强国的大任和使命。我希望你们从现在起要做好以下几点：

一要真正树立爱护环境、保护生态环境的意识。在教训面前，你们应该深刻反思，要争做爱护环境、保护环境的宣传员、捍卫者、守护神。

二要热爱祖国，当祖国和人民需要的时候，能像钟南山爷爷那样挺身而出，指导防疫工作、研发疫苗、制造对症良药，使疾病中的亲人早日解除病魔的折磨，让祖国各地恢复安宁。望你们从此立下志向，刻苦学习，掌握本领，长大为祖国和人民服务。

三要做一个诚实善良的人，做一个有道德的人。守住做人的底线，不弄虚作假，踏踏实实学习，明明白白做事。

面对疫情，全国人民要一条心，全校上下要一盘棋，一定要服从命令听指挥，唯有众志成城、共克时艰，才能打败病魔，迎取战斗最终胜利。让我们心手相牵，勠力同心，为早日战胜疫情贡献出自己的一份力量！

同学们，立春已至，冬天已经过去，春天已经来临，愿你们趁着春光，只争朝夕，不负韶华，待春暖花开时，我们在美丽的翠小校园再相见！

西安市翠华路小学校长　杨俊锋

2020 年 2 月 5 日

宅家日子 莫忘朱光潜的"此身,此时和此地"

亲爱的孩子们:

此刻阳光正美、岁月静好,你在有吃有喝的日子里被爱包裹、被关心温暖着;此刻,西安市第二批援鄂的叔叔、阿姨踏上征程,他们满脸稚嫩又怀着坚定必胜的信念;此刻西安市的大街小巷里门可罗雀、悄无声息,只能看到抗疫中忙碌的身影……

也许,你会埋怨憋在家里的无聊和乏力,向往自由奔跑的洒脱和自在;也许,你会唠叨除了作业、看书、手机,还是这些没有生气活力的时光;也许,你会厌倦网络、游戏的吸引和吃吃睡睡的无趣。你可知,这种被束缚就是爱自己、爱他人的一种呈现?你可知自己安好就是对他人、对社会的贡献?你可知还有素不相识的他们为你撑起一片净土?

春节原本是走亲访友的好时节,也是孩子们穿新衣、收压岁红包和自我亮相的一个舞台。今年的春节却被洪水猛兽般的新型冠状病毒所侵蚀,我们只好乖乖地"宅"在家里。那么,请你好好享受"宅"着的幸福吧。

疫情的蔓延让我们猝不及防,全国人民上下一心,众志成城,攻坚克难。84岁高龄的钟南山院士告诉我们不要去武汉,自己却连夜乘坐高铁奔赴武汉调研第一手资料,清楚判断病毒人传人的严重性,给予国家可行的意见。医护人员不顾个人安危,不计小家之需,全身心投入到抗疫情中。我看到一位普通的护士阿姨从年三十开始持续上班,在间歇休息时跟家里说想吃饺子,当爱人和孩子一起送来饺子时,他们凝噎无语,张开双臂只能隔空拥抱。还有一位年轻帅气的准爸爸在接到援助武汉的命令时,谁料小宝宝似乎感知到这一切,急着想出来跟爸爸见面呢，而他毅然决然地选择出征，分分秒秒都没有迟疑。他们也是为人子女、为人父母，有着陪伴和照顾的需要，然而此刻，平凡人，非凡事，非凡情。还有党政机关、公安部门、社区工作人员、你们亲爱的老师以及我们看不到、想不到的一份子都在默默地付出。太多的坚持、坚忍、疲惫和忙碌，背后只有一个信念——我们必赢！

孩子们，此刻的安宁与和谐是多么值得珍惜呀！把这美好的时光用在有意义的事情上吧！我来分享一下朱光潜先生在20世纪20年代提出的"三此主义"。什么是"三此主义"？即此身、此时和此地。朱老先生说，此身应该做而且能够做的事，就得由此身担当起，不推诿给旁人。比如，我们在家里除去必要的做作业、运动之外，更多的学做家务。此时应该做而且能够做的事，就得在此时做，不拖延到未来。比如，今天应该完成的作业不推到明天完成。此地是在我的地位、我的环境中应该做而且能够做的事，就得在此做，不推诿到想象中的另一地位去做。这就告诉我们，在家里能做的事情，立刻去做，或者练习提高身体素质的提升操，或者跳绳的每日打卡等，均可在家里行动起来。我们也可以放眼给更多的人来讲"三此主义"。就拿眼下的中国人来说，此身就是该戴口罩就戴上，该不出门就尽量不出门；此时就是该读书就读书，该锻炼就锻炼，该工作就工作，而不等到以后再去做；此地就是该帮助人就帮助人，而不推诿给他人。做一个有担当的人，说难也难，说简单也就这么简单。

孩子们，让我们一起用心感受他人为我们负重前行的安好岁月并珍惜当下。

孩子们，让我们即刻起把朱光潜先生的"三此主义"践行在生活的点滴中，行动起来，美好人生伴你我。

今日做好准备，明日才能只争朝夕、不负韶华！

遥祝安好！祝愿每一个生命都是鲜活绽放的！

西安市未央区夏家堡小学校长　郭　娟
2020年2月2日

从小树立报国志 "童"心协力抗疫情

亲爱的枣园学子们：

喜庆祥和的春节因一场突如其来的新冠肺炎疫情而失去色彩，天真烂漫的你们本应在这"草长莺飞二月天"里"忙趁东风放纸鸢"，却被这场没有硝烟的战争中止。这场新冠肺炎疫情在全国各地肆虐，牵动着亿万人的心，可爱的你们正在和家人、家乡、祖国一起亲历一场没有硝烟却事关全国人民生命健康的疫情防控战。

亲爱的孩子们，面对这场空前的疫情不要恐慌、不要难过，擦干眼泪，因为恐慌、难过都是"弱者"的表现，你看，战斗的号角已经吹响，在党中央的英明领导下，我们的祖国以雷霆之姿集万众之力打响了这场阻击战！你看，那些默默奉献在这场"战争"中的"白衣天使"、叔叔、阿姨们，他们用自己的血肉之躯告诉我们，"疫情并不可怕"，没有比"人"更高的"山"，没有比"脚"更长的"路"，只要我们众志成城、"一方有难，八方支援"，我们人定胜天！

亲爱的孩子们，不要怕，爸爸、妈妈、老师、同学会一直和你们在一起，让我们把这场疫情看作是对我们的考验，我们要用自己的毅力、智慧和爱心交上一份满意的答卷。虽然你们的力量不够强大，不足以去冲锋陷阵，你们只要保护好自己，不让爸爸妈妈分心，不给祖国添乱，就是对祖国的奉献！

亲爱的孩子们，我们要时刻铭记一句话："多难兴邦"，你们看，那么多的叔叔、阿姨用自己的医学专业知识救治病人，保护我们！你们一定从新闻中看到了，许许多多的科研工作者正在夜以继日地为我们研制抑制病毒的药剂！除了奋战在防疫一线的医护人员，还有无数的人在许多我们看不到的地方，尽

着自己的一份力量,许多叔叔、阿姨把自己辛勤劳动积攒的钱捐赠给抗疫一线,还有那么多用自己的力量为我们做好生活保障的人,他们都有序地履行着自己的责任,你们一定想知道,"作为学生,我们能做些什么?"

孩子们,作为你们的老师、校长,我最想对你们说的就是:你们是学生,是祖国的希望,"少年强则国强"!所以你们要从小树立报国志,要有"家国情怀",刻苦学习科学知识,长大后才能为祖国奉献自己的力量!

现在虽然身处"疫情暴发"的特殊时期,但你们不能因外界环境而乱了心智,要有坚强的毅力,除了时刻谨记"不出门,讲卫生,勤洗手,在家多锻炼,做好防护"之外,还要在老师的指导下认真学习,除了学校外,还有教育部门和众多媒体关注着你们,为你们录制了网络课程,提供优质学习资源,你们要做到劳逸结合,不要辜负他们的希望!

亲爱的孩子们,除了学习之外,你们可以用自己独特的方式为叔叔、阿姨加油,为祖国加油!你们可以把自己的压岁钱、零花钱捐赠,为抗击疫情尽一份绵薄之力!你们还可以用手中的笔抒写最美的语言,用五彩斑斓的颜料描绘最美的画卷;用你们动人的歌喉、优美的舞蹈,小手拉大手,为祖国加油!让祖国放心!

老师衷心地希望,作为祖国明天的你们,能做一个正直善良、胸怀家国志、常有感恩心、有担当、有爱心的中华好少年!孩子们!加油!

西安市未央区枣园小学校长　潘　涛

2020年2月8日

求知 明德 笃行 让自觉成为一种习惯

亲爱的同学们：

你们好！

相信你们一定度过了一个不同寻常的 2020 年春节。这个寒假你们没法感受走亲访友的热闹、没法体会到畅游祖国山河的惬意、没法呼朋唤友，也没有玩个痛快淋漓……但是这个假期可能是同学们收获最多的一个寒假。因为，人类往往都是在逆境中总结、思索，从而战胜自我，实现超越。

同学们，大家可能每天都能看到西安市乃至全国疫情的动态，我们都能感受到这次疫情的严峻。然而，在如此可怕的疫情面前，我们看到了一群勇敢的人，他们放弃了与家人团聚的机会，冒着生命危险，冲到疫情的最前线，无私地救助那些受到病毒感染的病人。这些英雄之中，我们看到了令人敬仰的 84 岁高龄、日夜操劳的钟南山院士，国士无双，当之无愧；我们看到义无反顾、抛家舍子、逆行湖北的"白衣天使"；我们还看到西安市民自觉自律、守望相助、彰显真情……他们才是我们学习的榜样，才是真正值得我们追捧的明星、尊敬的英雄。

"一直以来，人类把动物关进笼子；如今动物成功地把十几亿人关进了屋子。"这是一个多么令人心酸的幽默，这是大自然在用一种严厉的方式唤醒我们的敬畏之心：对大自然的敬畏，对生命的敬畏，对自然法则的敬畏……亲爱的同学们，心有敬畏，方能成人。一个人只有常存敬畏之心，才能使自己的言行举止有所约束，心灵得到净化，人格得到完善，我们五千多年的华夏文明才能薪火相传、生生不息。

同学们，今年的"超长寒假"，我们有了更多的时间"宅"在家里，也有

了更多的自由支配时间。然而，一个人处于安逸的状态太久，难免会产生倦怠和无聊。其实家庭也是一座历练场，我们要在历练中学会本领，掌握独立生活的能力。在这个关键时期，你们要做好的是保护自己，这是对自己的负责，也是对家人的负责，更是对社会的负责。尽量不要外出，如有外出，必须做好自我防护措施：佩戴口罩、不和陌生人近距离接触、回家要做好消毒工作、勤洗手、保持室内空气流通。除此之外，我们还可以帮助父母做一些力所能及的家务，也可以组织有意义的家庭活动增进感情，珍惜和亲人相聚的时光，这是我们对长辈最好的爱和尊重。

同学们，由于疫情的影响，我们不能如期开学，线上教学将如期而至，温暖的家庭将成为我们的课堂。对于学习而言，最重要的不是有怎样的学习条件和学习环境，而是需要我们有自主学习的动机与能力。所有的优秀者都有一个共同的特点，那就是懂得自我管理。还记得我们学校的校训吗？"求知、明德、笃行，让自觉成为一种习惯。"就是说我们要学会自我管理：情绪管理、时间管理、效率管理。每个人的成长终究要靠自己来把控。在这个特殊的寒假，作为你们的校长，我还要给大家送上暖心的提醒：经历是一笔财富。希望在若干年后的一天，你们回头审视曾经的自己，不会发出一声声遗憾的感慨。

亲爱的同学们，学校对你们的牵挂是老师们统计单上每一个表格和数字，是班主任发出的每一条通知信息，是老师们送出的每一个温馨提示……希望历经此次严峻的疫情之后，我们都能安全健康地重新回到熟悉的校园，重拾渴盼已久的书本，努力学习，成为内心善良、懂得感恩、有梦想、有家国情怀的有用之人。

今天是农历元宵佳节，我代表所有老师祝大家元宵节快乐！让我们一起期待春暖花开的那一天！

西安市未央区东前进小学校长　刘继报

2020 年 2 月 8 日

希望你们成为懂得感恩、有梦想的学子

亲爱的同学们、家长们：

近期，全国发生了新冠肺炎疫情，在疫情面前，我们看到了一群勇敢的人，共产党员冲锋在前，医务人员日夜奋斗，科研人员全力攻关，众多劳动者坚守岗位、默默付出。他们放弃了与家人团聚的机会，冒着生命危险，冲到疫情的最前线，无私地救助那些受到病毒感染的病人。

危难时刻，众志成城。我们学校发挥党员先锋模范作用，提出"我是党员，抗疫情，我在前"，坚守"入党"誓言，坚决做到一切行动听党指挥，立足教育战线，不负人民希望，坚守岗位，抗疫情，保师生，始终站在防疫情一线。

我们通过各种微信群警诫老师、家长和学生，使老师们从思想上高度重视，树立政治意识；指导家长加强学生的监管和教育；提醒大家深入了解新冠肺炎的症状、发病规律，掌握基本的防控知识，做好有效预防。

老师教书，家长护航、家校携手才能助力孩子走得更稳更远。同学们应积极参加停课不停学活动，科学规划学习时间，合理安排学习内容。虽然"宅家"，但各位老师仍然会引导孩子张弛有度，过一种劳逸结合、有节奏感的日子。

家庭也是一座历练场，你们要在历练中学会本领，掌握独立生活的能力。在这个关键时期，你们要做好的是保护自己，这是对自己的负责，也是对家人的负责，更是对社会的负责。尽量不要外出，如有外出，必须做好自我防护措施：如佩戴口罩，不和陌生人近距离接触，回家要做好消毒工作，勤洗手，保持室内空气流通。在家要合理安排作息，保证睡眠充足，注意保暖，不暴饮暴

食，避免长时间看电视、玩手机、上网，坚持进行简单的室内身体锻炼，提高身体免疫力。对身体异常症状要重视，当出现发热、干咳和其他呼吸道感染症状时，要第一时间到就近定点医院发热门诊就医，不要贻误病情。要提醒家长不要购买、加工、食用野生动物，减少呼吸道传染病的发生和流行病危害。

亲爱的同学们，学校对你们十分牵挂。希望你们在历经此次严峻的疫情之后，成为内心善良、懂得感恩、有梦想、有家国情怀的学子。

我相信，阴霾终将散去，在春暖花开之时，我和老师们会迎接你们健康地返回校园。

祝同学们平安健康！学习进步！

西安市经开区南党小学党支部书记、校长　李卫民
2020 年 2 月 9 日

在生活中学会成长

亲爱的同学们：

一场"疫情"的到来，让全国人民度过了一个难忘的春节。目前大批医护人员仍在各地的医院忙碌，还有很多病患在接受治疗，这是与病毒抗争的前方战场。还有更广大的人民群众在家里，不出门、戴口罩、勤洗手，接受社区、小区物业的严格管理，这也是战场，是全民携手做好自我防护，让祖国放心的后方战场。相信，我们的同学们也一定做到了。

这场疫情，让我们看到了病毒传播时，人作为大自然食物链顶端角色的同时，也被打乱了前进的步伐。因此，孩子们一定要明白，我们在改造自然、改造世界的活动中，必须有节制、讲科学、保持敬畏之心，保持自然界的生态平衡，才是人类未来幸福生活的基础。

这场疫情，让我们看到了病毒无情人有情。太多感人的视频和报道，让我们看到人性的光辉。"一方有难，八方支援"是中华民族的优秀传统，你们要明白帮人就是帮己，在你们的成长中，不是只有竞争，还有温暖，生而为人的勇气有时也是建立在群体的温情之中。

这场疫情，让我们看到了时代的真英雄，那就是奋战在一线的医务人员，这些像钟南山院士一样的人不顾个人安危挽救他人生命，这是我们应该崇拜的英雄，也是你们的成长榜样。因为他们的人生价值照亮了另一个生命再生的希望，他们的努力让中国人的民心得到安定和鼓舞。这便是人生的最高价值体现，我希望你们也要做这样的人。

开学在即，你们不能如期回到学校，但是你们的课堂可以换作网络教学的方式；你们不能和老师见面，但是你们可以感受到老师传递的关心和指导；你

们不能与同学一起玩耍,但是你们可以在互动交流中传递正能量,看到彼此的成长。虽然这个学期的开学有很大的不同,但是一直没有变化的是:老师会和你们一起度过开学后的每一天。开学后,按照学校要求,你们应该在家里认真完成好"九个一"课程,希望同学们在这个别样的开学季,除了完成自己的学习任务,还要坚持阅读和劳动,让书架上的书告诉你世界本来的样子和未来的美好,让劳动的快乐温暖家人的心田,为家人做好一件事情,将来才能为社会做好一项工作。希望每个人都做充实的自己,每个家庭都有向阳而生的能量,加油!

教育本身就是生活,生活也是教育的方式,一种幸福完整的生活也是酸甜苦辣的集合,汲取能量笑对未来,这就是成长!

西安市莲湖区远东一小、远东实验小学校长　马　玲
2020 年 2 月 7 日

萤火少年　萤光集结

亲爱的孩子们：

你最近一定发现了与以往的很多不同：这个春节怎么不热闹了？最近楼下怎么没有小伙伴们玩耍了？爸爸、妈妈怎么一直在家？小区门口怎么有人对进出的人员测量体温？是的，我想大家都知道答案了，那就是新型冠状病毒给我们的健康带来了严重的威胁。我们国家正在全力以赴地抗击新冠肺炎的蔓延，保卫我们的生命安全。

孩子们，你一定在电视上看到了武汉以及全国的医生叔叔、阿姨们冲在救治一线的感人画面。他们沉重的隔离服、被口罩长时间束缚而留下的深深勒痕、因为药水长时间浸泡而褶皱的双手，还有因为极度疲劳而伏地休息的画面，这些场景都深深地打动着我们，让我们为之动容。仅用10天时间就建成的火神山医院、12天时间交付使用的雷神山医院让我们感受到了中国速度和中国力量。人民子弟兵的军医叔叔、阿姨们义无反顾，冲锋陷阵。还有祖国四面八方的医务人员逆风而行，火速驰援武汉，帮助武汉渡过难关。

再看看我们周围，小区门口检查人员的彻夜值守；社区工作人员的上门登记排查；交警叔叔的道路保障；防疫人员的上路核查；包括学校里面老师们每日三次的消毒灭杀，这些都是这次战役中的无名英雄，在为我们默默守护着美好的家园。

作为一名小小萤火虫，我们在这场阻击战中应该怎么做？我想向同学们提出以下几点希望：

一是积极响应国家号召，不出门，少走动，用实际行动为祖国做贡献。你一定要意识到你现在已经待烦了的家正是很多人想回却回不去的地方。只有我

们每个人的坚守才能赢得这场战役的最后胜利。

二是做好自我防护，勤洗手，多通风。同时要合理饮食，加强锻炼，提高自身免疫力。保护好自己才能不给家人、不给社会、不给国家添乱。用一己之力为武汉加油，为中国加油！

三是一定要完成好学业。我们无法像那么多叔叔、阿姨一样走进社会贡献力量；我们也没有能力像医生一样冲在一线，救死扶伤。但是我们可以用优异的成绩让父母放心，为祖国加油。因此，同学们一定要合理安排时间，在完成作业之余博览群书，通达古今，积蓄力量。学校将在近期安排网络授课，希望同学们一定要自觉、自律、自悟、自省，以高度的使命感、责任感完成好听课任务，配合老师完成各项作业，从而保证停课不停学，病毒面前我们学业不辍。

四是一定要用眼睛去看，浏览新闻动态，感受我们国家和这个民族无穷的力量。用耳朵去听，听专题报道，感受生命个体的顽强力量。用头脑思考，关注事件本身，分析事情背后的原因。同时，也要去做，竭尽所能，用自己微弱的光照亮身边的每个人。因为，即使再微弱的光，也能够温暖整个世界。

东城一小黄邓分校的小小萤火虫们，你们始终要牢记，你们是我们国家和民族的希望和未来，是我们社会主义事业的接班人，是我们中华民族伟大复兴的逐梦人，中国自古就有"天下兴亡，匹夫有责"的担当精神，让我们携起手来，集结萤光，照亮远方，以自己的实际行动为武汉加油，为中国加油！

西安市灞桥区东城一小黄邓分校执行校长　张　杰

2020 年 2 月 5 日

与国同袍 与国同征

亲爱的二小学子们:

你们好!

日月经天,冬去春来。立春时节,因为一场战"疫",我们未能如约相聚在美丽的校园。在这场战争的前线,我们看到了:习近平总书记亲自指挥,部署战"疫";李克强总理亲临武汉,指导疫情防控工作;80多岁的钟南山爷爷挂帅亲征,赶赴武汉;医生叔叔、阿姨们穿着沉重的防护服,夜以继日奋战在一线……而安心待在家中,则成了属于我们的战斗姿态。《诗经》有曰:岂曰无裳?与子同袍……是呀,疫情面前,中华儿女万众一心、共克时艰,奏响了一曲大爱无疆的战斗之歌。那么,我们又该从这场战"疫"中学到什么呢?我想告诉你们的是以下几点:

一是爱与我们同在。爱在祖国四面八方逆风而行、火速驰援武汉的医务人员身上;爱在加班加点建设火神山医院、雷神山医院的建设者身上;爱在奋力赶制前线急需物资器材的忙碌身影上;爱也在小区门口彻夜值守的检测人员身上;爱在上门登记排查的社区工作人员身上;爱在保障道路安全坚持值守的交警叔叔和奔波在各单位抗疫一线的人员身上;爱也在每日健康摸排和体温监测的各位老师身上。他们是普通的劳动者,是这次战"疫"中的无名英雄,是他们在为我们默默守护着美好的家园。

二是你们与祖国同在。当我们的祖国经受风吹雨打的时候,当全国人民奋力坚守的时候,我欣慰地看到了,小小的你们扛起了社会责任,用一根根画笔、一张张手抄报告诉人们怎样抗击新冠病毒;用一声声祝福、一句句加油为奋战在一线的医护人员鼓劲。这不就是学校"文雅笃行,敏而好学"学风的践行吗？你们真正做到了"四雅"学生的典范，我为你们点赞！

三是成长与使命同在。孩子们，当疫情为我们关上一扇外出的门时，也必定会为我们打开一扇全新的窗，那便是珍惜生命、懂得敬畏、使命担当、自我成长。在我们浏览新闻、听爸爸妈妈讲述的时候，我们要学会用心思考，用心感受我们中华民族无穷的力量，感受生命个体的顽强。同时，我们要竭尽所能，用自己的能力去感染身边的每个人，用自己微弱的光照亮身边的每个人。

四是自律与努力同在。在这个"加长版"的假期中，我们将面临从教室到"云端"，从面对面教学到网络课堂的挑战。希望同学们一定要自觉、自律、自悟、自省，以高度的使命感、责任感完成好听课任务，配合老师完成各项作业，从而保证停课不停学。同时，除了完成自己的学习任务，希望同学们还要坚持两件事：阅读和劳动。让书架上的书告诉你世界本来的样子和美好，让劳动的快乐温暖家人的心田。希望每个人都做充实的自己，每个家庭都有向阳而生的能量！

亲爱的孩子们，春雨初生，春林初盛，万物复萌。冬日的寒冷寂寥，就这样被无限生机打破。在这个疫情肆虐的特殊时节，我们也期待着，这个春天能为我们播撒下希望的种子，为生命点亮希冀的光。让我们一起坚定信心，守望春天，守望消融冰雪的生命力，守望战胜疫情的曙光。愿春暖花开时，山河无恙，华夏安康。那时，我们在美丽的二小校园里再相逢！

西安市灞桥区东城第二小学校长　窦增强

2020 年 2 月 9 日

雅少年　践雅行

亲爱的同学们：

你们好吗？

今年寒假特别不一样：往年人流熙攘的游乐场、旅游景区、年集不能去玩了，平时喧嚣的街道几乎见不到人了，就连平日隔壁的小朋友也不能在一起做游戏了。整天从电视里看到好多爷爷、奶奶、叔叔、阿姨、哥哥、姐姐生病了。噢，原来是一种可恶的病毒大坏蛋在从中作祟。为了保护你、家人和周围人的身体健康，习爷爷亲自指挥、亲自部署，全国人民闻令而动，"白衣天使"逆向而行，众志成城打一场疫情防控总体战、阻击战。在这个特殊的时期，你们如何做一名雅少年呢？

一是要听党的话。同学们要听党的话，从自我做起：勤洗小手不乱摸，在家学习不外跑，打开窗户常通风，做小家务提技能，定时锻炼强体质，人人保护好自己，个个对病毒大坏蛋说不。

二是要勤奋学习。你们现在正是学习文化科学知识的时期，虽然不能为抗击疫情冲锋一线，但要按照"停课不停学"的要求督促家长打开网址或学校微视频课进行学习，不懂及时问老师（各学科老师都在线）。你们要按时完成作业，老师会及时通过网络进行批改。同时，听老师和家长的话，在家多读书。你们只有通过勤奋学习，掌握知识，长大后才能报效祖国，为国家做贡献。

三是要助威加油。文雅少年，心系武汉，让我们与武汉人民心连心、肩并肩，共克时艰，共同为武汉加油助威！

相信，在习爷爷的领导下，疫情阴霾定会很快散去。雅少年们又能相聚书声琅琅、欢声笑语的校园。

西安市灞桥区东城第二小学红旗分校执行校长　陈满社

2020 年 2 月 13 日

我以我心爱祖国 我以我行报祖国

亲爱的同学们：

庚子年春节是一个令所有人记忆深刻的春节，一场新冠肺炎疫情肆虐江城武汉，病毒的阴霾迅速席卷全国，笼罩在城市上空，疫情牵动人心。中国加油！武汉加油！呐喊声声，包含着信念与鼓励，包含着责任与梦想。

"生命重于泰山。疫情就是命令，防控就是责任。"校园安全、师生平安是大家的共同期盼。此时此刻，无论你身在何方，学校始终牵挂着你！老师始终惦记着你！

有一种担当叫做好自己。孩子们，静能生慧，躁则显愚。虽然我们不能像"白衣天使"一样治病救人，但我们在家里用自己的行动支持他们。我们认真完成寒假作业、每日打卡练字、诵读、预习下册课文，同时也趁着这个特殊的时期阅读课外书，开阔视野，提高自己，以迎接新学期的到来；2月10日开始，我们在家里"停课不停学"，名师直播、线上辅导，有不懂的问题随时和你的老师联系；学习的同时，不要忘记锻炼身体，提高自身免疫力；学习之余，还可以积极主动地帮助父母做力所能及的家务活。让我们用自己实际行动助力武汉！加油陕西！

有一种责任叫保护好自己。孩子们，疫情面前，作为小学生的我们能够做些什么呢？我们能做的就是不出门，勤洗手，每日及时向班主任汇报自身身体状况，不信谣、不传谣、不恐慌、不懈怠。我们不添乱也就是做好疫情防控战中的"小战士"。我相信，在所有"逆行者"的努力下，我们很快能够赢得新冠肺炎防控战的胜利。

有一种收获叫生活的启示。孩子们，在这场没有硝烟的战争中，我们看到了无数的"逆行者",理解了责任与担当的意义;看到了面临生死人生百态,也体会到人性终极的美好。每天的疫情报告、我们在网上课堂看到科技和大数据的力量,"封一座城护一国人"让我们看到决策的力量……这是书本无法教给我们的,生活就是最好的"老师"。

有一种希望叫春暖花开。远在湖北的孩子们,请安心"宅"在家,待到疫情过后,春暖花开时,老师在校园里静等你们归来,一个都不能少。

"宅"在西安的官厅学子们,无论遭遇了什么,保持一种"不幸只是暂时的,一切总会好起来"的希望。不论是抵抗病毒、抵抗谣言还是抵抗恐慌,每个人都把自己当成一道防线,穿过风雨,迎来胜利的阳光。

隆冬有过去的一日,病毒有被战胜的一天,让我们共同携手渡过难关,待到春暖花开时,我们再相约校园,陪你们说着、笑着、闹着……

西安市灞桥区官厅小学校长　田敏娜
2020 年 2 月 12 日

懂得感恩 学会自我管理

亲爱的家长、可爱的孩子们：

你们好！

往昔今日，我们会在琅琅书声中开启美好的校园生活，而今，突如其来的疫情打乱了我们原有的生活、学习节奏，我们不能在美好的春天里如约而至，变得如此"非常"。而这样的"非常"也许还将伴随我们一段时间，同时也将引发我们静思反省，如何善待生命、善待自然，引导孩子学会敬畏生命、健康身心的深度追问。在此，我想跟您、跟我们的孩子聊聊。

非常时期，需非常"定锚"。 当我们指导孩子如何预防疫情时，心中要清醒一件事：未来日子还要过，孩子健康成长，继续学习之船还要航行远方。这就要我们心中一定要有一个坚定的锚。学校是孩子生命成长的一段旅程，老师是陪伴他们生命成长的见证人。很遗憾，在这个非常时刻，孩子们可能将失去一段真实在学校的生活时光。好在有我亲爱的家长和宇小的教师，我们一起努力，先把这个"锚"定在以家庭为"学校"的环境里。随着延期开学，我们需要把"书房变课堂"、把"客厅变操场"，创新布置"学习场域"，拟定"家庭小型学校"学习组织的进度……而此段时间正是我们修炼耐性、培养孩子懂得感恩、学会自我管理与生命自护以及自觉学习的难得契机。

非常时期，定有非常老师。 为了让这份非常时期的锚坚固，学校和老师们开启了寒假里的非常工作模式。作为校长，疫情暴发以来，我每天都坚守在学校，行政班子也一直在奋战：不断分析各种问题，预设各种未知风险，梳理各种防控预案，对接各种信息，探讨研究特殊时期学生学习的内容和方式，组建了年级组为架构的"空中课堂"小组，开始了非常时期的"战时"办公状态。

班级群里，班主任做好防控疫情工作，及时推送各种准确信息，帮助家长们和同学们消除恐慌与焦虑，及时上报各种疫情防控的信息，每天对离西安、返回西安同学的目的地、居住地、出行方式以及航班车次进行统计更新；语、数老师承担了一线疫情工作人员及医务工作者子女的学习辅导和心理疏导任务……非常时期，守土有责，宇航人在躬身入局，服务灞桥地区整体防控推进。

同时，我们一直在思考，延期开学，停课不停学，孩子怎么学？微信、线上实时备课，开启网课线上直播工作，就这样，老师们也把"寂寞"的"宅居"变成了积聚能量沸腾起来的网上教研，网络平台成了任课老师们的"新型讲台"。他们把备课时间抢在了这个大正月里，他们用自己的行动抗击病毒，用特殊教研方式创造特殊日子里的"空中课堂"，这就是宇小力量，也是宇小凝聚人心的共同源泉。

家长们、孩子们，宇小的"空中课堂"将在2月10日也就是原本我们相约校园的日子全面启动，我们选择了用钉钉平台做网络课程直播。从2月2日我们的网络视频会议安排，到2月5日的全体教师直播平台培训，我们的老师已经全面投入到新技术的学习中，老师们已经开始准备丰富的线上授课资料，大家反复练习试播、努力成为"网红老师""直播达人"。老师们为同学们定制的个性学习课程表，会通过网络与同学们见面，一起读书、讨论、学习、生活……生活无时不含教育的意义，我相信，在这个非常时期的重大挑战面前，作为宇小的教师一定会有为人师者最适切的表达！

非常学习，依仗非常家长。"空中课堂"里有我们老师的努力，孩子们学习效果如何呢？我相信，亲爱的家长们一定会担起"前端教师兼班主任"的责任和义务，优化孩子的作息时间，在常规预防疫情的基础上，按照老师精心设计的个性课表学习起来、运动起来……孩子这段时间学习是否安心、踏实，就看您的陪护；孩子能否更具有自主学习的意识和能力，得益于您的引导与鼓励；孩子能否更敬畏自然、遵循规则，具有同情心与悲悯心，激发责任与担当……这都映照在您的情感教育与身体力行！非常时期，守住对孩子的"责"就是担当，您有一分热，那就发一分光；萤火一般，也是黑暗里的光，也是宇航小学家长们的公民意识与社会责任的体现。非常时期,需家校合力。"前线老师"备课育人,"前端家长"护航育人。我们学校和家庭用非常合力一起给孩子创设一个安全、舒心的学习空间,一起做好线上学习的准备。在这场疫情中,为了我们可爱的孩子,我们必须合力,汇集力量护航成长,因为人生没有孤岛,孩子们亦是。

非常之日,非常之爱。写下这些,借"非常"道一声,彼此珍重。让我们的行动看得见,用奋斗和坚持的力量来回应、挑战现实的问题。站在春天里,做一棵渴望开花的树,致敬春天!

西安市灞桥区宇航小学校长　王　强

2020 年 2 月 7 日

疫情是生活的危机
也是我们立志报国的决心

亲爱的孩子们：

转眼间，我们正常的开学时间如约而至，可是空荡荡的校园里却没有你们的影子，于是春天也没有了欣欣然的样子。

2020年我们的国家遭遇了疫情，我们所有人正在经历一个特殊的假期。新冠肺炎疫情牵动着每个人的心，你们的身心健康牵动着每一位老师的心。每一天固定不变的体温检测、每一天如约而至的学习指导、每一期内容全面的疫情知识宣传……点点滴滴中融入的是老师对你们的关爱。你们被隔离在温暖的家里，也依然住在老师小小的心房里，是疫情中老师牵挂的那些人……

亲爱的同学们，疫情是生活的危机，但也是我们学习的契机。 2月10日，我们的线上学习全面开始了，同学们能够按照要求上课，享受教育部门提供的优质资源，享受各科老师精心的答疑解惑；家长们能在百忙之中抽时间指导你们正确利用网络，能够静下心来陪同你们读书画画……这样的一切让人感到欣慰！学习永远是这个世界上最尊贵的事情。曾国藩资质平庸，但他自幼勤奋好学，最终成为有志有识之人；周恩来总理从小立下"为中华之崛起而读书"的志向；钟南山院士临危受命，用高尚的人格和全面的知识诠释读书的意义！亲爱的孩子们，如果你们能够保持读书的优点，在家坚持学习，相信开学相聚之时，同学们看到的不光是你个头气质的改变，还有你精神面貌的变化；如果你能在家坚持学习，这个特殊的寒假会因你的努力而变得异常饱满。

亲爱的同学们，疫情是生活的危机，也是居家相处的时光。 灾难和意外都是不速之客，但换个角度来看，这次疫情也是给所有人一个机会，和最亲近的

人在一起。多少次因为妈妈下班晚，你把写好的作业放在桌子上等妈妈签字，你独自一人先睡；多少次，你早上睡醒时，却不见了爸爸的身影；多少次因为工作或学习的原因，你总是呼喊：让爸爸、妈妈多陪我一会儿吧……现在，疫情特殊时期，全民"宅"家，同学们可以跟父母朝夕相处。同学们可以利用这段时间静下心来，厚积薄发，看之前没有时间看的书，练习之前没有时间练习的字，画以前没有时间画的画。跟父母在一起，享受之前因为忙碌而忽略的时光，替父母倒杯水、揉揉肩、做家务、聊聊天……

亲爱的同学们，疫情是生活的危机，也是我们立志报国的时候。基辛格曾在《论中国》里说："中国人总是被他们之中最勇敢的人保护得很好。"

在这个危难时刻，每个人都是中国大地上的星星之火。在这场战役中，多少医护人员相背而行，夜以继日战斗在抗疫第一线。在这个没有硝烟的战场，我们看到的是民族的筋骨，感受到的是这个民族的团结！我们每个人的名字叫"中国"，以后要让"中国"这个名称更加响亮。亲爱的孩子们，让我们珍惜这段特殊的时光，在家的这段日子，请强身健体打好基础，读书学习学会担当，孝敬父母学会感恩，丰富自己立志报国。国难当头，我们全民皆勇士。

可怕的阴影终究会消失，崭新的一天将会来临。我们期待阴霾早日散去，师生早日重逢。我们约定在万物复苏的春日里，我在校门口等你，你们的老师在教室等着你……

西安市浐灞生态区灞桥实验小学校长　曹国清

2020年2月11日

学校有点儿空 但我知道你在

亲爱的沣西一小、沣西三小的孩子们：

听音如语，见字如面，你们好！

时间过得真快，转眼间，延期开学一周了……像往常一样，我早早地来到学校，校园里还是空荡荡的，但是，我知道你在，你们都在。学校大门口设置了"防疫检查点"，校外人员一律禁止进入，每一个入校的老师及保洁、保安叔叔阿姨，也都要在这里测量体温、进行登记。正常上学的早上，这里是最热闹的地方，你们定会穿着整齐的校服三三两两地走进来，行礼后，不忘脆生生地问一声："老师，早上好！"现在，这声音仿佛就接二连三地响在耳畔……

一层走廊里散发着淡淡的消毒水味道，防疫期间，重点部位、公共空间的消毒工作是必不可少的。走廊尽头，阅读吧的书整齐地摆放着，教室放假前就打扫干净了。走过每一间，你们琅琅读书、认真听课、积极讨论的样子，你们排队打饭、安静就餐、有秩序洗碗的样子，就会不由自主地浮现在眼前……

一小海绵广场上的孔子像静默着，梧桐小苑里的梧桐树经过修剪，齐齐整整。靠北墙的腊梅开了，无论是在阳光明媚的天气，还是在有些肃杀的阴冷天，都黄亮得耀眼。那一天，值班的王老师还细心地发现了结香——这种我也是第一次才认识的植物，虽含苞，却正在春天的风里努力地孕育。二层操场在阳光下，在群楼的掩映中，敞开着怀抱……

三小离一小走一趟来回是7332步。偶尔走着过去，路上基本没有什么人。远远地就能看见我们绿色的教学楼，在一片寂静中静静地守候……

是的，从来没有如此，校园空荡荡的，但我知道——你在，你们都在。虽然这段时间我们并没有见面，虽然可能我们相隔遥远，但我们的心却从未疏离，也从来没有像今天这般紧密相连。

你在，你一定在。不管你是一年级的小朋友，还是六年级的大哥哥、大姐姐；不管你是6岁还是12岁。你们可能都像我一样，像你们的爸爸、妈妈一样，像你们认识的或不认识的叔叔、阿姨一样。在这段特殊的日子里，在家里、在小区或者在上班的岗位上认认真真地体会和度过这不一样却又如此令人难忘的每一天，并在这段经历中慢慢地学习敬畏、学习参与、学习思考、学习铭记，也最终走向成熟和成长！

学习敬畏。敬畏每一个平常的日子，眼前不争的事实告诫着我们，那些我们曾经以为平常不过的日常，比如每天的上学、运动，比如自由自在地走在大街上，比如在春天里尽情撒欢，甚至比如每天健康地活着……都可能会在不知道的什么时候因为不知道的什么原因突然按下暂停键，并因为这种暂停而成为一种奢侈、一种祈盼、一种求之不得，所以，当我们身在其中的时候，就让我们多一些尊重、感恩与珍惜。

学习参与。因为疫情的原因，居家的时光就这样没有准备的、不知不觉地长了起来。当我们有了大把大把的时间后你有没有努力地安排自己、充实自己，让每天的学习和生活变成自己的主场。比如有规律地起居；积极地参加"停课不停学"实践，跟着老师和同学一起谋划，怎么样让这场学习更有意思、更有收获；或者偷偷地给自己定一个小计划，不管是读一本书、画一幅画、看一部电影（或动画片），还是听一首一直想听的歌、做一项以前没有尝试的运动、学着炒一个拿手的菜……哪怕就是望着窗外静静地发会儿呆。相信我们的日子、我们的心灵也会在这小小的参与中变得充实、安静和有趣。

学习思考。思考会让一个人变得更加智慧和深邃，我们已经做过的、现在正在做的和我们将来要做的事，也会在这不断地思考中做得更好。这段时间，你有没有认认真真地思考过哪怕一个问题，比如病毒是什么，为什么会给我们带来如此的危害？病毒来了的时候，我们该怎样保护自己？比如疫情期间，哪种人、哪些职业发挥着重要的作用？又比如武汉在哪儿，如果你的爸爸、妈妈要去千里驰援，你会不会支持？……当然，如果你还能想一想：我们每天都要做的量体温、上报数据、洗手、居家，这些小事情和疫情最终得到扼制这个大事件之间的关联；追溯这次事件的起因，思考共生万物之间的和谐共处；想到你和我，我们每一个平凡的小人物在社会和国家发展过程中的作用并且最终把它变成我们学习的目标和动力，那就更好不过了……

学习铭记。写作永远是自我心灵的表达，当我们写下每一句、每一段、每一篇文字的时候，不是为了别人，全是为了我们自己。今天，我们身在事中，真实地感受着这段日子的不一样。十天、二十天、一年、两年，许多年以后，当我们抽身事外，你还会以怎样的方式记忆和感知呢？——打败岁月的只有文字。所以，请你拿起笔来记录下哪怕是一个词、一句话，只要它真实地表达了你的此时此刻，写出了你的所悟所感，那就一定是最珍贵的。所以，请拿起笔来！

…… ……

亲爱的同学们，此时此刻，学校空荡荡的，但我知道，你在！我们的老师、同学、爸爸、妈妈也都在……

"捍卫生活的人，终将胜利！"

让我们一起，静静地守候——

待春暖花开，等你归来。

西咸新区沣西一小、沣西三小校长　龚健辉

2020年2月15日

与生命对话 在对生命的敬畏和尊重里温暖前行

亲爱的孩子们:

大家好!

庚子伊始,在我们对新春幸福美好、阖家欢聚的翘首以待中,一场突如其来的新冠肺炎疫情席卷中华大地,以这样特殊的方式开启了我们和生命的对话——

生命,是一场关乎个体的自我救赎。在武汉牵动着全体中国人乃至全世界人的心时,疫情迅速蔓延,我们从遥远的旁观者变成了当事人——少出门、戴口罩、勤洗手、多喝水成了我们的口头禅;疫情发展、疫苗研发、药剂实验成了我们关注的日常。我们前所未有地体验到生命的绝无仅有和不能重来。

所以,亲爱的孩子们,从今天起,请你们爱惜自己的生命,把每一次挫折当成历练,再多风雨,学会微笑向前!

生命,还是一场不计回报的温情守候。2月3日凌晨两点,一位婆婆独自找医生做检查。医生问她为什么没有家人陪着?老婆婆说,自己64岁的儿子确诊新冠肺炎,住进了隔离病房,其他人怕传染,她已经90岁了,无所畏惧。后来,这位婆婆找护士借了纸和笔,给她儿子写了留言:儿子,要挺住,要坚强,战胜病魔,要配合医生治疗,呼吸器不舒服,要忍一忍。

73岁的老阿婆拿着捡垃圾攒下的9 000元钱想要捐给武汉,村干部不收,阿婆急得掩面大哭,因为那是送去救人性命的钱;一位河南南阳村民得知医院酒精匮乏,耗费自家两吨黄酒、一吨白酒提炼出600公斤酒精无偿捐给抗疫一线;派出所门口,民警收到了一包口罩、一包手套加一张纸条,稚嫩的字迹写着：亲爱的警察叔叔，这些口罩送给您，只有一包，请您收下……

大疫无情，人间有爱。在这场疫情中，像这样的父母、儿女、爷爷、奶奶，甚至是素不相识的陌生人比比皆是。他们所付出的每一点、每一滴，他们所给予的每一颦、每一笑，汇聚成这暗夜里闪烁的星辰，为每一个受难者带来生的希望和温暖。

所以，亲爱的孩子们，从今天起，请你们不要吝啬自己的善良，在每一个灾厄和不幸面前伸出自己力所能及的双手，温暖他人，照亮自己！

生命，也必须是一份肩扛使命的责任与担当。84岁的钟南山爷爷眼含泪水几近哽咽地说，武汉能过关，武汉是座英雄的城市，这画面令无数人动容。在发出让大家没有特殊情况不要去武汉的号召后，自己却连夜坐车奔赴武汉抗疫最前线；73岁的李兰娟奶奶带领的科学家团队拿生命与病毒赛跑，让死神止步，让我们不再恐慌；数以万计的"白衣天使"不畏艰难、不惧生死，主动请缨走在抗疫最前线，将个人生死置之度外。

火神山、雷神山医院的建设者，供应医务人员物资的物流小哥，航班、列车里坚守岗位的乘务员，高速路口拿着体温计的警察叔叔，疫情防控点讲解防疫知识的志愿者们，小区门口举着消毒喷壶的保安叔叔，坚持为大家带来整洁环境的保洁阿姨，村庄里拿着广播到处宣传的基层干部，不舍昼夜守护一方平安的党员先锋……是这些舍小家为大家的英雄用他们的血肉之躯，为我们拉起一道道屏障。他们冒着随时都可能被传染的风险，站在疫情防控一线，阻止疫情扩散，是他们的使命担当和坚守，为这场战役的胜利提供了最有力保障，筑起防疫的城墙，保我们安然无恙。

此刻，身体健康的我们，能够在家里安心生活，能够在网络上继续学习，汲取知识的力量，是因为这些英雄的舍命守护，更是因为我们和他们生活在同一个温暖的国度——中国。

亲爱的孩子们，网课在老师们的精心筹备下已经开始，希望大家在完成自己学业的同时，不忘博览群书，也要关心时事。因为，疫情当前，社会就是一本最好的教科书——让我们在这本教科书里铭记行有所止的敬畏，善待生命，自我悦纳；告别事不关己的冷漠，坚定信仰，明公正义；不忘悲天悯人的善良，予人玫瑰，手有余香；负起我为人人的担当，立足当下，奠基未来；常怀饮水思源的感恩，爱国如家，尽己所能；肩负复兴中华的重任，不负韶华，只争朝夕！

生命，是一个沉重的话题。2020年这场疫情将因它的不寻常写入史册，也必将在全国人民的守望相助中退出历史舞台。惟其艰难，方显勇毅；惟其磨砺，始得玉成。春暖花开时节，让我们心怀感恩，在对生命的敬畏和尊重里开启走向幸福的篇章。到那时，祖国山河无恙，人民幸福安康！

期待你们在磨砺中成长！

西安航空基地第一小学副校长　孔秋菊
2020年2月10日

战疫情　强信心

亲爱的孩子们：

大雪压青松，青松挺且直。新冠肺炎疫情让我们的春节和寒假变得非比寻常，我们被困在家的港湾，但是中华大地上没有孤岛，我们以心相连架起彼此之间沟通的桥梁，同时间赛跑，与新冠肺炎疫情较量。

2020年2月10日是"停课不停学"的第一天，为了这一天，你们知道学校和老师付出了多少努力吗？

首先，我们要了解全校2 076名学生和114名教师的情况。大家在家吗？有没有在外地滞留呢？还都好吗？这项统计工作复杂而烦琐，但是我们的老师表现出了极强的责任感和执行力，我们的家长做到了积极主动配合与理解，准确的数据是我们做好"停课不停学"工作的前提，在此我向全体金漠小学师生和家长们表示诚挚的感谢。

其次，为保证"停课不停学"工作的顺利进行，我们的老师提前进入网络备课状态，准备电子教材、制作课件、录制教学视频，下载相关播放平台，大量的工作要在短期完成，而且绝大多数老师是没有相关直播经验的。但是大家依然能够克服困难，做足准备，只为给你们上好每一堂课。这件工作的难度和体量是巨大的，我在此感谢老师们的付出。

所以，孩子们，我想在这里给大家提几点希望：

一是希望大家以平常心对待网络课堂，在老师的指导下上好课。课程安排已经发给大家了，家长也已经告诉你该怎么做了，你们要在老师和家长的指导下，完成每一天的学习任务，有什么问题一定要和老师及时沟通，老师会给同学们随时进行网络指导。学习过程中，网络有可能会出现某些异常情况，也请大家理解，困难是暂时的，相关人员和机构正在为此夜以继日的努力着，一切都会好起来的。

二是希望同学们做"新时代德智体美劳全面发展的小学生"。特殊时期，体育锻炼必不可少，只有强健的体魄才能更好地对抗疫情，任何时候都别忘了锻炼身体。在家里锻炼身体有很多方法，学校体育组的田小化、贾淑娟等老师制作了在家健身的短视频，你们可以跟着老师在家锻炼。

三是希望同学们养成良好的生活作息习惯。也许你都记不起来今天星期几了，特殊的假期让你的生活混乱了吗？千万要记得，现在是考验你是否自律的关键时刻，一个自律的人是强大的。请你制订好自己的作息时间表，按时起床，按时学习，按时锻炼，按时完成老师安排的学习任务，帮助家长做家务、发展自己的兴趣特长等。如果你能够坚持做下来，你就是一个有良好习惯的好孩子。

四是希望同学们了解社会热点，把"新冠肺炎"作为一门课程来了解它。媒体的报道已经很多，学校王蕾老师制作的《金谟小学预防新冠肺炎疫情在行动——学生心理疏导》视频，是我们的开学第一课，你和家人一定要看。这段时间，将是我们人生最难忘的特殊时期，会经历很多，思考很多，也能学会很多，你们要正确认识疫情，认识传染病防治、野生动物保护等相关知识，做到我懂我不慌，我是抗疫小达人，相信科学不传谣，比比谁的收获多。我希望你们能通过写作文、画画、手抄报、书法、讲故事、短视频等形式把它表现出来。

五是希望同学们坚定信心，开学到校为期不远。强大的中国人民一定会战胜新冠肺炎疫情。待到那时，山花烂漫，你在丛中笑，老师和同学们会在美丽的校园里相遇，你能想象那是多么激动人心的时刻呀！请你为新学期做好准备吧，胜利属于我们！加油孩子们，加油中国！

最后，期望我们团结奋进、共克时艰，期待我们早日返校，祝福祖国繁荣安康！

铜川市金谟小学校长　张贵伟
2020 年 2 月 10 日

于困难中磨炼自己　看到希望

青小的孩子们：

2020年的春节和寒假注定会成为你们今生一段难忘的阅历。弱小的你们一定听到了、看到了、亲历了这场悲壮的抗击疫情的战斗，也一定了解了、见证了、感受了一个伟大民族的不屈不挠和可歌可泣。

这场突如其来的疫情打破了你们和家人的平静生活，阻绊了节日和假期的自由与快乐，但就健康、平安和长久的幸福而言，这短暂的禁足于家中又能算得了什么呢？

疫情来临时，我们的党和政府以对人民高度的责任感和使命感，以雷霆之势号召、带领全国人民展开了一场震撼全球的斗争，各行各业、各条战线上无数人冒着被感染甚至生命的危险奋战在抗疫的角角落落。面对每天令人心惊胆寒不断增加的确诊人数和死亡人数，党和国家领导人、各级政府工作人员、医生、警察、村委会和社区人员毅然工作在抗疫第一线，这些人里也许还有你们的亲人。正是他们以责任和担当、以无畏和奉献给你们撑起了一座坚实的、温暖的屏障，把危险和病毒彻底与你们隔离。环卫工人、超市服务员、快递小哥、小区门卫，这些平凡普通的老百姓用他们每天的辛劳，保证了千家万户也包括你们和家人的正常生活。对此，你们是否觉得爱的守护一直与你们相伴同行？

我和你们的老师一样，从疫情发生开始，就一刻没有放下对大家的担心和牵挂。你们的生活情况、健康情况如何？你们对病毒、对疫情的了解如何？你们是否知道如何自我保护、如何远离病毒？天真活泼的你们忽然长时间被固定在一张户型图中，你们恐慌吗？紧张吗？烦躁吗？……这一切的担心与关切都化作了QQ、微信、电话传递给了你们——亲爱的孩子们。你们是否觉得，学校、老师一直和你们在一起？原定开学的日子即将到来，学校和老师们早已开始忙碌，为你们搭建了网络学习平台，为你们准备了比在学校更丰富、更生动的学习内容，这几天的设备调试互动中，在手机上、电脑屏幕上看到老师的那一刻，你们是否觉得幸福一直就在身边？

孩子们，疫情并不可怕。恩格斯说过："一个聪明的民族，从灾难和错误中学习的东西会比平时多得多。"你们看，从国家和各级政府迅速形成的抗疫机制，从各行各业、各地区不断涌现的抗疫新方法、新举措，从人们一开始的满不在乎到现在的听从号令、服从指挥，从医疗研究院所不断完善的药物成果到普通百姓创新的抗疫成功案例，无一不反映我们伟大中华民族的聪明智慧。疫情给我们带来痛苦，也让我们变得更加坚强、勇敢，你们是否也一样，在不能外出的这些日子里，学会了很多：生活技能、照顾家人、防疫知识与方法、培养兴趣爱好、提高个人特长……

孩子们，一个十四亿人口的群体面对如此一场战"疫"，我们举国上下的团结一心、井然有序令世界惊叹！这是除了中国以外的任何一个国家和民族都做不到的！因此，你们一定要有信心，坚信在党和国家以及全国人民的共同努力下，我们一定也必然能战胜这场灾难！这个时刻很快就会到来！

所以，孩子们，你们一定要心存感念：感激身边的每一个人，感激你们生活在这样一个团结、伟大的国家。你们要爱党、爱国、爱人民，这是你们成长道路上的必修课，这是你们走向成功、走向幸福的基石，这也是我们中华民族和伟大祖国走向更加繁荣富强的最大动能。

"乐观者会于一个灾难中看到一个希望。"所以孩子们，于困难中磨炼自己，看到希望。牢记"中国之未来，全在我少年"。我和老师们期待你们经历风雨能长大、能懂事、能守纪、有启发、有收获、有进步，也期待和你们早日相聚在美丽的校园，一如既往生动活泼地学习、玩耍。

让我们共同致敬奋战在抗疫一线的所有英雄，共同祈福十四亿同胞平安健康，共同祝愿伟大祖国更加昌盛辉煌！

铜川市青年路小学校长　党斌宏
2020年2月8日

携手抗疫　共克时艰

亲爱的同学们：

新春伊始，新冠肺炎疫情侵袭着人间，这场没有硝烟的战争牵动着每个人的心。在这场防控战役中，我们每个人都无法也不应置身事外，我们应齐心协力、扛起责任，共同打赢这场战"疫"，此时作为小学生的你们应该如何度过"宅"家的这段时光呢？

一要以静制动，静待花开。"动"的假期，莫若"静"的岁月，"动"的冲动，莫若"静"的责任。大家越是大规模流动，越是大范围聚集，越容易增加疾病传染的概率。"宅"在家里，既为人也为己，此刻，每个人的"静心""静态"都是疫情防控的需要。因此，我们每个人都有义务以"静"去致敬那些"逆行"的英雄，等待战"疫"的结束。

二要勿信谣言，科学战"疫"。面对肆虐的病毒、漫天的谣言，你也许紧张、恐慌、烦躁……这时你们一定要冷静理智地去分析，莫轻信、莫谣传。同时，你们要认真学习防控知识，采取科学有效的防护措施，做到"常通风、戴口罩、勤洗手、拒野味、不串门、不聚会"，此外提醒家人和朋友做好预防。有目共睹的是，随着国家的严格防治和科学研究，治愈者的数量也在不断增加，这无疑给了我们极大的信心，因此，无论如何我们都要相信国家，坚定信心，相信我们一定可以打赢这场防疫阻击战。

三要莫负春光，合理学习。因受疫情的影响，同学们未能如期入学。针对国家"停学不停课"的要求，学校结合实际，制订相关工作方案，筹备各种教育资源、制定在线教学计划、课程表，创新工作思路。老师们也进行了专业的培训及反复的试课，精心准备每天的课程。希望同学们能科学合理地利用时间，高效完成好在线课堂的学习，加强身体锻炼，并在老师的引导下进行自主学习、主动劳动、自主探究，养成良好的学习、生活习惯，充分利用假期实现有价值、有意义的成长。

四要心手相牵，众志成城。"国家兴亡，匹夫有责。"我们现在可以在家里安心学习，是因为有那些奋战在疫情一线的医务人员、志愿者替我们负重前行。所以学习之余，我们应该用我们自己的方式为国家加油。在此，我倡议同学们争做战"疫"小能手，通过安全的方式参与这场不见硝烟的战争。大家可以创作战"疫"童谣、撰写抗"疫"小故事、以防疫抗疫为主题创作绘画、手抄报等方式，向战斗在一线的防疫人员致敬！

亲爱的同学们，请相信，疫情结束、春暖花开之日，定会如期而至，那时学校所有的老师都会等着你们用全新的姿态返回我们美丽的校园！最后，让我们一起为武汉加油，为中国加油！

铜川市庙湾镇柳林小学校长　杜佩杰

2020 年 2 月 13 日

全民战"疫" 红领巾的责任

亲爱的少先队员们:

庚子新春,大家还来不及享受春节的喜悦,一场突如其来的疫情便猝然降临在了华夏大地。面对致命的威胁,党和政府正带领全国人民团结一心、全力阻击新型冠状病毒的疯狂进攻。记得2008年汶川地震时,温家宝爷爷曾在一块黑板上写下了"多难兴邦"的寄语。的确,每一次危难都是中华民族成长重生的时刻;每一次危难也是新一代学习承担责任的时刻。少先队员们,在这个危难时刻,你们是否明白自己的责任?

首先,你们有自护自律、抗击疫情的责任:危难时刻,有钟南山爷爷、李兰娟奶奶这样值得托付信任的科学家、医学家,有李文亮、张继先、张定宇等无数"白衣天使",有无数的叔叔、阿姨用他们的生命在守护着我们的平安,让我们远离病毒的威胁。你们的首要责任就是不要让他们的心血白费,听从指挥,做好隔离,讲究卫生,保护好自己的健康,不让家人担忧,不给社会添麻烦。

其次,你们有立志自强、坚持学习的责任:疫情肆虐,所有人都期待科学家、医生们能早日研究出特效药物,战胜病魔,拯救患者的生命,希望有拯救世界的英雄出现,但是,遗憾的是现在的科学技术还没有这样高效,我们只能期待这样的技术早日来临。而未来,当危机再来时,你们中必然有人有这样的能力,成为拯救他人的英雄。承担责任要有相应的能力,克服困难,坚持学习,无论是在课堂还是通过网络,早日让自己拥有让世界更美好的能力,这也是你们义不容辞的责任。

最后,你们还有致敬加油、反思改变的责任:在这场历史性的防疫阻击战

中,无数普通人显示出了人性最光辉的一面,他们直面危险、承担责任、牺牲自己、保护他人,他们不只是让我们感动,更值得我们致敬、学习、铭记,让我们一起用行动为他们加油鼓劲。但是在灾难面前,也有不少让人痛心、愤怒的行为:滥杀滥食野生动物、自私自利破坏防疫秩序、造谣传谣蛊惑人心……病毒不单会侵入人的身体,也寄生在人心的阴暗之处,痛定思痛,远离阴暗,让人性的光明引领成长,保持阳光健康的心态,让未来更美好,相信你们会比我们做得更好。

少先队员们,这场灾难让所有人警醒:和谐、平安、幸福的生活来之不易,珍惜和家人团圆的时光,珍惜宝贵的生命、健康的身体,当再次畅游在柳绿桃红中时,当再次和朋友、老师欢聚时,愿我们都能不负韶华,勇敢快乐地承担起责任,让世界更美好,让未来更美好!

铜川市新区裕丰园小学校长　付春平

2020 年 2 月 10 日

榜样的力量

亲爱的同学们:

你们好!

"草长莺飞二月天,拂堤杨柳醉春烟。"一年中最富有生机的春天已然向我们走来,往年的这个时候,我定会在我们美丽的校园里再次见到欢度春节后的你们。我会听到你们晨读时琅琅的读书声;我会看到你们在教室里专注学习的身影;我会看到老师的办公桌上你们认真整洁的作业,还有楼道里那一声声甜甜的"校长好!"操场上那一张张汗津津的小脸……这些看似普通的日常行为现在却成了我的奢望!亲爱的孩子们,我想念你们!

从放假那天到现在我们已经有 31 天没有见面了,你们和我一样从来没有经历过这么漫长的寒假。我们都知道,这个寒假,一场突如其来的新冠肺炎疫情让我们失去了快乐的中国年,失去了走亲访友的机会,失去了和小伙伴去照金或玉华宫滑雪的快乐,失去了以前我们所认为平常再平常不过的很多事情。但我亲爱的孩子们,我曾无数次为你们在心里点赞!你们听从老师和家长的教导,努力做好自身健康防护,不出门、勤洗手、戴口罩;你们关心武汉疫情,一个个视频短片、一张张手抄报、书法、书签和照片记录了祝福武汉、祝福祖国的心路历程;你们向善、向美而生,还用一枚枚饱含温度的中国字致敬最美"逆行者",写满了崇尚善良、信仰和担当!全民抗疫情胜似教科书,感叹你们仿佛一瞬间长大!成长有时候与年龄无关,责任和使命才标注一个人真正的成长!

我亲爱的孩子们,我想问问:你们为什么而读书?你们从书本上一定读到过周总理"为中华之崛起而读书"吧?在那个年代,为祖国崛起是少年的使

命。从中国共产党的成立到改革开放走过的峥嵘岁月，共产党带领我们从浙江嘉兴南湖的小船走到今天的广厦千万间，中国已经从站起来、富起来发展到了如今的强起来！时代发生了变迁，但永不褪色的仍然是鲜红的国旗、党旗和你们胸前飘扬的红领巾！你们当为实现中国梦和中华民族的伟大复兴而努力读书！

从小学先锋，长大做先锋。今天，请你们向钟南山院士、李兰娟院士学习，学习他们胸怀天下苍生、与死神赛跑、于危难中给予国人希望的医者仁心；学习他们不慕名利、"苟利国家生死以，岂因祸福避趋之"的担当；学习他们一生刻苦钻研学术、永无止境的虚怀若谷，正因为这样，他们才有底气奔赴战场救万民于水火……

今天，请你们向所有奔赴疫情防控第一线的医务工作者学习，临危受命，请战出征，在祖国最需要的地方，她们用爱与专业诠释着什么是"白衣天使"！

今天，请你们向所有警察、社区工作者学习，正是他们的严防严控、敬业细致才保障了我们更多人远离疫魔，守护我们的家园早日安康！

孩子们，现在你们还没有能力去前线战斗，没有能力去护他人周全，那就请从现在开始立下志向，胸怀民族大爱；勤奋学习，练就立身之本。做一株向阳花，迎着太阳积极健康成长。当有一日，祖国需要你时，你的才华配得上你的愿望，你的专业一流撑得起你满心的向往。终有一日，厚积薄发，成为共和国的脊梁！

孩子们，加油！

铜川市印台区方泉小学校长　肖军朝
2020 年 2 月 11 日

凝心聚力　共筑生命防护墙

亲爱的同学们：

伴随着时间的脚步，我们翘首企盼的庚子鼠年如约而至，2020年终于来到我们身边。但风云突变，一种新型冠状病毒袭击了武汉，伴随着春运的洪流向全国蔓延。

"不吵，不堵车，晚上七点像凌晨三点。"武汉，像被按下了暂停键，热闹被病毒藏起来了。在党中央的坚强领导下，全国上下紧急行动，我们所在的省市都相继启动突发公共卫生事件Ⅰ级应急响应，各级党委、政府立即召开专题会议，部署新冠肺炎疫情防控工作……

亲爱的同学们，这是一个没有商场、没有电影院的春节，全国人民自觉居家隔离。在危机时刻，我们能感受到全国上下凝心聚力共同抗击病毒。这样一个特殊的春节，却在我们每个人心中留下了不可磨灭的印记！

那些默默无闻、无私奉献、逆行前进的医护人员舍弃了阖家团圆，冒着生命危险坚守在自己的岗位上，一份份按了手印签了字的请战书，一张张被口罩压花了的脸庞，一双双被消毒液浸泡的双手，一个个疲惫地躺在地上休息的身影，让人心疼！

那些冒着严寒、巍然屹立在风雪中的守护者默默地守护着我们的健康、安全，为我们筑牢生命防护墙。一声声殷殷嘱托，一句句亲切问候，一次次暖心的询问，让人感动！

亲爱的同学们，"病毒无情，人间有爱！"我们生活在一个充满爱的国度，此时此刻，疫情仍在蔓延，牵动着亿万人民的心，面对严峻的防控形势，我们依然要加强自我管理，对自己的健康负责，对家人负责，待在家里，尽量不要外出，如有外出，戴好口罩，不要和陌生人接触，回家第一时间消毒、洗手，做好防护，在这场没有硝烟的战争中做一个自知、自觉、科学防护的小战士！

疫情阻挡不了春的脚步，新学期悄然来临。为了确保每一位师生的安全，我们不得不推迟春季开学时间。"停课不停学"，我们积极开展线上教学活动，"钉钉"成为我们和老师互动交流的平台，亲爱的同学们，在这特殊的学期，老师们在家办公，兢兢业业，倾其所能为学生们准备了精彩课堂，而家庭成了学习的主要场所。虽然没有教室，没有跟老师面对面交流，但我们依然要严格要求自己，严格自律、刻苦学习！

"武汉加油，中国加油！"我们再次一起默默祈祷，祝愿我们的祖国早日打赢这场疫情阻击战，还我们岁月静好！

身为红军小战士的你们，经历过这次疫情后，要敬畏生命、立志成才，牢记习爷爷殷殷嘱托，不辜负默默守护我们的"逆行者"，怀着一颗感恩的心，珍惜时光，努力学习，将来做对国家、对社会、对人民有用的人，挑起建设祖国的大任！

铜川市照金红军小学校长　陈　鹏

2020 年 2 月 11 日

愿归来时你已成长

亲爱的同学们：

大家好！

一场突如其来的疫情停下了同学们返校的脚步！你们一定感受到了——这是一个非同寻常的春节，也是一次不同以往的寒假！我与你们一样——从未这样过过节，也从未这样度过假。我们都是第一次……悄悄参加了一场没有硝烟的战争！

来势汹汹的疫情给了我们太多的感受！

残酷的疫情让我们遗憾而痛心。在本该团圆的春节里，我们没有走亲访友，没有看望我们想见的亲人、朋友；我们放弃了假日旅行，没有去我们想去的地方；电影院、书店关门，游乐场所、餐厅停业；往日喧嚣的街道冷冷清清，川流不息的马路上车辆极少；形色各异的口罩遮住了人们春节喜庆的笑颜。下楼散步、和知心朋友相聚、和小伙伴游戏成了一件可望不可即的事！最牵动我们心的是每日疫情通报，冰冷的数字后面，数万人正在经历病痛折磨……残酷的疫情，让我们遗憾而痛心！

"逆行"的身影给我们太多的感动。"宅"在家里，打开电视、浏览手机，最美"逆行者"的身影让我们感动不已！除夕夜，本该与家人团聚的时刻，一批又一批医务工作者选择"逆行"，奔赴疫区，为我们筑起钢铁长城。我们在过年，他们却在帮我们过关。"试问大海碧波，何谓以身许国？青丝化作白发，依旧铁马冰河！"84岁的钟南山爷爷再次临危受命，奔赴抗疫前线——武汉，把自己暴露在最危险的地方；92岁敖忠芳奶奶坚持在一线接诊，她说："我来出诊……作为医学战士，死在战场上是死得其所，我自己愿意来，我承担这一切。"正是这些"民族脊梁"不畏艰险、负重前行，才有了我们的岁月静好。他们的大爱情怀、无所畏惧的奉献精神，给我们太多的感动！

战"疫"情，中国制度增强我们自信。我们惊叹举世瞩目的中国速度。一夜之间，十多亿人停下了走亲访友的脚步；一夜之间，一批又一批急需物资运往武汉；一夜之间，一批又一批英雄群体奔向疫区；一夜之间，"一方有难、八方支援"的互助赞歌响彻神州大地。在网络直播的全球"云监工"之下，逾万名建设者日夜鏖战，与蔓延的疫情竞速，点亮生命的希望。短短的十几天，火神山医院、雷神山医院建成。疫情让全世界看到了中国共产党的坚强领导及以民为本的执政理念；看到了中国政府现代化的治理能力；看到了中华民族的凝聚力与爱国热情；看到了中国强大的综合国力；看到了十四亿中国人的令行禁止。中国特色社会主义制度集中力量办大事的优越性再次赢得国际社会的广泛赞誉，增强了我们国人的自信！

殷忧启圣，担当的人生最有价值。抗击疫情的战役牵动着全体中国人的心，可歌可泣的大爱故事诠释着伟大的民族精神。无论是年逾七旬仍然奋战在一线的李兰娟院士，还是身患渐冻症却在跟病魔抢夺时间的张定宇院长；无论是"清洁了我们心灵"的环卫工人袁兆文，还是"剪掉一头青丝，只为丝丝入微抢救患者"的小护士肖思孟；还有我们许多同学的家长，他们或许是医务工作者、或许是急需物资的生产者、或许是社区工作人员……面对疫情，他们不论名利、无惧生死、逆流而行，用他们的正直、善良、勇敢、担当诠释着我们伟大的民族精神，告诉我们担当的人生最有价值！

抗击疫情，少年当自强！"17年前的非典，你们守护我们！今天，让我们来守护你们！"听着90后年轻医务工作者在疫情面前的铿锵誓言，让人暖心而欣慰！

同学们，你们是祖国的未来！在这疫情暴发的特殊时期，你们的健康、你们的成长是老师关注的焦点，也牵动着各级政府和领导的心。"停课不停学，在抗疫中担责，在疫情中成长"这是我对你们的希望。希望疫情让你们能够变得懂事，切实做到"听党话、跟党走，不出门、勤洗手、勤锻炼、保健康"，让祖国少一份后顾之忧；希望你们"关注疫情、为武汉加油、为中国加油"，让抗疫一线的人们多一份欣慰与温暖；希望你们不忘"至善至美 惟志惟勤"的校训，按照学校安排"科学作息、勤奋学习、多干家务、实践创新"，不负童年美好时光！

终有一天，民族复兴大任的接力棒会传递到你们手中。到那时，我相信你们也会有铿锵的誓言，你们也会自信而勇敢地前行，让祖国骄傲！让人民放心！

愿归来时，你已成长！

宝鸡市渭滨区金陵小学校长　白　浩

2020年2月10日

上好战"疫"课堂 书写尚美人生

亲爱的尚美学子：

你们好！

2020年的春节终生难忘，2020年的寒假格外漫长。新冠肺炎疫情的突然来袭，让我们每一个人猝不及防！面对疫情的肆虐，中华儿女同舟共济、共克时艰——习近平总书记作出重要指示，全国各地迅速启动应急机制，无数"白衣天使"逆行武汉，人民子弟兵坚守抗疫一线，各行各业志愿者默默奉献。这场没有硝烟的战争在给中国带来巨大苦难的同时，也给我们带来无数的感动，这是我们成长历程中最生动的课堂、最真实的教材！

透过这本教材、在这堂人生大课上，我们应该学会什么呢？

一是家国情怀是每个中国人最坚实的依靠。疫情来袭，一群被称为"中国脊梁"的英雄挺身而出：告知国人"不要去武汉"，自己却逆向前行的钟南山；为疫情防控每天只睡3小时的李兰娟；身患绝症却努力为患者点燃希望的张定宇……他们之所以成为"中国脊梁"是因为他们充满对国家和人民的深情大爱，他们用行动恪尽兴国之责和救民之志，这是最伟大的家国情怀，这种情怀将极大地鼓舞士气、凝聚力量、振奋精神，也将带领中国人民战胜困难、迎来胜利！

作为祖国的未来和希望，希望你们从小铭记家国情怀。长大后的你无论从事何种职业，请务必以自己是一名中国人而骄傲，以能为祖国尽力而自豪。一个人的能力可能有大有小，但是只要心中有对祖国的大爱和对人民的大义，就一定可以温暖别人、温暖社会，从而点亮中国的明天！

二是奉献精神成为抗击病毒的制胜法宝。在抗击疫情的最前线，无数医务工作者无惧病毒和时间赛跑，湿透的衣服、剃光的头发、红肿的勒痕，是医生对患者的奉献；在抗击疫情的最前线，火神山、雷神山两座医院在短短数日拔地而起，流汗的脸颊、沾满灰尘的双手、布满血丝的眼睛是建筑工人对城市的奉献；在抗击疫情的最前线，解放军战士星夜驰援、一往无前，坚毅的眼神、坚定的话语、坚决的服从是军人对国家的奉献……哪有什么岁月静好，只是有人在负重前行！无数奉献者为国家不求回报、为人民全心付出，用铿锵有力的行动为我们编织起隔离病毒的铜墙铁壁和战胜疫情的坚定信心。

对于我们小学生来说，奉献还不需要我们冲锋陷阵，但崇尚奉献的种子希望能从此播种在每个人的心灵深处——班主任老师每天统计同学们的健康信息，不厌其烦；我校二年级十班张煜千同学用压岁钱为学校购买84消毒液，不计回报；四年级的同学们通过网络用歌声为武汉加油，不约而同……这就是我们身边的奉献，奉献可以是一声爱的呼唤，也可以是一个爱的拥抱！

三是心存敬畏会让我们的人生更加精彩。 新冠肺炎疫情的迅速蔓延为人类敲响了警钟，也让我们学会敬畏——敬畏自然、敬畏规则。敬畏是发自内心的尊敬，是对事的严肃认真、对人的真诚友善、对物的慈悲心怀。一个心存敬畏的人一定拥有一颗真的心、一双善的眼，即便是身边最平凡的花草和蝼蚁，也可以与之"交朋友"，因为这是大自然的馈赠；即使是生活里最普通的规定和公约，也会一丝不苟严格执行，因为这是社会保护大众的底线。

孩子们，心存敬畏，行有所止。与大自然和谐相处吧，大自然将给我们最慈爱的怀抱；认真遵守社会规则吧，社会将给我们最温暖的保护。面对当前疫情防控，每个人都有责任，每个人都是战士，每个人也应心存敬畏，按照要求居家不外出、不给祖国添乱，认真填报健康信息，为早日开学做好准备。愿我们的敬畏心能够为战"疫"胜利贡献力量，为精彩人生保驾护航！

四是自主管理为成长之路助力加油。 延长的寒假让我们或无所适从或碌碌无为。在没有老师指导和家长陪伴的日子里，自主管理是帮助我们成长的秘诀良方。让我们按照《经小尚美学生假期生活自主管理单》的要求，按时作息、合理锻炼、珍惜时间、主动学习，学一项生活技能，练一门艺术特长，不因假期延长而放纵自己。同时，希望同学们在这个特殊的假期里以"战疫情"为教材做一些有意义的事情：为武汉小朋友送上温暖的问候，向英雄表达最崇高的敬意。深度思考、积极探索，关注疫情背后的问题，关心国家付出的努力，关爱感染病人的救治情况，为人生增加厚度，为成长增长高度。

亲爱的尚美学子们，没有一个冬天不可逾越，没有一个春天不会来临。此时的你正在做什么？回忆往昔校园里的欢声笑语、畅想新学期里的师生见面，还是探索最新疫情的防控进展……无论你在做什么，请坚信：穿过阴霾，春暖也会花开，守护希望，雨后将是彩虹！让我们齐心协力、共渡难关，待到春暖花开时，一起相逢美丽的校园，朝着尚美人生继续快乐前行！

宝鸡市渭滨区经二路小学校长　冯月林
2020年2月15日

写给全体同学的一封信

亲爱的同学们：

大家好！

2020年寒假注定令人终生难忘，疫情突如其来，挡住了太多亲朋欢聚的脚步，也冲散了往昔春节的欢闹。由于疫情，同学们按要求居家防疫，也由于疫情形势依然严峻，我们不能在多彩的校园如期相见，这使我尤为牵念还在家中的你们。在疫情这个非常时期，我看到了很多、思考过很多，也有很多感受想和同学们分享。

面对疫情，望同学们坚定信心，相信我们伟大的祖国终将在这场没有硝烟的战"疫"中取得胜利。

大年初一，当我们还未完全被疫情的消息惊醒时，一则关于党中央成立疫情防控领导小组，习近平总书记亲自指挥、亲自部署的新闻成为头条。也给我们发出了新年疫情防控最广泛的动员令，全国上下迅速行动，同舟共济，科学防控。全国人民拧成一股绳，打响了一场疫情防控的人民战争。

虽然关乎疫情的数字让我们触动，但"逆行者"却给了我们信心和希望。当年抗击非典的英雄——84岁的钟南山院士，在别人新年回家之时，他却再次披上白色战袍逆行冲向武汉前线；除夕夜，本该是家人团聚的时刻，却有一群人毅然踏上了支援武汉的逆行之路；还有那些依然在防疫一线的"白衣战士"，他们奋战在这场战"疫"的最前线，用生命构筑了一道道防线。同时，在这次疫情暴发后，我们有些学生的家长也踏上了驰援武汉的征程。因为有了他们，让我们看到了胜利的希望，也更加坚定了我们的信心。我们坚信，在党中央、国务院以及各级政府的部署下，在一线医务人员和科研工作者的努力下，在全国人民的积极配合下，我们一定能够在这场抗击新冠肺炎疫情的人民战争中取得胜利。

面对疫情，同学们首先应该学会科学防疫，因为防疫要靠每一个人的努力。

同学们一定要通过官方渠道了解病毒预防的相关知识，做好科学防护。第一，请同学们在居家防疫这段时间要注意生活规律，保持良好卫生，保证充足睡眠，按时参加学校统一规定的锻炼，保持开朗心情，提高自身免疫力。第二，请同学们不要外出，为前线医务人员守好大后方。第三，请同学们随时关注自己和家人的健康状况，若出现发热、乏力、干咳等症状时，要保持良好心态，第一时间佩戴好口罩到就近定点医院发热门诊就诊，不要贻误病情，延误最佳治疗时期。

面对疫情，望同学们根据学校的作息时间表和课表合理规划学习和休息时间，不负韶华。

我校《停课不停教不停学方案》已通过学校公众号、班级群发送到你们爸爸和妈妈的手机上，希望同学们认真阅读。同学们，这段时间老师不能面对面地督促你们学习，这也正是锻炼你们自觉性和意志力最好的时机，你们要制订好计划，按时作息、按时学习、按时锻炼。把这些坚持做下来，我期待你们回归校园时，能给我惊喜。

同学们，久居在家，难免无聊。几点建议，希望你们注意：第一，希望大家利用这段时间多读书，充实自己。为了让大家养成读书的好习惯，我们在每天的学习安排中专门设定了自主阅读时间，望大家用读书丰富自己的居家防疫生活。第二，坚持练习书法，保持良好习惯。《荀子》云："不积跬步，无以至千里；不积小流，无以成江海。"在这个特殊时期，你们一定不要忘记坚持练字的好习惯，认真对照学校硬笔书法微课，练好每一个字，认真体会一笔一画的精髓。第三，学校也在微信公众号中给同学们推荐了13部优秀电影，这些电影能够启蒙你们的审美艺术，还可以帮助你们构建世界观。

面对疫情，我们看到很多，促使我们也思考了很多，望同学们用多种方式记录和表达感悟。

这个特殊的假期，我们真真切切地感到了全国人民一条心、齐心协力抵抗疫情。看到了火神山医院、雷神山医院快速建成，看到那些冲在防控一线的"白衣战士"用生命诠释医者仁心的伟大，我们老师也把这些感人瞬间化为了一节节课程。希望同学们用写作和书法等形式记录和表达你内心深处的感悟，用画画、手抄报的形式为武汉、为全国加油。我想，这些习作、书法和绘画也必将成为镌刻在你们童年生命中最难忘的记忆。

面对疫情，同学们要立足自身实际，在此次疫情的考验中，学会做人的刚毅和担当。

同学们一定清楚地记得开学典礼上启蒙开笔吧！那个我们曾经共同书写的"人"字，它昂然挺立于天地之间，那一撇是自强不息的刚毅，那一捺是厚德载物的担当。特殊时期，同学们没有机会冲在"疫"战前线，但我们也时刻不要放弃长大成"人"的机会。同学们，你们可以多在网上学习病毒传播的相关知识，做一个有担当的疫情防控小小宣传员，和你的家庭成员正确防疫、科学防疫。此时，你可能没有父母的陪伴，也没有老师的照看，在此刻，我希望你变得更加独立、刚毅，也希望同学们安排好学习和生活，根据自己实际，尽最大努力帮助父母做力所能及的家务。

面对疫情，我们还应学会尊重自然、尊重生命，学会与野生动物和谐共享蓝色星球。

根据有关报道，新冠病毒来自野生动物。在科学课中你们学习过食物链，也学习过生态平衡，知道了保护生态多样性的重要性。我想我们人类保护动物不仅仅是源自人类悲天悯人的情怀，更是出于对我们人类的保护。同学们，在经历了这场疫情后，我们要明白我们要做什么，绝不能做什么，共同努力，保护好我们的地球家园。

此时，我们开学虽然还在延迟中，疫情依然还很严峻，但我们深信，中华民族在五千多年历史长河中经历了无数的惊涛骇浪，我们不怕风雨，也不惧疫情，艰难困苦只会磨炼我们民族的毅力，促进我们更加强大。

最后，我希望疫情过后一切安好，我们再聚彩小校园，同赏枫藤新芽，共放七彩光芒！

咸阳彩虹小学执行校长　常鸿鸣

2020年2月12日

面对新冠肺炎疫情 你们怎么做

亲爱的同学们：

老师想你们了！

2020年的寒假注定和往年不同。在这个本应开学的美好时节，一场突如其来的新冠肺炎疫情阻断了你们在教室学习知识的岁月静好，只能居家不出门。我走进校园，空荡荡的操场少了你们的奔跑追逐；教室里少了你们的琅琅书声，走廊里少了你们活泼可爱的身影……没有你们的校园太过寂静了，一切仿佛被按下了暂停键。

疫情就是命令，防控就是责任。一场疫情防控阻击战已经打响。全国人民正坚定信心、同舟共济，同时间赛跑，与病魔较量。连日来，举国上下众志成城为抗击新冠肺炎疫情而奋斗。

孩子们，疫情不可怕，科学防护很重要。你们要正确认识新冠肺炎，做好居家隔离和防护，要做到不外出，坚决不到人群密集场所；尽量避免乘坐密闭人多的交通工具；养成良好的个人卫生习惯，做到科学洗手、勤洗手；出门注意防护，戴好口罩，回家做好消毒工作；避免接触野生禽畜；合理安排作息时间，加强体育锻炼，增强身体素质。我们相信，不久新冠肺炎疫情必将被我们打败，实验小学美丽的校园等待着你们的归来。

孩子们，抗击疫情的叔叔、阿姨最可敬。在这场没有硝烟的战斗中，在你们居家隔离抗击疫情的日子里，有这样一群人冲在最前方，与病毒"抢"时间，与死神"抢"生命，他们中有医生、护士、军人、工人……84岁高龄的钟南山院士，一面告诫大家不要去武汉，一面不顾个人安危乘坐动车奔赴武汉。"国家的大事，自己义不容辞。"73岁的中国工程院院士李兰娟与钟南山院士一样前往防疫一线连续查看现场，为科学抗击疫情做出积极贡献。与疫情赛跑，武汉火神山医院、雷神山医院24小时昼夜不停作业，现场工作人员表示"不计报酬、不计成本，按时交工"。阳光帅气的90后宋英杰是湖南一个乡镇卫生院的医生，十天九夜的超负荷工作引发心源性猝死。他们也是父母的孩子、孩子的父母，他们舍小家为大家，为患者点燃了生的希望，为弱者撑起了爱的晴空。每一个人的挺身而出，都让胜利的曙光接近了一分，每一个人的担当奉献，都是民族复兴路上的脊梁、你们学习的榜样。

我为什么要罗列这些英雄人物？目的只有一个：告诉孩子们，趁着当下好好读书，成为品学兼优的人，成为能担当民族复兴大任的人。我们为什么要学习？一定不仅仅是为了小家，为了自己今后生活得更加幸福，你们应该有更大的使命，那就是为我们赖以生存的世界、我们亲爱的祖国创造自己的价值。

孩子们，这次疫情也给你们上了一堂教科书里无法直接学到的生活大课。在这场没有硝烟的战争中，你们看到了病毒对人类造成的危害，了解了很多自我防护的卫生健康知识，懂得了生命的宝贵；看到了无数人的努力，理解了责任担当和家国情怀的意义；看到了高科技和万众一心的中国力量，感受到了祖国的强大……这些都是书本无法教给你们的，生活就是最好的老师。

孩子们，因为疫情，我们要延期开学，在学校的统一安排下，你们所有的老师早已进入工作状态，老师们通过线上研讨的方式，在家里认真备课，进行了充分的准备，老师们对你们进行"隔空不隔心"的学业指导！这个时候，你们更需要自理学习、生活的本领，科学安排好自己的作息，学会自律，合理使用电子产品。按照老师的指导，认真进行在线学习，养成良好的生活习惯，锻炼好身体，保护好自己，为正式开学积蓄好力量。通过这几天的学习情况，看到同学们在老师的指导下，能很好地自主学习，能认真按时完成各科作业，有些同学还利用这段时间学会了不少本领，学会做简单的饭菜，学会自己洗衣服，有的同学读了几本好书，把心得分享给老师……看到这些，老师倍感欣慰。

孩子们，疫情期间，你们的生活、学习方式改变，但我们的亲情和友情不变；彼此间延期相聚，但我们的心始终相连。孩子们，请保持微笑，听从教导，我们一起共克时艰。

孩子们，为你们在"非常时期"的优异表现喝彩，在此也向为了你们和大家健康默默奋战的家长朋友们致敬！

孩子们，想着你们可爱的笑脸，就会想起春天的花朵，熠熠生辉，朵朵绽放！让我们一起期待疫情过后的校园相聚，共同等待"雾霾"散去、春暖花开。

咸阳市长武县实验小学校长　代　岩
2020年2月13日

写给全体学生的一封信

亲爱的同学们：

大家好！

今天本该是开学的日子，全国的中小学却都采用在线教学这样一种特殊形式应对教学，那是因为新冠肺炎疫情正在以武汉为中心向全国蔓延……

这场突如其来的疫情让2020年春节非同寻常，它打乱了我们传统节日——春节应有的喜庆、热闹，中国似乎被按了暂停键，但是，这场疫情也让我们看到了许许多多可敬、可爱的人，看到了中国力量、中国速度、中国担当！

面对这场没有硝烟的战争，你们想到了什么？懂得了些什么？我希望你能够明白，并且努力做到以下几点：

一是心存敬畏，敬畏自然。大家一定从电视上看到了，对于这次疫情，国家卫生健康委员会高级别专家组组长钟南山院士曾表示：从各方面的初步流行病学分析，病毒通过野生动物传到人，是比较大的可能。

野生动物是大自然的生灵，我们对其应怀有一份敬畏之心。敬畏不是示弱，而是对自然规律的尊重。破坏自然规律，必然招致自然对人类的惩罚。同学们，我们一定要与大自然和谐相处，爱护动物，绝不任意杀戮和食用野生动物。

珍爱生命，保护自己。同学们，生命只有一次，疫情当前，我们务必学会保护自己。强大的免疫力是隔离病毒的有效保障，我们一定要养成健康的生活习惯，坚持锻炼身体，尽量不出门，不去人群密集的地方，出门戴好口罩，掌握科学的防护知识。保持积极乐观的情绪，保护好自己，就是对家人负责，对社会负责。

面对肆虐的新型冠状病毒，作为一名小公民，我们应该不惧怕，不信谣，不传谣。

致敬英雄，常怀感恩。 我们从电视上看到了驰援武汉医生们写下"不计报酬、不论生死"的请战书、看到了护士阿姨卷起袖子打预防针奔赴最严重的疫区、看到了钟南山爷爷红肿的眼和李兰娟奶奶疲惫的脸，还看到了许多医生、护士脸上口罩的勒痕和背上汗水浸透的印渍……我们看到了一个个勇士、一个个英雄、一个个中国脊梁。

作为见证者，你们一定要铭记这些温暖，致敬这些英雄，常怀感恩之心。

明白责任，做一个勇于担当的人。 这个春节，我们心里也许有些抱怨，"被"要求"宅"在家里"失去自由"。要记住没有什么岁月静好，因为有人在为我们负重而行！有一些人毅然决然地奔赴武汉这个高危区，冒着生命危险，终日忙碌在第一线。

他们是救死扶伤的医务工作者，他们是忙于建设医院的建筑工人，他们是输送救援物资的物流从业者，他们是守在路上、小区、村口的志愿服务者，他们是城市美容师……

他们用实际行动告诉我们：做一个有责任、有担当的人，这才是生命的价值体现！这是中华民族生生不息的精神力量。

希望同学们能够向他们学习，长大后能够成为一个"受欢迎、有能力、有担当的人"。

大爱无疆，生命至上。 疫情当前，我们要拥有大爱之心，不仅爱自己，还要爱他人。

爱自己，我们要保持积极乐观的心态，用科学的方法来抗击病毒，养成健康的生活习惯，少让父母长辈们操心。

爱他人，时刻关注疫情，关心疫区情况，尽自己一份微薄之力，来帮助有需要的人。

爱让我们所有中国人温暖相依，它将形成一股强大的力量，让我们不断地克服困难，最终走出困境。这是生命最可贵之处，也是生命的意义所在。

立鸿鹄之志，努力始于足下。 同学们，经历了这场特殊的战"疫"，你们应该深切地感觉到掌握先进的科学知识和技术的重要性，希望你们能够更加发奋学习，从小立下报效祖国的鸿鹄之志，努力成为合格的接班人。

你们现在还小，暂时没有能力直接为国家出力。目前最重要的任务就是保护好自己。按照学校"停课不停学"的要求，完成好学业，锻炼好身体，养成好习惯，快乐成长。我们除了爱自己外，还要学会爱家人，爱老师，爱那些为我们默默奉献的医护人员、警察、军人……

同学们，没有过不去的严冬，也没有来不了的春天。我相信在风和日丽、阳光灿烂的一天，我们会在美丽的校园相遇。疫情除去时，我在学校大门口等你返校，期待最美的重逢！

兴平市秦岭小学校长　李春维
2020 年 2 月 9 日

写给孩子们的一封信

亲爱的同学们：

大家好！

2020年注定是不平凡的一年，原本应该是开学的日子，我站在校门口迎接你们平安返校，但今天只能以写信的方式和同学们交流，希望见字如面。往年今日，同学们已经在校园里撒欢，和亲爱的老师、同学共忆春节趣事，但现在只能各自在家隔着屏幕相见，祝愿彼此安好。这一切变化都是因为新冠肺炎疫情的发生，这突发的疫情影响着我们每一个人，教育着我们每一个人，同时也改变着我们每一个人。

同学们，这次疫情的罪魁祸首是新型冠状病毒，它通过野生动物传染给了人类。 一直以来，人类把动物关进笼子里，如今动物把人类成功地关进了屋子，这是多么心酸的幽默。这是大自然用严厉的方式唤醒我们的敬畏之心。我们要保护野生动物，保护环境，敬畏自然。如果地球上只剩下人类，人类也将毁灭。所以，心有敬畏，方能成人。

面对突如其来的疫情，党中央一声令下，各方力量驰援武汉，驰援湖北。解放军来了，各兄弟省份来了，民间力量也来了，医护人员来了，医疗物资来了，捐款也来了，中华儿女有钱出钱、有力出力，齐心协力，共渡难关。建设者们10天建成火神山医院、12天建成雷神山医院，放假的医药企业迅速复产，神州大地万众一心共同抗击疫情。我们为生长在这样的国家而自豪，我们为自己是一名中国人而自豪！

在抗击疫情的这些天里，最令人感动的是那些"逆行者"，他们不知疲倦、无畏生死、和病毒做斗争、挽救人民于病痛之中，在这群"逆行者"中，有84岁的钟南山院士和73岁的李兰娟院士，有为了工作方便剪掉秀发穿着尿不湿的医生，有学着前辈的样子从死神手中抢人的护士小姐姐……他们是天使，守护着人间的美好。哪有什么岁月静好，无非是有他们在负重前行。

同学们，在这场和病毒的战斗中没有旁观者，你也是其中的一名战士。保护好自己就是对这场战斗最大的贡献。大家要严格遵守居家隔离的要求，尽量不要出门，出门必须戴口罩，远离人群。养成良好的个人卫生习惯，勤洗手，勤开窗通风。不吃生冷食物，身体不舒服及时告知家长。

由于这场疫情，同学们度过了一个超长寒假，也许觉得些许乏味与无聊。大家不妨利用这个假期多学习一些生活技能：打扫卫生、整理房间、做几样简单的饭菜。网络教学已经开始，大家可以通过网络进行学习，要根据教学方案认真预习，按时观看网络教学视频，及时完成课后作业，每天坚持半个小时的体育锻炼，积极完成老师布置的各项学习任务。同时每天坚持阅读一小时，养成爱读书的好习惯。

同学们，在这场疫情中，你应该思考你长大想成为什么样的人？你可能想成为钟南山院士那样的医生，专业一流，敢说真话；你可能想成为马云那样的企业家，利用自己公司的网络在全球为国家购买医疗物资；你可能想成为白岩松那样的记者，及时报道疫情的进展，回应公众的关切。不管你们以后从事什么工作，都要心地善良、光明磊落、忠于职守、心系人民，做最好的自己。

没有一个冬天不能逾越，没有一个春天不会到来。同学们，让我们为武汉加油，为中国加油！期待在春暖花开之时，我们相聚在美好的城小校园，锻炼身体，增长能力，好好学习，天天向上。

渭南市华州区城关小学校长　王　帆
2020年2月12日

微笑少年 微笑成长

亲爱的孩子们：

今天是 2 月 10 日，农历正月十七，往年的今天，我们会重返熟悉温暖的微笑家园，开始新学期的学习。此刻，我们一定会集聚操场进行新学期第一次升旗，我会面对面表达对大家的期望和要求。而今年，我只能以书信与你们交流。

2020 年的寒假，我们脑海频频出现的字眼是什么呢？病毒、疫情、感染、蔓延……每天一睁眼，全国确诊病例的数字在不断攀升，而且这种情况还会持续一段时间。这场突如其来的疫情牵动着我们每一个中国人的心。

微微笑笑，身为渭小学子，我们应该做些什么？

一要做一个守规则之人。新型冠状病毒的侵袭让我们这个寒假注定终生难忘。1 月 22 日，国务院新闻办公室举行新闻发布会，我们了解到病毒来源可能是市场里的野生动物及它所污染的环境。这则新闻，让我想到了一则保护野生动物的公益广告。每天、每小时、每分钟都有不同的野生动物因为一些人的特殊需要而被杀戮。少数人味蕾的满足，却让更多人处于危险之中。孩子们，我们生活在同一个地球村，我希望你们从小懂得敬畏自然、尊重生命，做遵守规则之人。这段时间，你需要"宅"在家里，不出门，少走动，用实际行动抗击疫情，用出色表现诠释"守规则"，用规则意识及法治精神建设我们共同的家园，让人类的小家幸福团圆，让万物的大家和谐共生。

二要做一个善发现之人。肉眼是看不见新型冠状病毒的，我们能看到的是什么呢？孩子们，在这个特殊时期，你看见了什么、记住了什么、你为什么感动、又为什么心痛？一位位"逆行者"奔赴战场的身影让大家看见了什么是责任；一件件慷慨援助的物品让大家懂得了什么是温暖；一桩桩生死抢救的场面让我们明白什么是担当……许多人感动着我们，震撼着国人。同时，也有一些人、一些事让我们心痛。有人用私欲勾画肮脏，有人用文字传播谣言，有人在疫情面前退缩却步……孩子们，这就是活生生的课堂，虽然你还不能完全理解，也不可能学懂弄通，但我依然希望你能用心体会，用你手中的笔去记录、去描绘、去讲述让你难忘的故事。微微笑笑，真心希望你们做一个善于发现之人，将美留存心底，让美滋养生长，用美温暖世界。

三要做一个会学习之人。孩子们，不能回到熟悉的校园，按照教育部、省教育厅、市区教育局的安排，我们延期开学，停课不停学。大家是否思考过"学什么？怎样学？学得如何？"你们可能有些懵，别着急，这些问题老师们已经反复研究。语文、数学、英语、科学老师以学习任务为驱动，精心备课，录制微课，查询资源，调试设备，努力为你们提供最适合的教育。你们需要按照老师的要求，准时进行空中课堂学习，主动思考，善于质疑，学会合作，按时完成学习任务。一定要保护好自己的眼睛，每天坚持锻炼身体，每天参与家务劳动……这就是在用实际行动抗击疫情。期待我们的美术空中课堂成为变废为宝的创新园地；体育空中课堂亲子合作一起运动；音乐空中课堂学唱歌曲抗击疫情。微微笑笑，每一位老师行有智慧、心有温度、躬身入局、深耕自己，用专业和素养的提升，用奋斗和坚持的力量，用创新和不断成长的追求来回应、来挑战、来解决一个个真实的问题。我希望可爱的你们也能秉承渭小"笃行于微，诚善致笑"的核心价值理念，认真用心做好每件小事，让自己成为诚实善良的微笑学子。

四要做一个真思考之人。习近平总书记说道："一个有希望的民族，不能没有英雄，一个有前途的国家，不能没有先锋。"什么是英雄？在这个特殊时期，有多少人不顾自己的安危，坚守在疫情防控一线，医护人员、人民警察、新闻记者、社区干部、小区物业等等，他们勇于担当，不畏艰难，坚守岗位，履行职责。这就是我们身边的英雄，他们用实际行动为我们上了一节生动的生命课，教会我们责任与担当。孩子们，这个寒假独特的经历，让我们懂得要怀感恩之心,没有什么岁月静好,是因为有人负重前行。这个寒假独特的经历,让我们静思反省,如何善待生命,健康身心。这个寒假独特的经历,我们要关注疫情、关注社会、关注人性,那一个个增长的确诊数字并非与我们无关,那是一个个生命之星陨落的教训和启示,那是一个个家庭的焦虑和破碎。微微笑笑,愿你们静下心来认真思考、看到、明白、体悟,你们前行才更有力量,国家未来才更有希望。

微微笑笑,春天,已经向我们款款走来,我们在此刻约定:在大地回春、春暖花开的日子再次相遇,每个你都会平安归来。

盼归,愿安!

渭南市临渭区渭南小学校长　郗　莉
2020 年 2 月 10 日

携爱战"疫" 做最美的我们

亲爱的孩子们：

好想问一声：你们还好吗？

回想寒假来临的时候，我希望你们在假期里既要有诗意的栖居，也要有永恒的追求，让这个寒假过得富有趣味、更有意义，希望你们能做生活的主人，安排好自己的时间，读出气质，练出健康，活出精神，玩出精彩，美出高度——我期盼寒假归来，你们更美好！

可是，一场突如其来的疫情打破了我们假期的正常生活和亲情走动，就连我们翘首相约的开学季也迫不得已推迟了。正月十五元宵节本该是一个其乐融融、阖家团圆、走亲访友、吃元宵、猜灯谜的日子，我们却被"困"在了家里；正月十六本该是一个买文具、发新书、新学期开学的日子，我们却只能在家里等待，等待老师隔着屏幕和我们对话。

孩子们，这个特殊的春节一定在你们童年的记忆里留下了深深的印记。网络上有人说，中国人太强大了，可以让景区人山人海、水泄不通，也可以让大街小巷门可罗雀、空无一人，这么团结，这么有力量。这是对生命的敬畏！因为疫情太可怕了，可以通过各种途径传播，没有人在生命面前掉以轻心，没有人愿意拿生命开玩笑。

爱与生命在一起。上小学六年级的女儿不停地追问我：妈妈，到底谁吃的蝙蝠，他为什么要吃蝙蝠啊？我一时却不知该怎么回答女儿这个问题。

习爷爷在十九大报告中指出，加快生态文明体制改革，建设美丽中国。他说，人与自然是生命共同体，人类必须尊重自然、顺应自然、保护自然。我们要建设的现代化是人与自然和谐共生的现代化。习爷爷把人与自然生命共同体的思想与中国实际相结合，重塑人的世界观、人生观、价值观，解决中国发展进程中人与环境发展的不平衡问题，把"人民日益增长的优美生态环境需要"和"还自然以宁静、和谐、美丽"作为我们为之奋斗的双重目标。

孩子们，看看大自然花红柳绿、莺歌燕舞的春天很快就要到了，我们多么渴望天更蓝、水更绿，鱼在游、鸟在飞，除了人之外，其他一切也都是有生命的。我们要知道生命的意义，理解人与自然、人与动物、人与世界生死与共、和谐相处的生命关系。人类善念无私要坚持不懈，贪婪自私是要遭受惩罚的。

宇宙只有一个地球，人类共有一个家园。希望每个人都能珍惜生命、尊重并善待一切，同大自然和谐共处。

爱与亲情在一起。这是一个增进家庭和睦、融合亲情的好机会。好久没有和爸爸妈妈、爷爷奶奶在一起这么长时间了吧？好久没有这样一家人围坐在桌前每日都共进三餐了吧？好久没有和家里人一起享受过生活的乐趣了吧？因为平时大家都太忙了，也许你的家人要上班，忙于各种事情，不是无心，而是真的没有时间陪伴你，无暇顾及你的学习和生活，而现在足不出户，有的是时间，在疫情面前，一家人被亲情紧紧地围在了一起。不要嫌烦，静静地享受家人在一起的快乐和幸福吧。

这是一个培育家风家训、亲子共读的好机会。杨震"四知拒金，清白传家"，诸葛亮"淡泊明志，宁静致远"，欧阳修"玉不琢不成器，人不学不知道"，周恩来"十条家规"，陶行知"严父慈母，步调一致"，朱熹《朱子家训》、王阳明《示宪儿》、朱柏庐《治家格言》……读一读、讲一讲、想一想。家是爱的港湾，也是伴随人生的一所学校。孔子"学诗学礼"知书达理，后代名人辈出；孟母三迁其居，孟轲以亚圣传世……"修身、齐家、治国、平天下"是中国古代圣贤智慧的结晶，优良的家风可以滋养人，可以成就事业、振兴中华，继往开来。

这是一个感恩父母、加强劳动实践的好机会。爷爷奶奶永远都是家里最值得尊敬的人，爸爸妈妈永远都是撑起这个家最重要的人，"父母呼应勿缓，父母命行勿懒，父母教须敬听，父母责须顺承。"中国人讲究孝道，百善孝为先，家规家训、家庭美德是代代相传的人生课本。父母为我们操劳一生，我们可以为父母做什么，金钱、名誉、地位、成就可能都不如亲情陪伴，亲手为爸爸妈妈做一道可口的饭菜、主动收拾碗筷、收拾房间、打扫卫生、为长辈捶捶背揉揉肩……力所能及的事情其实都不难，难的是做了没有，坚持做了没有。

亲情是一把斜背着的吉他，越到情深处，越能拨动你的心弦；亲情是一挂藤萝，不论你身在何方，它总是紧紧牵着你的手。

爱与英雄在一起。大年三十晚上，当我们一家人聚在一起欢度除夕、迎接新年钟声的时候，第一批支援武汉的医疗业务骨干抵达了武汉。"白衣逆行"在疫情最危险的地方，出现了政治强、业务精、综合素质高的医护人员，他们知道疫情的风险之大，但是没有犹豫、没有退缩，主动请缨，一份份请战书、一个个签名、一个个鲜红的手印，这就是英雄。

任何一个时代，都需要敢于在危难时刻挺身而出的英雄，"若有战，召必回，战必胜。"阖家团聚时刻冲上一线的医务人员；迅速集结第一时间赶赴前线的医疗队员；直面病毒坚守在战"疫"最前沿的"白衣天使"……这些与时间赛跑、跟病毒搏击的勇士，在病毒面前筑起一道道健康防线，让我们深深懂得什么叫作无畏、坚韧、奉献，这就是英雄。

"我是党员！让我来！我可以！"疫情阻击战打响以来，多少党员干部身先士卒、挺身而出，在各自岗位昼夜奋战、尽职担当，为守护人民群众的生命健康保驾护航。一个支部一座堡垒，一名党员一面旗帜，众志成城，山岳可撼。在抗击疫情这场没有硝烟的战斗中，除了工作在医院前沿的医护人员，还有各行各业的党员志愿者挺身而出、义无反顾，冲锋在了疫情防控的一线，筑起了抗击疫情的钢铁长城，谱写着感天动地的生命赞歌。前方有你后方有我，我们致敬所有的英雄，在他们的身上，体现着伟大的民族精神和社会主义核心价值观。

孩子们，致敬英雄，让我们向奋战在抗击疫情一线的英雄们致以崇高的敬意，向他们道一声：你们辛苦了！孩子们，你们在家里拍下了一部部公益宣传片，通过绘画、舞蹈、广播操、手工制作、朗诵、快板等形式表达了你们对英雄的赞美和抗击疫情的决心，为武汉加油！为祖国加油！用你们的真情和英雄一起手挽手、肩并肩、心连心战胜疫情，我们一定要听党的话、跟党走，科学防控，不信谣，不传谣，勤洗手，戴口罩，对自己负责，对他人负责。这样的行动就是对英雄们辛勤付出的回赠。

爱与祖国在一起。爱国是人世间最自然、最朴素、最深层、最持久的情感，无论身在何方，我们都有一个共同的名字"中国人"，"祖国"二字让多少人心中涌动激情，眼里泛起泪花，血管热血沸腾。司马迁说"常思奋不顾身，而殉国家之急"，孙中山说，做人最大的事情就是"要知道怎么样爱国"，爱国之情是再朴素不过的情感，强国之志是再基本不过的抱负，报国之行是再自然不过的选择。

爱国不能停留在口号上，而是要把自己的理想同祖国的前途、民族的命运紧密联系在一起，扎根人民，奉献国家。爱国主义情怀不仅是内在的精神，也是外部的行为。凡是真正爱国的人总是以实际行动来体现和证明自己是爱国的，就像那些无名英雄们一样，奔赴前线抗击疫情，守护后方严防严控，这就是爱国。

孩子们，爱国是中华民族的"心"和"魂"，厚植我们的"爱国情"，忠诚于我们的党和人民，自觉地把个人的"小我"融入祖国的"大我"中去吧。

冬天即将过去，春天就在眼前。

特殊的春节，我们经历了疫情的考验，让我们隔着时空携爱同行、守护生命、感受亲情、崇尚英雄、爱我祖国，我期待与你们相逢在校园的那一天，看到最美的你们。

最后，祝孩子们和家人健康平安。

渭南市临渭区沈西小学校长　宁　艳

2020年2月8日

尚英雄　强体魄　好读书

亲爱的老师们、同学们、家长们：

自新冠肺炎疫情发生以来，全国人民高度关注、全力以赴抗击疫情。在这期间，我们连蒲小学全体师生和家长朋友们积极应对，密切配合，为有效抗击疫情贡献自己的一份力量。目前，防控工作仍然处在关键时期，在呼吁大家共同抗击疫情的同时，我想与大家分享以下几点：

一是向英雄学习，为奋斗点赞。"许许多多无怨无悔、倾情奉献的无名英雄，他们以普通人的平凡书写了不平凡的人生。"这是一个英雄的时代，也是一个从不缺乏英雄的时代。从家喻户晓的战斗英雄邱少云、黄继光，到在平凡岗位上创造了不凡业绩的普通工人向秀丽、时传祥；从一心为公的好干部焦裕禄、谷文昌，到德艺双馨的艺术家阎肃、李雪健；从89岁仍奋战在科研一线的科学家屠呦呦，到不久前刚年满30岁就因公殉职的扶贫干部黄文秀；虽处于不同年代、不同岗位、不同年龄段，但他们都是值得崇敬的英雄。

疫情当前，一个名字频频占据热搜头条，他就是钟南山。2003年非典时期，他被授予"抗非英雄"的称号，17年后他再次挂帅出征，84岁的他奋战在武汉抗击疫情的最前线，让全国人民吃下定心丸。在这场战"疫"中，还有着许多的英雄，他们挺身而出，他们是同时间赛跑、与疫情奋战的"白衣天使"；是全国各地主动报名请缨前往武汉的医护人员；是不分昼夜建设火神山医院、雷神山医院的建设者；是每日排查疫情不漏一人的一线教师……有的年过八旬壮心不已；有的获悉疫情，休假中毅然折返；有的初出茅庐却无所畏惧，有的身患重病依然奋战在最前线。在疫情严峻的当下，他们逆行而上、冲在一线、义无反顾奔赴最危险的地方，他们是伟大的英雄！正如鲁迅先生所说,"我们从古以来,就有埋头苦干的人,有拼命硬干的人,有为民请命的人,有舍身求法的人……这就是中国的脊梁。"在这场没有硝烟的战争中,每一天都在闪烁着伟大时代的英雄身影,正是他们这些顶天立地、消灾灭难的时代英雄在这场战胜疫魔的斗争中科学防治、精准施策,才把人民群众的生命健康损失降低到最低点。我相信,我们的孩子已经有了崇拜的英雄,这些英雄的精神也会在孩子们的心里生根发芽。我也相信,有了这些英雄的付出,我们定能同舟共济、共克时艰。

二是你的第一责任是使自己健康。每个人是自己健康的第一责任人。一位著名的经济学家提出过这样一个共识:健康等于1,只有拥有健康,人才可以去努力工作、去创造财富、去享受生活,而这些都是1后面的那些0,只要有1在,后面就有加上无限个零的可能,就像财富在不断增值一样,如果这个1没有了,所有的一切就都归零了,什么都没有了。所以,请大家牢牢记住:身体好是最强大的幸福。

前不久,钟南山院士的健身照走红网络,引无数网友疯狂点赞。"锻炼就像是生活的一部分。"就如他所说的,在过去的几十年里,钟南山每周最少锻炼三次,每次一个小时以上,这已成为他雷打不动的习惯。钟南山表示:"运动对我的身体健康起到了关键作用。寿命长短,大多不取决于衰老和疾病,而是正常的生活方式。"

孩子们、老师们、家长们,抗击疫情,义不容辞。国家体育总局运动医学研究所运动健康中心主任厉彦虎建议,"居家期间每天应该保持一定的运动量,每天运动量以积累一到两个小时为宜。"因此,我们要始终把健康放在第一位,增强体质,强健体魄。爱惜自己的身体是对自己负责,也是对家人、对社会负责。

三是为中华之崛起而读书。著名主持人董卿曾说过:"我始终相信我读过的所有书都不会白读,它总会在未来日子的某一个场合帮助我表现得更出色,读书是可以给人以力量的,它更能给人快乐。"

关于为什么要读书?"武汉疫情"给了我们最好的答案。科研人员依靠自己的知识探究病毒基因序列，甚至能研发出疫苗，救人于水火，这是读书的意义；城市的管理者拥有扎实的专业知识，科学安排，强力执行，为疫区人民提供生活保障，这是读书的意义；医务人员通过漫长的专业学习和临床经验积累，用血肉之躯挡在病毒面前，拯救病人性命，这是读书的意义；一线老师克服困难录制微课，备课育人，为学生创设安全的学习空间，这是读书的意义。

少年强，则国强；少年智，则国智！孩子是民族的未来，是国家的希望、未来的生力军。我们要不遗余力地给予孩子教导，我们要告诉孩子们：读书，方能强国。读书是一种责任。这种责任，用周恩来总理的话说就是"为中华之崛起而读书"。至少要让孩子们知道将来要做一个像钟南山院士那样有知识的人。当危险来临的时候，我们不是害怕，而是用自己的知识去战胜危险，用自己的勇敢和担当去化解灾难，成为国家和人民的中流砥柱。爱恨不能强国，实干才能兴邦。唯有勤学知识、苦练本领、多开眼界，我们才能变得更加强大。

昨日不可追，来日犹可为。愿疫情早日结束，我们平安相见，然后背起行囊一起出发，去发现新知，去追求梦想，去探索未来。我们坚信：没有一个冬天不可逾越，没有一个春天不会来临。愿疫情过后，我们会更加坚毅奋勇、智慧开明；春暖花开，我们乘着梦想扬帆起航！

蒲城县连蒲小学校长　刘争东

2020 年 2 月 8 日

至善方能至美

亲爱的宝贝们：

大家好！

转眼间距离开学的日子已经过去十天了，虽然我们还未谋面，但是你们的一举一动却每时每刻都牵动着我的心。在这十天里，你们身处四面八方，我始终在空荡荡的校园里守候着你们的消息、守护着我们共同的家园、守望着你们健康平安回家的那一刻，这是我对你们不变的承诺。希望你们安好、校园安好、老师安好、国家安好、一切安好！

亲爱的宝贝们，记得我给你们的新年贺词中这样说："我希望你们都能做一个'至善、聪慧、健美'的风华少年！新的一年，我希望你们都能收藏过往、翻篇为零，再为逐梦而奋力前行，再为筑梦而绽放生命，不久的将来，你定能与更好的自己相遇。"

亲爱的宝贝们，肆虐的病毒、蔓延的疫情不能阻挡我们逐梦的脚步，不能改变我们筑梦的决心。抗击疫情这场没有硝烟的战争，却为我们提供了进步的平台，加快了我们与更好的自己相遇的步伐。加油，九小的宝贝们！

至善，这个词涵盖了一切最美好的，我希望你们都能做一个最善良的人、最优秀的人。2020年的春节注定是别样的，在这个春节的假期里，大家说得最多的就是"新型冠状病毒""武汉""肺炎""抗疫情、防疫情"，等等。从钟南山院士的行动中，从"白衣天使"的无私奉献中，从各级政府的紧密安排中，从全国的疫情报道中，我们知道了这个病毒的危害，我们也知道了不出门是隔断病毒传播最主要的途径，戴口罩、勤洗手、多消毒是防止病毒入侵最重要的方法。亲爱的宝贝们，这么简单的事情，你们做到了吗？看似小小的举动,看似小小的事情,实则是关系到千家万户的大事,你们要舍弃你们的贪玩,用一种无私的大爱精神倡导全社会:你不出门,他不出门,大家都不出门,肆虐的病毒将会无依无靠,孤独走向灭亡。

亲爱的宝贝们,"勿以善小而不为,勿以恶小而为之。"不要因为是一件较小的善事就不去做,也不要因为是一件较小的坏事就去做。坚持就是胜利,用自己的实际行动去诠释大爱精神,做一个至善的风华少年。

聪慧,聪明和智慧。校长妈妈对你们寄予了很高的期望,希望你们都能做一个既聪明又有智慧的人。一个聪慧的人,反应灵敏,而且会把善良、博爱、诚信放在自己做事的首位,脚踏实地、认认真真,用知识武装自己的头脑,懂规矩,会明辨是非。

可是这几天,有家长给我说,有的宝贝在家里的表现有点让人失望,学会了"骗家长""钻空子""玩游戏",听到这些,我有一些担忧,无休无止的游戏让你们得到了瞬间的快乐,失去了获得知识的最佳时间、失去了做人的诚信、失去了家长老师的信任……你们换来的是眼睛近视、弯腰驼背、身体素质差等等。失大于得。宝贝们,这就叫"聪明反被聪明误",这样的"小聪明",一个聪慧的人可是不会那样做的!

亲爱的宝贝们,坚守在一线的"白衣天使"时刻面临被感染的风险,舍"小家"为"大家",他们用实际行动给我们上了一堂堂生动的思政课。火神山医院吴亚玲阿姨的母亲在云南突然离世,在抗疫一线的她不能看母亲最后一眼,只能含泪朝着家乡的方向深深鞠躬,这样的悼念方式是在告诉我们,疫情就是命令,防控就是责任!我希望他们的举动能唤起你们强烈的爱心与责任心,做一个顾全大局的人,让善良绽放光芒!

亲爱的宝贝们,海涅曾说过:"生命不可能从谎言中开出灿烂的鲜花。"校长妈妈相信诚实、勤勉、聪慧都能成为你们永久的伴侣!

亲爱的宝贝们,健康是人生的第一财富,所以保持健康是做人的责任,你们必须敬畏生命、珍惜健康。周恩来总理说过:"只有身体好才能学习好、工作好,才能均衡地发展。"饮食安全和锻炼是保证身体健康的重要条件,你们要养成规律饮食，营养搭配，不暴饮暴食，不食野味。在这个特殊时期，希望你们能定时间、定方式、定强度进行适时适量锻炼，也有助于良好习惯的培养。

亲爱的宝贝们，健康是智慧的条件、是愉快的标志！在居家的日子里，坚持早睡早起、有规律的生活，快乐度过每一天。对于疫情，预防胜于治疗！

最后，校长妈妈把现代法国小说之父巴尔扎克的一句话送给大家，与大家共勉："真正有才能的人总是善良的，坦白的，爽直的，绝不矜持。"

韩城市新城区第九小学校长　闫　洁
2020年2月19日

愿你从小立志 心有家国情怀

亲爱的孩子们：

大家好！

我们原本应该相聚在欢乐的校园，相聚在如茵的操场，穿着整齐帅气的校服，排着整齐有序的队伍，严肃活泼地进行新学期的开学典礼，总结过去、展望未来、表彰先进……但是，这一切都因为一场突如其来的新冠肺炎疫情改变了原来的样子。我们不能到学校、不能见老师、不能出门，正常的生活被病毒扰乱了。这场战"疫"从春节前直到现在，已经持续了一个多月。

这个寒假，带给了我们不一样的感受，有焦虑、有担忧、有恐慌，但是也带给我们很多的感动，有"逆行者"的英雄气概、有慈善者的慷慨援助、有老百姓的众志成城，这个疫情让我们学习到了书本上永远无法学习到的知识，那就是责任、规矩、敬畏与团结！这是中国人民最朴实而伟大的品格、最朴素的情感与情怀！

同学们，世界很大，疫情却让我们禁足；空间很小，思考会让我们的世界变得辽阔。当没有硝烟的战争在我们面前时，怎么做才是正确的？如果我们将这场战"疫"当作一堂生命教育课，在这节课中，我们应该感悟到什么呢？

我们应该看到一种"事不避难，勇博始终"的勇气。每一天，伴随着有关疫情的各项报道，我们看到了可歌可泣的英雄故事。钟南山爷爷以84岁高龄奋战在抗疫一线的身影；刘丽阿姨因长时间穿戴防护衣而勒伤的脸庞；各地医护人员演绎最美"逆行者"的行动，都让我们感受到了作为医护人员"事不避难，勇博始终"的勇气。如果这是一场战役，他们就是勇敢的战士。当我在微信朋友圈，看到我们延安东关分院医护人员书写的请愿书时，眼泪情不自禁地湿润了眼眶，英雄就在身边，因为他们有作为医生的担当、有作为医生的职责，他们用身体、技术、责任、生命完美地诠释了"白衣天使"的情操和品格。他们值得我们学习和感动！

我们应该看到一份"众志成城，大爱无疆"的情怀。因为疫情，大年三十，从上到下的工作人员都在摸排与武汉紧密接触的人群；因为疫情，大年初一，各级各部门负责同志都返回工作岗位，坚守在工作一线，布置安排各种防疫工作；因为疫情，春节公休假期间，各行各业紧急召回的工作人员全部无条件返岗上班……我们从网络、电视上看到最硬核的村支书，看到最硬核的小区管理者，看到许多捐助物资的爱心人士，这里有著名的企业家，有熟悉的明星，更有不留姓名的普通老百姓……无一不彰显着"一方有难、八方支援"的中国精神。同学们，疫情就是命令，奉献从我做起。他们用职责、无私、智慧、爱心完美地诠释了中国公民的担当与大爱，他们值得我们学习和感动！

我们应该看到一份"敬畏自然，恪守规矩"的责任。最近，我们"宅"在家中，感受着"禁足"的约束，倾听着网络上"远离野味"的呼吁，接受着小区"通行证、量体温"的管理，习惯着出门戴口罩、进门先洗手消毒的卫生防护要求，体会着隔着屏幕接受老师授课的教育方式……许多生活方式被改变，许多没有尝试的新规定、新要求都进入了我们的生活，这些都是防止疫情扩散，做好自我防护，打赢疫情阻击战，不因疫情误课误工的措施。这些措施凝聚着医疗科研工作者的智慧心血，凝聚着管理者的辛勤劳动，凝聚着对生命的敬重与热爱！同学们，只有学会敬畏规矩、遵守规矩，我们才能更快更早地恢复正常的学习生活。只有学会敬畏规矩、遵守规矩，我们这个世界才会远离病毒和灾难！而这些都是你们需要知道和遵守的。

我们应该付诸"明确目标，从小立志"的行动。同学们，你们还小，在这次的疫情中只能为武汉加油、为中国加油，其实，你们能做的事还有很多很多，比如安心在家不外出，按时完成老师布置的各项作业，锻炼好身体，帮父母做一做力所能及的家务等，这些都是为长大后服务祖国奠定基础。你现在就可以立一个宏伟的志向，长大后或从医、或从商、或从政、或教书育人、或身穿戎装，无论你想做什么，请从现在开始，为这个遥远的志向努力奋斗。做一个像钟南山爷爷、最美"逆行者"的医生、捐献爱心的企业家、硬核村支书、小区门卫那样的"有心、有爱、有情"的人，做一个"有责任担当、有家国情怀"的人！

同学们，请你们记住："你所站立的那个地方，正是你的中国。你怎么样，中国便怎么样。"千百年的磨难让我们的祖国百折不挠，让我们的人民同舟共济愈挫愈勇。以前是这样，现在是这样，我相信，以后我们一定仍然是这样！

期待我们相聚在春意盎然的校园！

祝大家平安健康！

延安实验小学校长　孙郡霞
2020 年 2 月 24 日

致学生的一封信

亲爱的同学们：

你们好！

原来说好的今天开学，我们却并未能如约相见，这个寒假着实有点长……承载着对你们的想念，我提笔写了这封信。

到底是什么让我们的假期延长？让我们的春节缺少了年味？让我们的元宵节看不见烟花、猜不了灯谜？罪魁祸首就是"新型冠状病毒"！这些天，你们肯定已经从多个渠道对新型冠状病毒有了一些了解，然而亲爱的孩子们，也许你还不能完全理解这一切意味着什么，因为今天所发生的已经超出了你们的认知，甚至是想象。谁想过，"宅"在家里就是对他人、对社会的贡献？可知道，素不相识的他们：医生、护士、警察、城管、环卫和基层工作者冲锋在前、全力以赴，正在为你的安危撑起一片净土，他们是最美的"逆行者"！

要想战胜这场战役，靠的不是口号，也不是个别英雄的牺牲，而是每一个公民的努力。从小事做起，从身边做起，洁身自好，居家不外出，勤洗手，多通风，管住自己也要管住家人，不得已外出必须戴好口罩，避免去人多、封闭的场所，等等。这是目前需要我们每个公民都必须遵守的社会公约。正如钟南山院士所说："若每个人都不出门，就能拖死耗死这场瘟疫，反之若抱侥幸心理往外跑，就有可能前功尽弃，假如还有一个潜伏期感染者在外面游荡，这个解禁日将遥遥无期。"孩子们，这是我们目前必须要清楚的事实。

其实，人类在地球上并不孤单，有一群精灵在大海中、田野上、雷雨中、飞雪里漫舞着，它们是人类的朋友，人类歌颂动物、关心动物，动物也会报答人类。如老舍先生，您的《小麻雀》吃得饱吗？郭沫若先生，您的《白鹭》

的羽毛还是那么洁白华丽吗？高尔基先生，您的《海燕》还在空中翱翔吗？《爷爷与狼》共同巡山、植树、奏响生命凯歌，《父亲的玳瑁》在父亲过世后久久不离开父亲的灵柩。动物与人本应该互相关心、互相帮助，共同在地球上和谐生存，但我们有的人却伤害了它，破坏了这种平静，那么它反过来就会报复人类。

亲爱的孩子们，你们正处于无忧无虑的年龄，在这样的年华里遇见了始料未及的疫情，你们是彷徨的、是无措的。但请你们相信所有的努力都不会白费，要相信多摔跤才会站得稳。中国是一个强大的国家，中华民族是一个伟大的民族，我们从站起来、富起来到强起来是全国各族人民团结一心、同仇敌忾的结果。对抗新型冠状病毒既是一场战役，又是一面镜子，让我们从现在开始相互监督、爱护动物、保护生态平衡、维护人类命运共同体，相信明媚的阳光、新鲜的空气终究会属于我们每一个人。

最后，我还想提醒大家两点：一是近期若有外出返回汉中的孩子，请你们一定要在第一时间告知你的班主任老师，学校要如实上报给教体局，并且要求自觉居家留观14天。二是从2月10日起学校利用网络平台，你的老师们已经开始给大家在线授课了，请你们一定要珍惜难得的学习机会，不打折扣地完成各项学习任务。

我想念的孩子们，祝你们平安健康！愿你有所思、有所悟、有所为；愿你我相见时，你能对我说："老师，我很好。"

汉中市汉台区三丰阁小学校长　徐　沉
2020年2月9日

好久不见 青小见

亲爱的青小学子们：

　　同气连枝，珍重待春风！

　　我们曾天天相见，那时的我们真不耐烦，嫌花开得太乱，嫌云走得太慢。每天，我们心之所念的不是回梦一样的家，就是去诗一样的远方。生活是美好的，世界是美好的，人生是美好的，但即使我们再爱它，有时候也阻挡不了不幸事情的发生。就在这个寒假，一种新型冠状病毒让我们的城市、我们的家生了重病。目前，举国上下都在帮助武汉、湖北战胜疫情——医务工作者在一线争分夺秒抢救生命，科研人员不分昼夜研究疫苗，建筑工人夜以继日十天建成一所医院，社区工作者为居民提供无微不至的服务……我们只能待在家里、不能到校上学，我们将会经历一个"加长版"的寒假。此刻，我想轻轻地问候你，同学们，你和家人还好吗？一定要照顾好自己！

　　现在，学校里只有值班领导和保安在统筹调配全校疫情防控、消毒杀菌卫生保洁工作。没有了你们，学校太过安静了！连院墙护栏上新装的景观灯都显得有些落寞！操场上没有了你们的奔跑追逐，教室里少了你们的七嘴八舌，候学区听不到你们的琅琅书声，社团活动队看不到你们的专注表情……过去活力满满、激情昂扬的校园好像突然按下了暂停键。

　　日子变了才知道平常日子都是好日子，我们只好乖乖地在家里"宅"着。同学们，你可知道，在我们安心居家的日子背后是千千万万坚守岗位的医务工作者，还有我们的老师们、社区（村）工作人员、警察叔叔以及许多战"疫"一线人员的默默付出！经历过2003年非典、2008年地震，让我对生命、生存、生活有了更深的思考，许多人和我一样深深感受到我们国家的力量之大！我们应该以生在这样的国家而感到自豪！我们应该相信新冠肺炎严峻的形势一定会向好的方向发展，胜利的曙光为期不远！

同学们，万人操弓，共射一招，招无不中。在疫情面前，钟南山院士、李兰娟院士以及众多"白衣战士"奋不顾身奔赴一线为民解痛，最美志愿者勇于"逆行"服务人民，无数老师隐身幕后引导学生停课不停学……同学们，这些真实的中国故事、中国人物、中国精神、中国脊梁告诉你们：知识和本领是力量，良知和人格是方向。一张安静的书桌来之不易，它不能只安放没有思想的头颅，你们不是局外人，现在不是，未来更不是。

同学们，千里不辞行路远，时光早晚到天涯。这场疫情也是一本沉甸甸的教材，你读懂了吗？"宅"家的日子里，你们要勤洗手、外出戴口罩；不扎堆、不喧哗；不聚餐、不浪费；爱读书、勤思考！践行着文明青小人的言行举止。我要你们问问自己，等疫情结束，这些文明习惯会抛之脑后吗？你们能理解人与自然和谐相处之道吗？能自觉遵守公共场所提出的规范要求吗？能一贯做到"垃圾不落地，洋县更美丽"吗？能学会自主学习吗？文明习惯的养成过程是痛苦的，但养成习惯的结果是令人快乐的！我们的校训"向上向上，天天向上"，就是希望大家从细节小处、身边琐事培养自己良好的文明习惯，每天进步一点点，做最好的自己，用自觉自愿的"向上"品行爱自己、爱家人、爱学校、爱祖国！

同学们，若待"梨园"花似锦，出门俱是看花人。具体的开学时间还没有最终确定，后面一段时间，老师们将全天候在线指导你成长成才、健康打卡，家长们也许会陆续上班。我希望你们在这段特殊的日子里，用言行践行我们的学风"乐学上进、美己美人"。静下心来，做个规划，学习读书、休息放松、锻炼体魄、培养兴趣，自己执行，自己对照，自己反思。努力做到：不睡懒觉不熬夜，不玩游戏不乱跑。我期待着你们特殊时期的"多能"成长！

好久不见，好想见！梨园景区的梨花含苞欲放，五岭观花线上的油菜含笑春风，青小校园的桂花蓄势待放！

好久不见，青小见！让我们同心、同向、同行，迎来新日出，展现新自我！

汉中市洋县青年路小学校长　路秀兰
2020年2月15日

一起期待春天的到来

亲爱的孩子们、家长朋友们、老师们：

2020年注定是一个不平凡的年份。一场突如其来的疫情打乱了我们的生活节奏。从开始听说，到身边实实在在的严控严管，我们恍然意识到事态的严重性。这个"寒假"是我从教20多年来甚至从我记事起最长的一个假期。"年"的气氛淡了不少，少了走亲访友，少了热闹聚会，可能是有史以来最冷清的一个年节了。我们都"宅"在家里，玩着手机，静待复工、开学成了常态。刷遍了的抖音、快手，终于也开始慢慢厌烦。眼前没有了风景，耳边少了喧嚣。

感染人数逐步增加，像一把利剑明晃晃地悬挂在我们头顶。好在有广大一线指战员、"白衣天使"昼夜奋斗、逆行而上，为我们呵护一片洁净的蓝天。截至2月11日，湖北以外地区，新增确诊病例七连降，让我们看到了曙光、看到了希望。但形势依然严峻，需要你我共同努力，才能共同打赢这场战"疫"。

孩子的心灵是纯洁的，犹如一张白纸。我们家长要教育孩子养成良好的行为习惯：勤洗手、勤换洗衣服。最近没事务必不要出门，特殊情况出门一定要佩戴口罩。家里做好消毒，有外出史的人一定要如实告知村镇、学校，配合相关部门采取措施，千万不要麻痹大意，更不能存有侥幸心理。

我们汉中地区感染新冠肺炎人数在整个陕西省排名靠前，希望大家引起足够的重视。我们所有人一定多些耐心、多些理解，配合村组干部的检查，明白这样做其实是在保护我们大家。不要嫌弃班主任每天的电话，他们也是尽最大努力保护我们的孩子，争取孩子们能早日到校正常学习。

外防输入，内防扩散，抗击疫情，我们每个人都义不容辞。在目前这个特殊时期，我们一定要明白，待在家里就是对祖国最大的贡献！当然，大家如果心有余力，也可以尽力为一线工作人员提供一些帮助。想想，我们每天能安心地坐在家里，享受着美好时光，而他们却承担着莫大的风险，我们还有什么理由不行动起来？

最后，我还要提醒孩子们，在家里要多帮助家长做力所能及的家务活，适当进行室内体育锻炼，增强身体素质。同时，在老师的带领下，做好线上学习，但一定不能长时间"玩"手机，对手机产生依赖哟！当然，每名同学能够"消化"上几部大块头名著那就更好了，这将是你一生中最难忘的经历……

喜鹊叽叽喳喳地叫个不停，泉水叮咚迸发着青春的活力，山桃花含苞待放，迎春花已然开得灿烂，春天的脚步近了。让我们志坚行笃，共同度过这段难忘的居家时光。

汉中市洋县龙亭镇长溪中心小学校长　任俊峰

2020 年 2 月 11 日

在最艰难的春天里成长

亲爱的孩子们、同事们、家长朋友们：

以这种形式和大家见面，我的内心百感交集。从来没有一个春天来得如此艰难；也从来没有一个冬天让人寝食难安。日子变了，才知道平常的日子就是好日子。开学迟到了，才知道正常开学的时光就是好时光。一个孩子说："妈妈，我不要这样的春天，一个戴着口罩的春天，一个不能拥抱大自然的春天，一个被新型冠状病毒占领的春天……"

这个春天，蔓延全国的新型冠状病毒给我们上了痛彻心扉的一课：敬畏自然、敬畏生命必须成为所有人的一种共识、一种品格，成为人类绝不可遗忘的集体记忆。

新冠肺炎至今已有超六万人感染，一千多个生命逝去。一个个冰冷的数字代表一个个鲜活的生命。专家说，病毒源于野生动物，2003年的非典源头也是野生动物，78%的新发传染病都源自野生动物。因为有些人为了满足口腹之欲，私自捕杀、贩卖野生动物，还有人不断侵占野生动物的生存空间，把它们赶进了人类世界。人类打破了自然界的平衡，所以招来了疾病。澳大利亚的山火、非洲的蝗灾、新冠肺炎都是人类的教训。孩子们，只有学会敬畏自然、敬畏生命，悲剧才不会重演。

这个春天，一个个逆行而上的身影给足不出户的我们上了震撼心灵的一课：家国情怀、使命担当，疫情背后的岁月静好，是因为有人冲锋在前。

先生之风，山高水长，我有国士，天下无双的钟南山爷爷；丢下父母、爱人和孩子悄悄报名驰援武汉的穿着防护服与病魔斗争的一线医生；把五吨蔬菜免费从河南运到湖北火神山医院工地的退伍军人……所以我们说，英雄就是平凡人在本可以留在原地的时候，选择了风雪逆行。孩子们、朋友们，因为他们，这个春天让我们深深感受到虽然病毒还未停止蔓延，但爱和希望比病毒传播得更快！

这个春天，教会我们当你怀抱希望、主动等待，那么所有的煎熬和折磨都会变成一场生命中最深刻的修行。

有这样一个故事：1665 年，一场可怕的鼠疫席卷了英国。22 岁的牛顿回到自己的家乡林肯郡去躲避瘟疫。疫情持续了 18 个月，在前 6 个月里，牛顿发挥自己的数学天赋进行紧张的学术思考和研究，先后发现了二项式定理、微积分和无限概念，而后 12 个月里，他又转而沉醉于天文观测和实验，成果丰硕。这段岁月构成了牛顿一生的高光时刻，也书写了科学史上的一个伟大传奇。

同样的一段日子，"停课自主学、离校自觉教"是这个春天给老师、家长和孩子们的一个新课题、新挑战，每一个孩子都是未来世界的建设者，你们需要从当下汲取教训、积累经验、锻炼品格、提升能力。我们的教育其实是在引导每一个孩子如何去更好地认识世界、改造世界。

老师们，在这场疫情防控战中，引导孩子们学会从容有效地管理居家时间，积极自主地学习科学文化知识是我们的责任。除此之外，也要让孩子们思考上学读书还有更重要的使命，不仅是为中华之崛起而读书，还要为天地立心、为生民立命、为往圣继绝学、为万世开太平。

家长们，教给孩子对信念的坚守、对常识的尊重、对习惯的养成、对能力的积蓄是你们的责任，为人父母，给予孩子的不只有生命，还有做人的道理、生存的技能。

孩子们，居家学习的日子里，除了学习科学文化知识，也请你们记住：时代的一粒尘落在个人头上就是一座山。像新冠肺炎一样的疫情是全人类的厄运，谁也无法独善其身。请你照顾好自己，早睡早起，按时作息，保重身体，坚持学习。

亲爱的孩子们、同事们、家长朋友们，2020 年，这个在想象作文里很美好、很温暖的一年，却带给我们很深的记忆。很多年后，在人类进程的史诗中，必然会有今天这一页。而在每一个人的人生史诗中，今天必然会成为刻骨铭心的一页。因为，在这个最艰难的春天里，我们每一个人都在战斗、都在成长。

现在，为了岁月静好，山河无恙，让我们一起努力，加油！

榆林市靖边县十五小学二校区校长　张　泽

2020 年 2 月 16 日

做有志少年

亲爱的同学们：

今年春节，你们为什么不能和小伙伴相约一起玩耍，也不能去给亲戚拜年，更不能和自己的亲朋聚在一起吃大餐？因为我们每一个人都在面临一个眼睛看不到的敌人，我们叫它"新型冠状病毒"。正是由于这个叫"新型冠状病毒"的坏家伙的到来，我们一切美好的计划被打乱了，生活像被按了暂停键一样，我们只能安安静静地"宅"在家里。

然而，我们能够安安全全在家里，其实是一件很幸福的事情。我们的平安幸福是因为有人为我们负重前行。

十七年前抗击非典的英雄、84岁的钟南山院士再次挂帅出征。他跟大家说能不去武汉就不去武汉，而他自己却逆行而上，亲自去武汉坐镇指挥。一批批医护工作者义无反顾地逆行而上，舍小家为大家，将自己的奋战视为使命。还有很多普普通通的工作者也在守护着我们，有警察、有保安、有社区的叔叔阿姨们……大家都在以自己的方式贡献力量。他们就是新时代最美的英雄，他们身上所折射出的就是中国精神。

"少年强则国强，少年智则国智！"亲爱的孩子们，希望你们以这些"英雄"为榜样，从小就有担当意识、努力学习，立志为祖国的发展贡献自己的一份力量！

你们可能不知道，我们敬爱的六小老师们很早就进入了工作状态，他们比以往任何时候都关心和关注大家。班主任老师每天早晨起来的第一件事就是了解大家的身体状况，每天不停地收集你们与家人的健康信息并按时上报，丝毫不敢松懈。通过朋友圈、微信群，我也看到了大家在家抗"疫"的点点滴滴，你们写给"白衣天使"、武汉小朋友的信，画的宣传画，制作的手抄报，拍摄的小视频，等等，让老师们很感动，很欣慰，也成了我们学校疫情防控中一道靓丽的风景线。

同学们，由于疫情，我们不能如期回到学校，但我们停课不停学，我们的学习不延期。老师们利用多个平台为大家搭建"空中课堂"，老师们将为大家制定科学的学习计划，精心设计每一节课。在屏幕中我们彼此相见，在屏幕外我们心心相连。希望同学们珍惜机会，不负时光。

同学们，疫情期间，我们每一个人都做好自己该做的事情，不为国家添乱，努力作一点点力所能及的贡献。对于我们每一个小学生来说，就是养成一个健康的生活习惯，戴口罩、勤洗手、远离人群密集的场所；尽量清淡少油腻、按时吃饭、少吃零食、忌暴饮暴食；早睡早起不熬夜、少玩手机多运动……

愿你们在这个不寻常的假期中真正地长大，有所思、有所悟、有所行动。让我们一起为自己加油、为武汉加油、为我们中国加油！

待春暖花开，我们相约六小！

安康市高新区第六小学校长　储　波
2020 年 2 月

愿所有的美好　都如期而至

亲爱的老师们、同学们：

大家好！

2020年的春节，我们过得非常"特别"！在这个春节里，我们一改往年热闹的传统年俗，没有出去走亲访友、没有去看新春灯会、没有在广场上放风筝……我们的城市、我们的生活仿佛一夜之间都安静了下来！因为新冠肺炎疫情"席卷"全国，为了防止疫情的扩散和蔓延，我们和全国人民一起积极响应党中央的号召，统统选择了"宅"家模式。14亿人用实际行动向世界传达了一种无声而有力的中国声音。

疫情阻挡了我们重回校园的脚步，却阻挡不了我们渴望工作和学习的心。为了响应上级教育部门"停课不停学"的号召，学校积极制定《汉滨区果园小学2020年春季延期开学"停课不停学"实施方案》，对全体教师落实"停课不停学"工作提出了严格的要求。我们的老师们一方面主动学习线上直播软件的使用方法，准备教学计划、录课；另一方面积极指导家长下载、注册、使用听课软件，老师们利用QQ群、微信群、电话和"钉钉未来校园"云平台等一切可以利用的途径开展了线上教学的准备工作。经过两次在线测试，今天上午终于上线了。

虽然首日的线上课程没有了师生们课堂上面对面教学问答的熟悉场景，也没有课下同学之间激烈的讨论互助，或是因为网络问题让直播稍显卡顿，但这丝毫没有改变我们努力的决心！作为一名普通的教师、学生，在这场全民战"疫"中，我们除了保护好自己和家人，更重要的是要努力地工作和学习。因为这就是我们为国家所能做到的力所能及的"贡献"！在此，我对疫情防控、

延迟开学期间师生们的工作和学习提出以下几点建议:

一要学会自律。线上课程期间,同学们会使用到智能手机、ipad 和电脑,有些同学的家长可能此时此刻还奋战在战"疫"一线,不能陪伴左右。这就需要同学们严格要求自己,严格按照课表时间提前预习、按时上下课、按时完成作业。保护视力,合理使用电子产品,拒绝玩游戏,适当锻炼,劳逸结合。

二要学会成长。"宅"家的日子里,让你们有了更多可以自由支配的时间。你们可以利用课余时间读一本书、写一幅字、画一幅画、跳一次绳、下一盘棋、干一次家务、练一会瑜伽、看一部电影……享受无数医生、护士、警察、快递小哥、社区工作人员等抗"疫"战士用生命和汗水为我们守护的安全与宁静,体会生命的拔节生长。

三要学会改变。这次疫情改变了学校传统的教学模式,线上的教与学不仅考验着老师们的学习能力,同时也考验着同学们的学习能力。我们大多数的老师都是第一次接触线上直播教学,在没有手机支架、没有教材和教师用书的情况下,老师们通过学习直播软件的使用、钻研电子教学资源、制订教学和辅导计划,自制各种"花式"手机支架,重复多遍的录课等方式,确保了线上直播教学和辅导按时进行。同学们也可以借助网络上丰富的优质学习资源,实现自己知识的拓展与更新。疫情同时也带来了我们生活方式的改变。"勤洗手、戴口罩、勤锻炼"是这个春季最流行的语句,也许许多人平时这些生活习惯做得并不够好,而在这个春季,大家都不约而同地做到了。生活方式的改变,为我们带来的是良好的习惯、卫生的环境和健康的体魄。

四要学会阅读。在学校教导处的安排下,延续寒假的读书活动,课余时间阅读经典著作,同时广泛涉猎自己感兴趣的知识领域,积极参与"书香家庭"创建活动,写好读书笔记,提高自己的阅读能力,丰富自己的知识储备,让生命在书香中浸润芬芳。

五要学会思考。我们"禁足"在家的时候,让我们安静下来思考:为什么会有新冠病毒?病毒又是怎样传染给人类的?防控病毒我们要怎么做?经历这场战"疫"后,我们应汲取怎样的教训?

疫情使我们开始认真地审视自己的行为、审视我们所生活的社会，让我们思考人类应该怎样与自然和谐相处，让我们开始对自己的人生方向有了新的定义。

疫情使我们认识到，战胜病毒需要像钟南山、李兰娟、陈薇院士一样的科研人员，是他们让这场全民抗疫有了充足的底气和自信。

老师们，这次疫情后，我们要教育学生懂得真正值得崇拜的人应该是那些为国家做出巨大贡献的人，也应该是这些天让我们饱含热泪的普通人。同学们，这次疫情后，我们更应该懂得什么是奉献、什么是大爱、什么是责任、什么是义务！我们要为国家决策的果敢有力、中国人民的团结一心、中华民族的伟大和坚强而感到骄傲和自豪！

亲爱的老师们、同学们，在这个特殊的时期，今天我们以特殊的方式开学了。希望大家在自律中进步、在阅读中思考、在改变中成长，努力做最好的自己。为武汉加油！为中国加油！只争朝夕、不负韶华。待到春暖花开、阳光明媚，所有的美好都如期而至时，我们再回到美丽的校园快乐地工作和学习吧！

最后，祝愿老师和同学们教学相长、平安喜乐、阖家幸福！

安康市汉滨区果园小学校长　汪成建
2020年2月10日

在灾难中更要胸怀家国

亲爱的同学们：

你们好！

庚子年初，一场突如其来的新冠肺炎疫情打破了春节的平静，时至今日，这场疫情防控阻击战的形势仍十分严峻。

亲爱的孩子们，此刻的你，或许正为疫情牵肠挂肚感到揪心难安，或许正焦急难耐地等待着开学的讯息，又或许你的父母、亲友正战斗在抗击疫情的一线，守护着大家祈盼的国泰民安。

"武汉加油！中国加油！"无数次，我们都在心里默念。安康是湖北省进出陕西省的重要通道之一，是疫情防控的重要关口，防控疫情万众一心，时不我待。经历这场战"疫"每一分一秒，让我们深刻地体会到每个个体的小小愿望都与宏大的时代变迁息息相关。疫情或许打乱了我们的生活节奏，但也给了我们一个重新审视未来的机会。

"世界以痛吻我，我要报之以歌"，昂扬斗志激荡在国人胸中，澎湃辞章流淌在祖国大地。我们始终眼里有阳光、心中有希望、身上有力量，更多的人从担当中汲取力量，并肩迎战！

在这场被世界卫生组织定义为"国际关注的突发公共卫生事件"面前，我们更加清晰地意识到了人类在自然面前的渺小，意识到守护人民安康、解除民族疾患、实现国家富强，需要更多医学研究者付出更加持之以恒的努力。生命重于泰山，疫情就是命令，防控就是责任。过好当下这个特殊时期具有特殊意义的假期，在这场疫情的斗争中得到进步和成长。

孩子们，希望你们心怀敬畏，用冷静理性的心态看待复杂的事物。在当下，做好自己的事情，保护好自己，关爱身边的人。

这场疫情，更加坚定了我们的爱国之心，我们坚信伟大的中国人民五千多年积累的精神和智慧定能打赢这场战"疫"，只要我们共同努力，就可以谱写历史的胜利篇章，所以，我们不会失去希望，胜利终将来到。

这场疫情，更加激发了我们立志成才的决心。已是84岁高龄的钟南山院士在祖国最需要的时候，满腔责任，奔赴一线。只要我们坚定信心、不断奋斗、完善自我，在追求梦想的道路上越走越远，就能实现自己的人生价值。

这场疫情，更加加速变革了我们的学习方式。线上学习已成趋势，采用网络化学习，高水平的网络教育资源平台、优秀的课程和教育资源为学习者提供更加符合多层次标准的教育资源，我们因此而受益。

这场疫情，更加促进了我们养成健康的生活方式。每一个人参与到这场疫情防控的战争中来，主动学习防疫知识，科学饮食，有效运动，倡导健康文明的生活方式，增强自我防护意识，促进良好生活习惯的自我养成。

这场疫情，让我们更加珍爱生命，敬畏自然。深刻理解人与自然、人与动物、人与人类的生死与共、和谐相处的生命关系，明白人类命运共同体的真正内涵。

我相信，经历了这样一场战"疫"，在选择未来方向时，你们定会有敢担使命、敢负重任的豪情与气度。我们所要担当的使命，在意每一分光亮，鼓励每一束细小的微光永远以奋进的姿态前进，"大同爱跻，祖国以光"。

对于你们而言，成长于祖国飞速发展的黄金时代，"家国情怀"或许成了一种更生动的情绪。国家强盛所带来的安全感，让新时代的学子拥有了更多自由选择的机会，也应具有坚忍不拔的生命气象。

希望你们的精气神能够始终鼓舞你勇往直前，胸怀家国。愿你无论历经多少挫折和磨砺，都拥有永不言弃的少年意气与不断前行的力量，成为穿透风雪的一束光。

道阻且长，行则将至。在未来的几个月里，我将始终和你们手牵手、心连心。特殊时期，尽管我们无法"面对面"交流，但我会始终与你们保持密切的线上联系，也会持续通过钉钉、微信平台等渠道分享你们最为关心的学习规划；也希望看见你们与父母"共读、共写、共成长""英文共听、共说、共成长""喜阅说写课程"的美好模样；我更期盼世界听见你们美妙的声音，我会一直为你们做好服务、保驾护航。

孩子们，你们注定是不平凡的一代，也注定要过一个不平凡的寒假。中国2003年非典、2008年汶川地震、2020年的新冠肺炎疫情，我们经历的这么多，愿学子们"多难殷忧新国运，动心忍性希前哲"。我相信，有了这一次洗礼，你们今后心灵将会更加纯净，幸福将会更加圆满。

让我们能够用这样美好的向往、强大的力量，一起走过人生更长远的时光。

祝愿你们阳光自信、幸福安康！

安康市汉滨区培新小学校长　陈大安

2020年2月6日

守得云开见月明

亲爱的孩子们：

2020年的春节给你、给我、给他（她）都留下了难以忘却的生命印记。新型冠状病毒肆虐，疫情自湖北武汉暴发迅速蔓延全国。多少"白衣天使"用汗水乃至生命与病毒博弈，与时间赛跑，竭尽全力将疫情控制在最小范围内；多少最美"逆行者"不惧风险，筑牢疫情防控铁壁，呵护千家灯火、万户平安。2020年新春的宁静祥和弥足珍贵！

虽然宁静得稍显寂寥，虽然"宅"得有些"发毛"，但至少你、我、他（她）新春无恙。不知孩子们是否注意新冠肺炎疫情实时动态信息？截至2020年2月25日21时，全国累计确诊77 785人，现有疑似病例2 824人，累计治愈27 417人，累计死亡2 666人。病毒来势之汹，疫情传播之烈，范围扩散之广，战役惨烈之痛，前所未有。请保持对数字的敏感：数字背后是疫情防控的严峻形势；数字背后是新冠肺炎病毒的可怕和无情；数字背后是医疗工作者高强度、高效率、高风险地与死神抢跑；数字背后是万众一心、众志成城；数字背后是强大祖国抗疫决心。孩子们，请在你心田里种一粒感恩的种子，剔除自私、抱怨、冷漠、自怜的杂草。

84岁的中国科学院院士钟南山、73岁的病毒学专家李兰娟临危受命，义无反顾，奔赴疫情防控主战场，指导疫情防控和危重病人救治。孩子们，这就是"苟利国家生死以，岂因祸福避趋之"的爱国情操，请记住他们的名字。李文亮、刘智明、柳帆、林正斌、徐辉……让我们记住这些倒在抗疫一线的"白衣战士"，他们是这场没有硝烟的战争中浴血奋战的勇士，值得我们每个人铭记在心。

国家有难，咱别添乱。节骨眼上不乱窜，就是为国做贡献。疫情必将消除，阴云总会散去。"谁无暴风劲雨时，守得云开见月明。"我们该守住些什么呢？

一是守住疫情防控的警惕。疫情防控，人人有责。古人说，"家事国事天下事，事事关心。"孩子们，要做疫情防控的有心人，及时了解传染病流行信息，学习健康防病知识，正确对待新型冠状病毒感染肺炎，不恐慌、不信谣、不传谣，提高自我防护能力。要"小手拉大手"，向家长宣传疫情防控知识，随时监督家长的"出格"行为，动员全家落实社区、村组的疫情防控措施，防输入、防扩散。要记住家是小的"国"，国是千万"家"。万众一心，疫情可退。

二是守住心怀他人的胸襟。有道是"勿以恶小而为之，勿以善小而不为。"要有心怀他人、便利他人、帮助他人的善心善念，要有"赠人玫瑰""雪中送炭"的善行义举。积小善为大善，积小爱为大爱。还记得雷锋叔叔吗？雷锋是为人民服务的标杆、是便利他人的楷模，雷锋精神激励了一代又一代人。在新冠肺炎疫情肆虐的紧要关头，多少人舍"小我"为"大我"，"逆行"武汉，慷慨解囊，捐钱捐物捐设备、捐粮赠油送蔬菜，用善行义举传递大爱。心怀他人不是空谈，学习雷锋就在身边。让我们擦亮眼睛发现善行义举，拿起笔来记录感人瞬间。发现、感悟中开阔胸襟，见贤思齐、化"小"为"大"。这是精神的传承，也是道德修养的淬炼。

三是守住参与劳动的热情。古人鄙视"四体不勤、五谷不分"的懒汉，现代人说"幸福是劳动创造出来的"。劳动最光荣，重在从我做起。爱爸爱妈爱小家，就要体谅父母的不易和辛劳，自觉主动帮父母做一些力所能及的家务活，比如叠被子、擦桌子、洗碗洗锅洗盘子、喂鸡喂狗喂鸭子……一勤世上无难事，劳动意识要从小培养，活泛筋骨，磨炼意志。民间有俗语："娃娃勤，爱死人"。孩子们，动手试试看，享受劳动的乐趣，品味劳动的甘甜，你会有不一样的成就感。

四是守住居家学习的自觉。"停课不停教"是党和政府对教育工作者的要求,"停课不停学"是父母师长对你们的期待。"学而时习之,不亦说乎"。没有连贯性就没有生长感,唯有"锲而不舍",才会"金石可镂"。信息技术为乐学上进的人插上了翅膀,只要有一颗求知的心,学习机会无处不在、无时不有。"学如春起之苗,不见其增,日有所长"。不自觉,求长进,无异于痴人说梦。孩子们,请记住:学习是攀登的梯,学习是迈步的路。愿你们在不懈努力中做最好的自己!

好了,孩子们,啰啰唆唆的人是我,牵挂你们的人也是我!阳春布德泽,万物生光辉。云开月明日,我们校园见!

商洛市洛南县古城镇中心小学校长 孙军鹏

2020年2月26日